KB060061

# 우주에서
# 만나요

**SEE YOU IN THE COSMOS**
by Jack Cheng

이 도서의 국립중앙도서관 출판예정도서목록(CIP)은
서지정보유통지원시스템 홈페이지(http://seoji.nl.go.kr)와
국가자료공동목록시스템(http://www.nl.go.kr/kolisnet)에서 이용하실 수 있습니다.
(CIP제어번호: CIP2019038132)

# 우주에서
# 만나요

*See You In The Cosmos*

잭 쳉 Jack Cheng 장편소설 | 김재성 옮김

문학동네

일러두기

1. 주석은 모두 옮긴이주다.
2. 본문 중 이탤릭체와 고딕체는 원서에서 이탤릭체와 대문자로 강조한 부분이다.

어머니, 아버지 그리고 찰리에게

## 🚀 새 녹음 1
6분 19초

너희는 누구야?

어떻게 생겼어?

머리는 한 개야, 아니면 두 개야?

그보다 더 많아?

살갗은 나처럼 연한 갈색이야? 돌고래처럼 미끈한 회색? 아니면 선인장처럼 뾰족뾰족하고 녹색인가?

집에서 살아?

나는 집에서 살아. 내 이름은 앨릭스 페트로스키이고 우리집은 지구의 미국 콜로라도주 록뷰에 있어. 나이는 열한 살 하고 여덟 달이야. 미국은 이백사십 년, 그리고 지구는 사십오억 년 됐다는데, 우리집이 몇 년 됐는지는 모르겠어.

너희는 어쩌면 얼음 행성에서 살지도, 그래서 집 대신 이글루에서 살고 손은 얼음송곳에다 발은 눈 신발로 되어 있고 몸은 황금빛 도는 갈색 털로 뒤덮여 있을지도 모르지, 칼 세이건처럼 말이야. 칼 세이건은 우리집 개야. 우리 시대 최고의 천문학자 중한 분인 나의 영웅 칼 세이건 박사의 이름을 따서 붙였어. 칼 세이건 박사는 보이저 1호와 2호를 심우주로 보내고 거기에 고래가 노래하는 소리, 사람들이 오십오 개국 언어로 안녕하세요 하는 소리, 갓난아기의 웃음소리, 사랑에 빠진 여자의 뇌파 소리, 그리고 바흐와 베토벤과 척 베리 같은 인류의 위대한 음악 등등 지구에서 생겨난 온갖 소리가 담긴 골든 레코드를 탑재하는 데 조력한 분이야. 너희도 혹시 들어봤어?

우리 강아지 칼 세이건은 세이프웨이 주차장에서 내가 우연히 발견했어. 녀석은 굶주리고 꾀죄죄한 꼴로 대형 쓰레기통 뒤에 숨어 있었어. 얘, 이리 와, 겁내지 말고, 이렇게 말해봐도 꼬리를 감춘 채 낑낑대기만 하는 거야. 그때는 우리도 낯선 사람들이었을 테니까. 그런데 해치지 않겠다는, 나는 평화주의자라는 내 말을 믿었던 것 같아. 내가 들어올려도 저항하거나 도망치려 하지 않더라고. 녀석을 집에 데려왔을 때 엄마는 평소처럼 소파에 누워 텔레비전을 보고 계셨어. 나는 식료품도 샀고 강아지도 데려왔다고, 강아지를 잘 돌보겠다고, 약속한다고, 함께 놀아주고 밥도 주고 목욕시키고 기타 등등 모든 의무를 다하겠다고 엄마에게 말씀드렸어.

엄마는, 화면이 안 보이잖니! 하셨고 그래서 나는 비켜섰어. 만약 내 가장 친한 친구 벤지가 집에 강아지를 데려갔다면 벤지 엄마는 기겁하셨을 거야. 하지만 우리 엄마는 내가 저녁식사를 만들고 엄마가 텔레비전 보는 것만 방해하지 않으면 상관하지 않으셔. 꽤 근사한 엄마지.

너희가 사는 그곳에는 어떤 프로그램이 있는지 모르지만 우리 엄마는 게임, 재판, 그리고 아줌마 다섯 명이 가짜 거실에 앉아 있는 프로그램을 좋아하셔. 벤지네 집에 가면 '온 디맨드 서비스'* 가 있어서 카툰 네트워크 채널을 볼 수 있어. 벤지는 학교의 다른 아이들처럼 〈배틀모프 아카데미〉를 아주 좋아해. 그것도 나쁘지는 않지만 나는 솔직히 〈덱스터의 실험실〉 같은 좀더 고전적인 만화가 더 좋아. 덱스터는 완전 똑똑한 아이야. 난 누나 디디가 실험실에 들어가 모조리 망가뜨려놓을 때가 참 싫어. 내 물건을 건드릴 누나가 없는 게 천만다행이야, 특히 로켓을 만드는 동안에는 말이야.

그래도 내겐 형이 있어. 이름은 로니인데 가운데 이름이 제임

---

* 이용자의 요구에 따라 상품이나 서비스가 제공되는 것.

스여서 엄마랑 나랑 고등학교 때부터 친했던 친구들 몇 명만 빼고 모두 RJ라고 부르지. 로니 형은 나보다 나이가 두 배도 더 많은 스물넷이야. 사는 곳은 로스앤젤레스, 직업은 에이전트야. 너희가 무슨 생각 하는지 아는데, 무슨 스파이나 007 제임스 본드 같은 그런 에이전트는 아니야. 형은 테러리스트들과 싸우거나 마약 거래범들을 소탕하거나 무시무시한 악당들과 포커를 치거나 하지 않아. 그냥 농구선수나 축구선수들이 운동화 광고에 나오도록 돕는 일을 하는데, 멋진 파티에도 가고 선글라스도 끼는 걸 보면 비슷한 점도 있는 것 같긴 해.

로니 형은 처음에 칼 세이건을 기르는 걸 반대했어. 형은 엄마나 내가 식료품을 사거나 날아오는 청구서들을 지불하는 것 말고 다른 데 돈 쓰는 걸 좋아하지 않거든. 내가 전화로 칼 세이건 얘기를 꺼내니까 저런, 우리는 개를 기를 형편이 안 돼, 이러는 거야. 하지만 나는 세이프웨이에서 할인 판매하는 식료품만 사고 따뜻한 점심을 사먹는 대신 샌드위치 도시락을 싸가고 바시르 아저씨의 주유소에서 잡지를 정리하는 일자리까지 얻었으니 개를 기를 형편이 된다고 생각한다고 말했어. 그리고 로켓을 위해 저축한 돈이 있는데 그중 일부를 칼 세이건의 사료를 사는 데 쓰면 된다고, 칼 세이건은 큰 개가 아니라서 사룟값도 적게 든다고, 성급하게 결정을 내리기보다는 형이 록뷰에 와서 칼 세이건을 직접 봐야 한다고도 했어.

그게 벌써 일 년 전 일이거든. 그런데 로니 형은 아직도 칼 세이건을 직접 본 적이 없어. 하지만 언젠가 보게 되면 로니 형도 칼 세이건이 맘에 들 거라고 믿어. 그런 얼굴을 싫다고 할 사람이 어디 있겠어?

그치? 이런 얼굴을 싫다고 할 사람이 대체 어디 있느냐고?

맞아, 네 얘기 하는 거야, 칼 세이건. 너도 인사할래?

자, 안녕, 해봐.

칼 세이건은 인사하고 싶지 않은가봐. 그냥 날 쳐다보고만 있네. 뭐하는 거야? 누구한테 말하는 거야? 거기 누가 있어? 아무도 안 보이는데, 이런 눈으로 말이야.

여기 아무도 없어, 그냥 아이팟이야. 내가 금색 스프레이 뿌리는 거 본 적 있잖아, 기억나지? 나는 녹음을 하고 있어. 수백만 광년 떨어진 곳에 있는 지적 생명체들이 나중에 이걸 발견하고 지구가 어떤 곳인지 알 수 있게 도우려는 거야, 이해돼?

이해 못하네. 녀석은 이제 창밖을 내다보는 중이야. 주의가 좀 산만하거든.

그러니까 나는…… 음…… 내가 무슨 말 하던 중이었지?

어쨌든 나는 너희가 벌써 내 영웅의 골든 레코드를 갖고 있을 수도 있는데 레코드플레이어가 없거나, 예전엔 있었지만 지금은 없을지도 모른다고 생각했어. 나도 굿윌에서 중고품을 구경한 적은 있지만 이제 아무도 그런 걸 안 사거든. 아이팟이나 아이폰이 주머니에 더 잘 들어가니까. 게다가 아이팟엔 레코드보다 훨씬 더 많이 저장할 수 있어. 골든 레코드에 있는 걸 전부 담았는데도 아직 공간이 엄청 많이 남았고, 알고 보니 녹음도 할 수 있는 거 있지. 그래서 생각했어, 너희가 아직 들어보지 못한 지구의 소리들을 녹음하면 좋을 것 같다고. 발사 준비를 하는 동안 뒤에서 일어나는 모든 일에 대해서도 설명하려고 해. 말하자면 블루레이의 보너스 피처 같은 거지!

너희에게 해주고 싶은 말이 정말로 많아. 그런데 칼 세이건이 똥오줌을 누려고 문가에 앉아 있는 참이라 조금 기다려야겠어. 내 여행 짐도 싸야 하고. 샤프랑 내 로켓에 대해서는 다음에 얘기해줄게.

## 🚀 새 녹음 2
6분 41초

안녕, 얘들아! 샤프에 대해 더 얘기해주겠다고 약속했었지?
난 내가 한 말을 지키는 사람이거든. 샤프란 뉴멕시코주 앨버커
키 근처 사막에서 열리는 로켓 축제이고, 나는 사흘 후에 거기서
로켓을 발사할 예정이야!

공식 명칭은 남서부 고지대 로켓 축제Southwest High-Altitude
Rocket Festival인데 로켓포럼 웹사이트에선 다들 두문자어로 샤
프SHARF라고 부르지. 두문자어는 또 뭐냐면 단어들의 첫 글자를
모아 만든 새로운 단어를 가리켜. 예를 들면 나사NASA는 미국
항공우주국National Aeronautics and Space Administration의 두문자어
야. 4학년 때 반에서 각자 자기 이름을 갖고 두문자어를 만든 적
이 있었어. 톰프슨 선생님은 나더러 그냥 앨릭스로 만들어도 된

다고 하셨지만 나는 정식 이름을 썼어. 조금 어렵게 해보고 싶었거든. 내가 내 이름으로 만든 두문자어는 이랬어.

**A**stronomer(천문학자)

**L**aunches rockets(로켓 발사)

**E**arthling(지구인)

**X**plorer(탐험가)

**A**fraid of spiders(거미가 무서움)

**N**ice person(착한 사람)

**D**edicated(헌신적임)

**E**nthusiastic(열정적임)

**R**ocket enthusiast(로켓광)

나의 영웅을 위해서도 이렇게 하나 만들었어.

**C**osmic(우주적임)

**A**ll-time hero(역대급 영웅)

**R**eally smart(무지 똑똑함)

**L**ikes science(과학을 좋아함)

로켓포럼 사람들은 하나같이 샤프에 엄청난 기대를 걸고 있어. 사이트 맨 위에 공식 샤프 글타래라는 포스트가 올라와 있는데 벌써 댓글이 엄청 달렸어. 프랜시스19는 샤프에 대비해 특별한 색으로 머리를 염색한다고 했고, 가니메데와 유로파는 작년 행사가 얼마나 재밌었는지에 대해 이야기했어.* 칼렉시코는 밤에 신발을 텐트 밖에 내놓고 잤다면 전갈이 들어갔을 수 있으니 아침에 꼭 신발을 뒤집어 털어야 한다는, 흥미로운 캠핑 정보들을 올려놨어. 전갈은 쌍으로 나타나니 한 마리를 봤다면 다른 한 마리도 보게 될 거라고도 했어. 아주 낭만적인 생명체인 것 같아.

난 벌써 로켓과 칫솔, 로니 형이 쓰던 낡은 텐트, 짐을 줄이려고 린스 겸용 샴푸까지 싸뒀어. 칼 세이건의 특식 사료도 챙겨놨고. 샤프 행사에서는 바비큐를 구울 테지만 칼 세이건은 소화기관이 예민해서 먹을 수 없거든.

아직 더 싸야 할 짐이 남았지만 휴식이 필요해서 우리집 지붕 위로 올라왔어. 나는 영화 〈콘택트〉**의 애로웨이 박사처럼 차 보닛 위에 드러눕기를 좋아하는데, 엄마가 이제 운전을 하지 않기 때문에 그냥 사다리를 타고 지붕 위로 올라오는 거야. 보통 밤에

---

* 가니메데와 유로파 모두 목성의 위성이다.
** 칼 세이건의 소설을 원작으로 한 조디 포스터 주연의 SF 영화(1997).

올라와. 딱 한 층 위일 뿐이지만 그래야 별들하고 조금이라도 더 가까이 있을 수 있잖아.

낮에도 여기 곧잘 올라오곤 해. 우리 동네는 언덕 위에 있어서 지붕 위에선 정말 멀리까지 보이거든. 철로, 버거킹, 바시르 아저씨의 주유소까지 다 보이는데 주유소 앞에는 록뷰에서 가장 큰, 엄청 큰 국기가 깃대에 매달려 있어. 조금 더 멀리로는 마운트 샘도 보여, 그것도 산기슭에 희고 큰 글자로 쓰인 록뷰Rockview의 R자까지. 예전에 로니 형이 홈커밍 경기에서 우리 마을과 라이벌인 벨마와 맞붙었는데, 그 전날 벨마고등학교의 어떤 애들이 한밤중에 몰래 R를 B로 바꿔놓은 적이 있었어. 화가 난 로니 형은 이튿날 경기에서 터치다운을 다섯 개나 성공시켰고 그 결과 우리 팀이 대승을 거두었어. 역효과가 난 거지.

때때로 엄마가 조용해지는 날들이 있는데 그후엔 바람을 쐬러 산책을 나가시곤 하거든. 그럴 때 여기 올라오면 산책하는 엄마를 볼 수 있어. 바로 지금도 엄마가 집 앞길에서 언덕 기슭 쪽으로 가면 나오는 저스틴 멘도사 형네 집 방향으로 걷고 계셔. 저스틴 형네 집에 다다르면 왼쪽으로 꺾어 밀 로드 쪽으로 가거나, 아니면 오른쪽으로 틀어 벤지네 동네로 갈 거야. 거기는 나무들로 둘러싸여 있어서 잘은 안 보여.

사실 이 아이팟도 저스틴 형이 줬어! 로니 형의 고등학교 일

년 후배인 저스틴 형은 맨날 우리집에서 로니 형이랑 놀았는데 우리 형과는 달리 대학을 졸업하고도 다른 도시로 가지 않았어. 어제 예전에 합의한 대로 20달러에 아이팟을 접수하러 저스틴 형을 찾아갔는데 배터리가 맛이 갔다며 그냥 가져도 된다지 뭐야. 저스틴 형이 안에 들어가서 아이팟을 가져오는 동안 나는 차고에서 기다렸어. 저스틴 형이 항상 손보고 있는 혼다 오토바이를 보다가 핸들을 하나 꾹 잡았더니 나사가 쏙 빠지길래 다른 부품들이 잔뜩 널려 있는 파란색 천 위에 올려놨지.

아이팟과 충전기를 갖고 돌아온 저스틴 형에게, 형, 직업이 정비공이면서 왜 여태 오토바이 수리를 못 끝냈어? 하고 내가 물었어. 그랬더니 형이 하는 말이, 다 됐다 생각하고 한동안 타고 다니면 더 그럴싸한 아이디어가 떠오르고, 그러면 해체하고 처음부터 다시 시작한다는 거야. 그래서 내 로켓에 쓰려고 찾아낸 '오픈로켓' 같은 시뮬레이터를 하나 다운받으라고 말해줬어. 다양한 모터를 장착할 수도 있고 노즈콘과 지느러미 부분도 교체해볼 수 있는데다 로켓의 비행 고도까지 알려주기 때문에 발사 준비가 끝날 때까지 실제 부품을 구입하지 않아도 된다고, 지금 이 아이팟을 싣고 우주로 날아갈 내 로켓 보이저 3호도 그렇게 설계했다고 했어.

그러니까 이게 네 최초 발사가 되는 거야? 저스틴 형이 물어서 그렇다고 대답했더니, 시험 발사라도 해봐야 하는 거 아냐? 이러는 거야. 그래서 말해줬지, 바로 그게 시뮬레이터를 쓰는 이유야, 시험 발사를 안 해도 되게 말이야, 참나!

저스틴 형이 웃고 나서 로니 형은 어떻게 지내느냐고 물어서 늘 그렇듯 잠재 고객들 때문에 바쁘다고 했어. 잠재 고객이란 로니 형을 에이전트로 쓰고 싶어하기를 형이 바라는 사람들인데, 그래서 형은 그 사람들을 점심식사에 데려가고 점심값을 내준대. 저스틴 형은 자기가 로니 형을 참 존경한다고, 언제나 친형처럼 생각해왔다고 했어. 그래서 그거 재밌는 일이라고, 왜냐면 나도 늘 로니 형을 친형처럼 생각해왔다고 했더니 저스틴 형이 또 웃는 거야. 형이 발사 준비가 어떻게 돼가는지 알려달라고 해서 그러겠다고 하고는, 혹시 모자란 부품이 없는지 오토바이 핸들을 한번 검사해보라고 말해줬어.

## 🚀 새 녹음 3
6분 16초

너희는 잠이 안 올 때 어떻게 해?

잠을 아예 안 잘지도 모르겠구나. 너희 행성은 너무 느리게 돌아 항상 태양이 떠 있어서 늘 깨어 있을지도 모르지. 그렇게 항상 낮이어서 말이야.

아니면 그 반대로 코알라나 칼 세이건처럼 먹을 때 빼놓고는 거의 늘 자는지도 몰라. 칼 세이건은 침대나 소파나 내 무릎 위에 누워서 몸을 도넛처럼 말고 아주 금세 잠들어.

너희는 지금 자고 있을까?

아니겠지, 자고 있다면 이걸 듣고 있을 리 없잖아.

그러니까 우리는 모두 깨어 있는 거네……

어젯밤에 짐을 다 싸고 오늘은 내가 없는 동안 엄마가 드실 음식을 하루종일 만들었어. 엄마도 요리를 하고 솜씨도 아주 좋지만 올해 들어서는 주로 내가 요리를 해서, 뭔가 해놓고 가지 않으면 마음이 불편할 것 같아.

게다가 엄마는 지금 바로 그 조용한 날을 보내고 있거든. 이런 날에는 침대에 누워서 천장에 울룩불룩 튀어나온 곳들을 노려보시기만 해. 아마 몇 개나 되나 세어보는 걸 좋아하는 것 같아. 엄마한테 물을 갖다드리면서, 내가 샤프 행사에 가 있을 사흘 동안 엄마가 드실 음식을 만들어놨으니 냉장고에서 글래드웨어 용기를 꺼내 전자레인지에 데워 드시면 된다고, 사랑한다고 말했어.

그 많은 음식을 만들고 난 뒤라 몹시 피곤할 줄 알았는데 아니더라고. 그래서 베토벤이랑 척 베리의 음악을 듣고 〈콘택트〉 블루레이도 보았지만 오히려 정신이 말똥말똥해졌어. 로니 형 침대에서 자보려고도 했어. 우리 방의 로니 형이 쓰던 쪽을 형이 떠나던 날 그대로 건드리지 않고 놔뒀거든. 형이 집에 돌아와서 벽에 붙은 섹시한 여자 포스터들과 선반에 놓인 운동경기 트로피들을 보고 마치 집을 떠난 적이 없었던 것처럼 느꼈으면 싶어서. 하지만 가끔 난 로니 형 침대에서 자곤 해. 다른 사람 자리에서 자고 그 사람이 하는 일을 하다보면 언젠가 그 사람으로 변하기 시작할지도 모르니까. 그 사람처럼 생각하고 그 사람의 기억을 함께하며 살아간다면 차차 근육도 불어나고 엄마에게 식료품을 사드릴 돈도 많이 벌게 되겠지.

뉴멕시코주 앨버커키행 앰트랙 기차는 내일 아침 상당히 일찍 출발해. 칼렉시코를 비롯한 로켓포럼 회원들이 앨버커키 기차역 근처 식당인 블레이크스 로터버거에서 만나 카풀로 샤프 행사장까지 갈 예정인데 나도 그걸 얻어 타려고. 누가 누군지 알아볼 수 있으면 좋겠어. 사실 대부분 아이디로만 알 뿐 어떻게 생겼는지도 모르거든.

이제 발사가 이틀 앞으로 다가왔으니 너희에게 들려줄 지구의 중요한 소리들을 서둘러 찾아야 해. 이미 골든 레코드에서 사랑에 빠진 여자의 심장박동과 뇌파 소리를 들을 수 있을 테니…… 골든 아이팟에는 사랑에 빠진 남자의 소리를 녹음하면 어떨까!

내 소리를 녹음해도 되지만 난 아직 아무와도 사랑에 빠지지 않았거든. 학교 여자애들 누구도 사랑하지 않아. 기껏해야 옷 쇼핑, 스냅챗, 스카일러 벨트런에 빠져 있는 애들이니까. 나하곤 관심사가 완전히 다르다는 말이지. 걱정은 안 해. 샤프 행사장에서 사랑에 빠진 누군가를 꼭 만날 테니까. 사실 그런 남자들을 난 아주 많이 알고 있거든. 예를 들면 로니 형은 여자친구 로런과 사랑에 빠져 있고 벤지는 고급 수학 담당인 섀넌 선생님에게 빠져 있어. 언젠가 섀넌 선생님이 허리를 굽혀 문제 풀이를 도와주는데 선생님에게서 복숭아맛 졸리 랜처 사탕 냄새가 났다는 거야. 나더러 지구상의 누구에게도 말하지 않겠다고 약속하라고 했지만 너희에게는 괜찮겠지.

안타깝게도 벤지는 샤프 행사에 못 가⋯⋯

엄마, 여동생, 엄마의 새 남자친구랑 시카고로 여행 갔거든.

벤지가 내게 아빠가 없어 서운하냐고 물은 적이 있었어. 너는 공룡이 없어 서운하냐고 되물었더니 한 번도 있어본 적이 없어서 잘 모르겠다는 거야. 그래서 나도 아빠에 대해 같은 생각이라고 말했지. 그랬더니 벤지는 트리케라톱스가 한 마리 있다면 멋질 것 같고, 그 위에 올라타 학교 담장을 뚫고 나가서 만약 선도부장이 지각 사실을 기록하려고 하면, 내 트리케라톱스하고 해결해, 이럴 거라고 해서 그거 좋은 생각이라고 해줬어.

아빠가 있다면 근사하겠다는 생각이 때때로 들기는 해. 〈콘택트〉에서 애로웨이 박사도 어린 시절에 아버지가 돌아가셨지만 나보다는 나이가 들어서였어. 박사는 포치에서 아버지랑 망원경을 들여다보고 구형 무전기로 플로리다주 사람들과 교신하던 일을 기억할 수 있거든. 우리 아빠는 내가 세 살 때 돌아가셔서, 나는 다른 사람들이 해준 말 말고는 전혀 기억이 안 나. 엄마는 내가 태어나던 날 아빠가 출장에서 돌아올 예정이었는데 비행기를 놓치는 바람에 엄마 혼자서 차를 몰고 병원에 가야 했다고 하셨어. 로니 형도 아직 운전할 나이가 안 됐던 거지. 하지만 마침내 아빠가 병원에 도착했고 십 분 후에 내가 나왔대.

아빠는 조각퍼즐 같아. 엄마가 갖고 있는 조각도 있고 로니 형이 갖고 있는 조각도 있지만, 아예 사라진 조각도 많아서 퍼즐을 완성할 수 없는 거야. 캠포스 선생님이 올해 사회시간에 우리의 뿌리를 찾아보는 학문인 계보학에 관해 가르쳐주셨어. 실습 날에는 도서관 컴퓨터로 앤세스트리라는 사이트에도 들어가봤지. 자기 이름과 부모님, 조부모님의 이름을 입력하면 정부 기록과 옛날 신문기사 등등의 자료를 통해 자동으로 가계도를 구축해주는 사이트야. 외할아버지랑 외할머니를 비롯해 엄마 쪽 가족들은 이미 알고 있던 대로 필리핀에서 왔다고 하고, 아빠 쪽 조상들은 1870년에 배를 타고 유럽에서 건너왔대. 앤세스트리는 우리 가계에 대해 새로운 사실을 발견하면 내게 이메일을 보내주기도 해. 내 전용 CSI인 셈이지. CSI는 범죄 현장 수사관Crime Scene Investigator의 두문자어야. 뭐 범죄는 아니고 우리 아빠에 대한 사실을 해결해주는 거니까 내 전용 DSI, 즉 아빠 현장 수사관Dad Scene Investigator이라고 해도 되겠네.

어휴, 이러다 정말로 날 새겠다……

다시 잠을 청해보려고. 칼 세이건과 나는 내일 아주 바쁠 거거든.

너희도 잘 자.

# 🚀 새 녹음 4
[녹음 자료 없음]

## 새 녹음 5
8분 52초

그래, 다시 해볼게. 기차역에서 일어난 일을 전해주려고 했는데 자꾸 울음이 나와 말이 엉망이 돼버려서 바로 전 녹음을 지웠거든.

내가 우는 걸 볼 때마다 로니 형은 남자답게 굴라고, 뚝 그치라고, 울보를 좋아하는 사람은 없다고 했어. 그런데 울지 않으려고 해봐도 어쩔 수 없을 때가 있어, 마음속 구름들이 뭉게뭉게 짙어지고 험해지면서 눈에 폭풍이 몰아닥치는 때가. 물론 진짜 폭풍은 아니야. 뇌 속에 기상 체계가 들어 있지는 않으니까.

아침에 칼 세이건과 함께 집을 나서며 짐이 너무 많다는 걸 깨달았어. 린스 겸용 샴푸도 별 도움이 안 됐던 거야. 끙끙대며 들고 걸어봤는데 너무 무거워 다섯 걸음 만에 녹초가 됐어. 어젯밤에만 해도 그렇게 무거워 보이지 않았고 하나씩 따져보면 무거울 것도 없었지만 합쳐놓으니 다르더라고. 칼 세이건을 보면서, 이제 어쩌지? 하니까 그걸 왜 나한테 물어? 하는 눈으로 빤히 쳐다보더라. 칼 세이건 등에 더플백을 실으려고 하니까 몸을 빼며 달아나버리고. 내가 무슨 당나귀 줄 알아? 하는 것 같았어.

너 당나귀 아닌 거 알거든? 하고 말하는데, 그 순간 좋은 생각이 떠오르는 거야.

바로 식료품을 사러 갈 때 끌고 가는 카트였어. 차고에서 가지고 나와 짐을 다 실었더니 딱 맞는 거야. 문제 해결! 엄마 침실 문을 살짝 두드리고 들어가보니 엄마는 아직 주무시고 계셨어. 그래서 가까이 다가가 엄마 귀에 대고 우리 이제 가요, 말했듯이 일요일에 돌아와요, 사랑해요, 하고 속삭였어. 혹시 꿈결에라도 들으실까 해서.

칼 세이건과 나는 집 앞길을 걸어내려가 저스틴 형 집에서 왼쪽으로 꺾어 밀 로드를 따라 걸었어. 한 손으로는 카트를 끌고 다른 손으로는 칼 세이건의 목줄을 잡은 채로 바시르 아저씨의 주유소와 바로 옆에 있는 슈퍼에이트모텔을 지나 계속 걸었지. 바시르 아저씨에게 인사를 하고 싶었지만 늦지 않으려고 그냥 지나쳐갔어. 앰트랙 사람들이 카트를 기차에 싣지 못하게 하면 어쩌지 하는 걱정도 됐어. 하지만 이때까진 울지 않았어. 운 건 한참 뒤의 일이야.

출발 시각 십오 분 전에 앰트랙역에 도착했어. 검표원 아저씨에게 전자 기차표를 보여주자 아저씨가 부모님은 어디 계시냐고 물어서 나하고 칼 세이건뿐이라고 대답했어. 칼 세이건은 어디 있냐고 해서 오른쪽으로 몸을 돌려 다리 사이에 숨은 칼 세이건을 보여줬지. 아저씨는 날 보며, 이건 성인 표네, 하더군. 그래서, 맞아요, 인터넷에서 성인 표만 팔더라고요, 하니까 어린이 표가 있어야 한다는 거야. 어린이 표는 어떻게 구할 수 있는지 물었더니 성인 표를 가지고 사래. 너무 헷갈렸어. 아저씨는 또 나 혼자서는 승차할 수 없다고, 열세 살 미만 어린이는 어른을 동반해야 한다고 했어. 신분증을 보여달래서 행성학회 회원카드를 꺼내 보여줬더니 생년월일이 적힌 신분증이 있어야 한대서 학생증을 제시했지. 그렇게 해서 내가 열세 살 미만이라는 게 확인된 거야.

검표원 아저씨에게 주장했어, 나는 내가 아는 많은 열세 살, 아니 열네 살짜리들보다도 책임감이 강하다고. 하지만 아저씨는 그런 건 상관없고 실제 나이가 중요하다는 거야. 나는 그것 참 멍청한 일이라고, 아이들은 다 다르다고 말했어. 정말이지 아이들에게 책임감 시험을 치게 해서 책임감 나이를 부여해야 마땅해. 나는 벌써 요리도 하고 개도 돌볼 줄 알기 때문에 책임감 나이로는 열세 살쯤은 거뜬할 거야.

하지만 책임감 시험 이야기는 검표원 아저씨에게 하지 않았어. 내 짐과 칼 세이건의 짐, 그리고 칼 세이건을 보며 까마득한 느낌이 들었고, 절대 샤프 행사를 놓치고 싶지 않다는 생각이 머릿속을 채웠어. 그래서 기차역 의자에 주저앉아 울기 시작한 거야.

내가 울 때마다 따라 우는 칼 세이건도 당연히 울기 시작했는데, 차라리 샤프 행사에 가지 않는 게 나을지 모르겠다는 생각이 들더라고. 어차피 엄마나 로니 형 없이 혼자 집을 떠나본 적도 없으니 그냥 록뷰에 남아 있는 편이 좋을지 모르고, 여기 있으면 너희에게 들려줄 녹음도 더 할 수 있고 지구 소리를 충분히 모으면 혼자서 보이저 3호를 발사할 수 있고 꼭 샤프 행사에서 발사해야 할 필요는 없다는 생각 말이야. 기차표와 등록비에 그렇게 돈을 쓰고도 유로파나 칼렉시코나 로켓포럼의 그 누구도 못 만나게 되는 건 안타깝지만.

그래서 골든 아이팟을 꺼내 방금 일어난 일을 너희에게 전하려고 했는데 그냥 울음소리 범벅이 돼버린 거야. 기적소리와 함께 기차가 들어오자 눈물이 더 나오더라. 영영 못 그칠 것 같았어.

무슨 일이니? 하는 소리에 고개를 들어보니 나보다 좀더 나이가 많은 형이었어. 머리에 파란색 두건을 두르고 내 더플백보다도 더 큰 배낭을 메고 있었어. 엄청 엄청 크더라고.

그 형이 내 옆에 앉았고 나는 전부 털어놨어. 말을 하자니 대성통곡은 그쳐야 했지. 가까스로 진정하고 간혹 훌쩍여가며 골든 아이팟을 우주로 쏘아보내기 위해 샤프 행사에 갈 예정이었고, 로켓포럼 친구들도 모두 거기 모일 거고, 거금을 들여 기차표까지 사고 엄마가 드실 음식을 만든 다음 글래드웨어에 담아 냉장고에 보관하기까지 했는데, 고작 열세 살이 안 됐다는 이유로, 사실 책임감으로 치면 열세 살은 되고도 한참 남는데, 샤프 행사에 갈 수 없게 됐다고 말했어.

그게 너한테 아주 중요한 일인 모양이구나, 하는 그 형의 말에 나는, 당연히 중요하지, 아니라면 왜 울고 있겠어, 참나! 하고 말했어. 마지막 한마디는 머릿속으로만 하며 고개를 끄덕였어. 난 어린애가 아니니까.

기차표를 보여달라는 그 형에게 표는 물론이고 로켓과 등록 확인 이메일, 샤프 행사장의 구글맵 자료, 린스 겸용 샴푸가 들어 있는 더플백까지 다 보여줬어. 그딴 것들을 왜 다 보여줬는지 나도 잘 모르겠지만. 부모님은 어디 계시냐고 해서 아빠는 내가 아주 어릴 때 돌아가셨고 엄마는 집에 계시는데 내가 귀찮게만 안 굴면 무슨 짓을 하건 상관 안 한다고 했어. 야, 너 시작이 아주 빠르다, 하길래, 뭐? 무슨 시작이 빠르다는 거야? 하자 그 형은 내 자료들을 돌려주면서 무슨 일이 있건 반드시 자기를 따르고 자기가 하는 말에 무조건 고개를 끄덕이랬어. 그래서 그냥 고개를 끄덕였지.

그 형이 줄을 섰고 나도 따라서 줄을 섰어. 검표원 아저씨는 나와 그 형을 바라보더니, 이 아이랑 함께 온 건가? 하고 물었어. 맞아요, 의붓동생이에요, 잠깐 화장실 다녀온 사이에 얘가 날 따돌리려고 했더라고요, 참 대단한 동생 아니에요? 하고 그 형이 대답했어. 그러니까 아저씨는 나를 보면서, 이 사람이 형 맞니? 하고 물었고, 나는 그 형과 아저씨를 차례로 바라보고 고개를 끄덕였어. 다음부터는 꼭 형하고 붙어다니거라, 하는 아저씨에게 난 다시 고개를 끄덕였어. 아저씨는 우리 차표를 스캔한 다음 좌석번호 표를 건네줬어.

카트를 싣는 것도 그 형이 도와줬어. 기차에는 위층과 아래층이 있었는데 우리 좌석은 위층이었어. 객실을 여러 개 지나 반려동물 동반 칸으로 향했어. 객실들 사이에는 철문이 있었는데, 큼직한 직사각형 버튼이 달려 있었고 그걸 누르면 우주선처럼 쿠시하며 문이 옆으로 열리더라고. 어찌나 멋지던지. 우리집 문도 그랬으면 좋겠어!

승객은 내가 생각했던 것보다 적었어. 좌석의 반은 비어 있는 듯했어. 아직 이른 아침이어서 그랬을 거야. 노인들도 보이고 어린애들을 데리고 탄 가족들도 보였는데 대부분 자고 있었거든. 그런데 무술 대가처럼 헐렁한 회색 옷을 입은 대머리 남자는 아니었어. 옆을 지나가는데 그 사람이 나를 보며 미소를 짓길래 고개를 수그리며, 나마스테, 하고 말했어. 무술 대가에게는 그렇게 인사해야 하는 법이거든.

이제 반려동물 동반 칸에 왔어. 칼 세이건은 옆자리에 도넛처럼 몸을 말고 앉아 있고, 그 형은 이제 우리랑 함께 있지 않아. 고양이 알레르기가 있다며 다른 자리로 갔거든. 검표원 아저씨가 지정해준 좌석에 앉아야 하는 거 아냐? 했더니 그 사람들은 그딴 거 신경쓰지 않는대. 누가 나한테 혼자냐고 묻거나 귀찮게 굴면 와서 자기를 찾으라고 그래서, 내 보호자인 척해줘서 고마워, 했어. 그쯤이야 뭐, 네가 찾고 있는 걸 찾기를 바란다, 그 형이 이렇게 말해서 난 아무것도 찾고 있지 않다고, 로켓을 발사한다고 하지 않았느냐고, 기억 안 나느냐고 했지. 그 형은 소리 내어 웃고는, 그렇지, 하고 가버렸어. 그리고……

아, 참! 그러고 보니, 내가 너희에게 들려주려고 녹음하고 싶다는 지구 소리에 대한 말이었구나. 내가 그걸 찾기를 바란다는 말…… 와! 어쩌면 그 형에게 여자친구가 있을지도 몰라! 그 형이 내가 찾고 있는 사랑에 빠진 남자일지도 모른다고! 좀 이따 그 형을 찾아서 물어봐야겠어.

## 🚀 새 녹음 6
7분 36초

이제 뉴멕시코에 거의 다 왔어! 기차는 확실히 전속력으로 달리고 있어. 전속력 전진!

기차가 움직이기 시작할 때 좀 괴상한 기분이 들었어. 브레이크가 스스스스 소리를 내더니 역 주변 건물들이 스쳐지나가기 시작했어. 처음에는 천천히, 그리고 점점 더 빨리. 일 초 일 초가 지날수록 집과 엄마에게서 멀어지고 있다는 생각이 드는 거야. 보이저 1호, 2호하고 비슷하잖아. 그것들도 일 초 일 초 지날수록 제 집인 지구에서 점점 멀어져 우주 속으로 더 깊이 진입하는 거니까. 차이점이 있다면 나는 돌아올 거라는 거……

신원미상의 아이: 뭐하는 거야?

앨릭스: 아, 안녕! 우주로 보낼 녹음 자료를 만드는 거야.

신원미상의 아이: 이 개 이상해.

앨릭스: 얘는, 그러니까 그냥 좌석 밑에 숨어 있는 거야. 모르는 사람들 앞에서는 불안해하거든. 이름은 칼 세이건이야. 내 영웅의 이름을 따 붙였어, 바로 칼……

신원미상의 아이: 카 세이번하고 전망차 가봤어?

앨릭스: 그게 기차의 일부야?

신원미상의 아이: 기차 뒤쪽에 있어! 식당차 바로 앞인데 끝내주게 근사해. 완전 다 유리야!

앨릭스: 완전 다 유리라면 깨지지 않을까?

신원미상의 아이: 튼튼한 유리야.

앨릭스: 그래, 멋지네. 아직 못 봤지만 곧 가서 보려던 참……

신원미상의 아이: 배틀모프 카드놀이 하고 싶어?

신원미상의 여자: 얘, 레이시. 저 오빠 좀 그만 귀찮게 해.

앨릭스: 괜찮아요, 아주머니, 저 귀찮지 않아요.

앨릭스: 좋아, 배틀모프 하자.

레이시: 이름이 뭐야?

앨릭스: 내 이름은 앨릭스.

레이시: 내 이름은 레이시. 나이는 다섯 살 반. 오빠는 몇 살이야?

앨릭스: 열한 살. 저분이 엄마시니?

레이시: 응. 그리고 쟤는 여동생, 이름은 에번이고.

앨릭스: 여자아이 이름으로는 되게 이상하네.

레이시: 이름은 에번이고 나이는 세 살이야. 오빠네 엄마는 어디 있어?

앨릭스: 록뷰 집에 계셔. 아마 지금쯤 내가 만들어놓은 점심을 꺼내 드시고 계실 거야. 뭐 혹시……

레이시: 엄마가 옛날 사람 옷을 입게 해?

앨릭스: 내 갈색 재킷 말이야? 나의 영웅도 이런 옷을 갖고 있었어. 이런 빨간 터틀넥 스웨터도 갖고 있었는데 텔레비전 프로그램 〈코스모스〉에 늘 그걸 입고 나왔지. 닐 더그래스 타이슨이 새로 한 거 말고 오리지널 말이야.

레이시: 그래도 덥지 않아?

앨릭스: 조금. 하지만 로켓포럼 사람들이 사막의 밤은 추울 수도 있으니 옷을 껴입으라고 했어. 샤프 행사에 가는 길이거든. 샤프는 두문자어이고 남서부 고지대……

레이시: 우리 학교 선생님 한 분도 그런 재킷을 입어. 되게 좋은 분이야. 나쁜 짓 하는 애를 일러바칠 때마다 사탕 세 개를 주시거든. 뭘 잘못하면, 괜찮아아아, 라고 하시고. 정말로 진짜 좋은 분이야.

앨릭스: 그런 것 같네.

레이시: 배틀모프 해본 적 있어?

앨릭스: 응, 가장 친한 친구 벤지네 집에서 해봤어.

레이시: 좋아! 오빠한테 카드를 하나 주겠어, 그리고 나 하나, 다시 오빠 하나……

앨릭스: 정말로 벤지하고 함께 오고 싶었는데 지금 걔는 엄마의 새 남자친구랑 가족들이랑 시카고에 가 있어. 부모님은 이혼하셨거든.

레이시: 이혼?

앨릭스: 응, 그래. 어떻게 알았냐면, 5학년 체육시간에 배구를 하다 벤지가 느닷없이 울기 시작하는 거야. 샌퍼드 선생님이 벤지, 우는 거냐? 하고 물으니까 벤지는 고개를 저으며 아니라고 하긴 하는데, 바로 옆에 있던 나는 벤지가 우는 걸 알 수 있었어. 그런데 벤지가 화장실에 가야겠다는 거야……

레이시: 오빠 하나, 나 하나, 또 나 하나……

앨릭스: ……벤지가 괜찮은지 보려고 따라갔는데 부모님이 이혼하신다고 하더라. 벤지 아빠가 벤지랑 벤지 엄마를 사랑하기 때문에 집에서 나간다고 하셨대. 그래서 나는, 그건 말이 안 된다고, 누군가를 사랑한다면 왜 떠나겠느냐고 그랬어.

레이시: 우리 엄마는 날 정말 사랑하셔.

앨릭스: 이제 내 카드 봐도 되니?

레이시: 이제 봐도 돼. 내가 돌렸으니까 내가 먼저야. 나는 코

쿤…… 그리고 이제 변신!

앨릭스: 기다려야 되는 거 아닌……

레이시: 그리고 다른 코쿤! 또 변신!

앨릭스: 음……

레이시: 이제 오빠 차례야.

앨릭스: 알았어. 카드 하나 뽑을게.

앨릭스: 벤지의 컬렉션을 한번 봐야 돼. 벤지는 배틀모프를 무지 좋아하거든. 초보자용 세트도 있고 배틀 인핸서 앱도 있어. 맨날 이 게임만 하고 싶어한다니까. 특히 더운 날에는 온종일 집 안에 틀어박혀서 배틀모프랑 콜 오브 듀티 게임을 하고 놀아.

레이시: 우리 동네에 마야라는 여자애가 있는데 그애도 하루종일 집에 있어. 그리고 모든 사람들한테 엄청 사납게 굴어! 고양이만 좋아하고……

레이시의 엄마: 레이시, 누군가에 대해 좋은 말을 할 게 없다면 어째야 한댔더라?

레이시: ……

레이시의 엄마: 말해보렴, 레이시?

레이시: 아무 말도 안 해야 돼요.

〔요란한 기적소리〕

레이시의 엄마: 맞아, 아무 말도 안 하는 거야.

레이시: (앨릭스에게) 한번은 마야가 선생님한테 나랑, 그리고 자기 친구이기도 한 내 친구가 자기 연필을 훔쳤다고 고자질을 한 거야. 절대 안 그랬는데! 거짓말이었다고. 마야는 완전 거짓 말쟁이야.

레이시의 엄마: 레이시, 내가 방금 뭐랬지?

레이시: 하지만 사실이잖아요, 엄마! 마야는 완전……

레이시의 엄마: 타임아웃* 벌 받고 싶니?

레이시: 아니에요, 엄마……

〔요란한 기적소리〕

앨릭스: 기차가 속력을 늦추는데?

레이시: 그래? 왜 그러는데?

앨릭스: 이상하네, 아직 도시가 아닌데, 온통 사막뿐이고.

레이시: 엄마, 왜 속력을 늦추는 거예요?

레이시의 엄마: 글쎄, 나도 모르겠는데? 자, 이리 와서 감자튀김 마저 먹어.

레이시: (앨릭스에게) 이제 가야 해.

앨릭스: 여기 네 카드 가져가야지.

---

* 아이가 잘못을 했을 때 잠시 다른 장소에 격리시켜 조용히 자기 행동을 돌아보게 하는 일종의 훈육법.

레이시: 오빠랑 잘 놀았어.

앨릭스: 응, 나도.

〔요란한 기적소리〕

레이시: (멀리서) 엄마, 물 좀 주세요! 물 좀……

〔브레이크가 끼익하는 소리〕

앨릭스: 어, 이제 완전히 서버렸네. 사람들이 무슨 일인가 창밖을 내다보고 있어.

앨릭스: 뭐랑 충돌한 것 같지는 않은데…… 그런 느낌은 없었거든.

앨릭스: 앞쪽이…… 잘…… 안 보이고……

앨릭스: 가서 좀 봐야겠어. 잠깐만!

## 새 녹음 7
6분 3초

아직도 기차는 그냥 서 있어. 이러고 있은 지도…… 아, 두 시간이 다 됐네! 바지 속에 개미가 들어와 있는 것 같아. 진짜 개미가 들어온 건 아니고, 안절부절못하고 있다는 뜻이야.

기차가 멈추고 나서 승무원이 문을 열더니, 여기서 상당 시간 정차할 것 같으니 원하면 기차에서 내려도 된다고 했어. 그래서 똥오줌을 누게 해주러 칼 세이건을 데리고 나갔는데, 구급차가 보이는 거야.

무슨 일이지? 다른 사람들이랑 함께 그쪽으로 가봤어. 구급차 뒤칸에서 구급대원들이 아프거나 죽어가는 것 같은 사람에게 뭐라고 말을 걸고 있었어. 칼 세이건을 끌고 가까이 다가가서 보니 얼굴에 산소마스크를 쓴 사람이 구급대원들의 말에 고개를 끄덕이거나 젓고 있었어. 더 가까이 다가갔더니 얼굴이 좀더 또렷이 보이면서 파란색 두건이 눈에 들어왔어. 바로 그 형이었던 거야!

그 모습을 보니 뱃속에 이상한 느낌이 들었어. 아이스크림을 너무 많이 먹으면 배가 아프고 시리면서 하루종일 아무것도 먹고 싶지 않잖아, 꼭 그런 느낌. 칼 세이건도 기분이 이상했거나 배가 시렸는지, 평소보다 더 낑낑대며 내 다리 뒤로 숨더라고.

구급차 옆의 기차 승무원에게 내가 물었어. 무슨 일이죠? 심장마비인가요? 하지만 승무원은 나더러 비키라고, 부모님에게 돌아가라고만 했어. 그 형 얼굴이 정말 지쳐 보였어. 그 형도 내 얼굴을 봤는데 곧 눈을 내리깔았어. 날 알아보지 못한 것 같아. 내가 찾고 있는 걸 찾기를 바란다는 말이 무슨 뜻인지 깨달았다고 말해주고 싶었지만 그 형 이름도 모른다는 게 생각났어. 아까 물어보는 걸 까먹은 거야. 잠시 후 승무원이 다시 내게 비키라고 했어.

그래서 돌아가면서 다시 그 형을 돌아보느라 한눈을 팔았는데, 어떤 사람하고 정면으로 부딪쳤지 뭐야! 에구, 미안합니다, 하며 고개를 들어보니 그 무술 대가더라고. 그런데 생각보다 키가 작았어. 앉아 있는 모습만 봤었으니까. 이름은 제드인데 그때는 아직 이름을 몰랐어. 그래서 난 그냥 다시, 나마스테, 했어. 아저씨는 헐렁한 옷 속으로 손을 넣어 아이패드만한 칠판을 꺼내더니 그 위에, 네 형이니? 하고 써서 보여주며 구급차 쪽을 가리켰어.

나는 그 형을 보고 다시 제드 아저씨를 봤어. 나를 괴롭힐 사람처럼 보이지는 않더라고. 무술 대가들은 피할 수 없을 때만 싸우잖아. 아니요, 우리 형 아니에요, 라고 말했지. 아저씨는 칠판 글씨를 지우고, 혼자 여행중이니? 라고 썼고, 나는 아니요, 칼 세이건과 함께예요, 라고 말했고, 우리 둘은 내 다리 뒤에 숨은 칼 세이건을 내려다봤어.

제드 아저씨가 쪼그려앉길래 혹시 〈와호장룡〉에 나오는 발차기 같은 것을 보여주려나 했는데 그냥 칼 세이건에게, 안녕, 하더라고. 칼 세이건은 일어나서 아저씨 손에 코를 대고 킁킁거리더니 다시 내 다리 뒤로 숨어버렸어. 나는 제드 아저씨에게, 왜 말할 때 칠판을 써요? 혹시 목소리가 안 나와요? 하고 물었어. 그러자 아저씨는 칠판에, 침묵의 맹세, 라고 썼어. 이름을 물으니 제드, 라고 썼고.

우리는 구급대원들이 그 형의 혈압을 재고 눈에 작은 플래시 빛을 비추는 모습을 지켜봤어. 록뷰의 내 주치의 터너 박사님이 해마다 나한테 해주는 것 같은 건강검진을 하는 거였지. 구급대원들은 이어서 그 형 얼굴에서 산소마스크를 벗겼어. 제드 아저씨는 칠판에, 좋은 신호야, 라고 썼어. 하지만 그 형의 배낭을 구급차에 싣는 걸 보니 좋은 신호만은 아닌 것 같았어. 승무원이 괜찮을 거라고, 그냥 만일에 대비해 병원에 가는 거라고 우리에게 말했어.

구급차가 떠나고 우리가 다시 기차에 탔는데도 기차는 꼼짝하지 않았어. 왜 이렇게 오래 걸릴까…… 지금쯤이면……

왜요, 제드 아저씨?

〔칠판에 글자 쓰는 소리〕

무슨 문제 있니? 라고 아저씨가 물었어.

미안해요, 제드 아저씨. 그냥 안절부절못하는 거예요. 칼 세이건과 함께 내 골든 아이팟을 우주로 쏘아올리러 뉴멕시코주의 샤프 행사에 가는 중인데, 로켓포럼 사람들이랑 카풀을 해서 갈 예정이고 그 사람들이 역 근처의 블레이크스 로터버거에서 기다릴 거거든요. 그런데 기차가 도착할 때까지 기다려줄지 몰라서요.

〔칠판에 글자 쓰는 소리〕

아저씨도요? 잠깐, 아저씨도 정말로 샤프 행사에 간다고요? 무술 대가인 줄 알았는데!

〔제드가 웃는 소리〕

로켓포럼에서 쓰는 아이디가 뭐예요? 아저씨 로켓은 어디 있어요?

〔칠판에 글자 쓰는 소리〕

나는 인터넷을 안 써, 라고 썼고, 그 밑에 친구의 로켓이라고
썼어.

그러면 아저씨는 휴대전화도 없다는 말이에요?

제드 아저씨가 고개를 끄덕였어.

그런데 우리가 너무 늦게 도착하고 전화 연락도 없고, 그래서
아저씨 친구랑 카풀 사람들이 우리가 안 오는 줄 알면 어떡하죠?

[칠판에 글자 쓰는 소리]

방법이 있을 거래.

모르겠어요, 제드 아저씨. 정말 그렇다면 좋겠지만……

근데 도대체 왜 아직도 기차가 움직이지 않는 걸까요?

[칠판에 글자 쓰는 소리]

아, 아뇨, 전망차 못 봤어요. 저기 레이시라는 여자아이 말로
는 완전 유리라던데, 한번 가서 볼까요? 왜 기차가 계속 서 있는
지 알아낼 수 있을지도 몰라요! 좋은 생각이에요, 제드 아저씨!

[제드가 웃는 소리]

## 새 녹음 8
5분 27초

드디어 다시 기차가 달리는 중이야. 정말 오래 정차해 있었어!
지금 제드 아저씨하고 전망차에 있는데, 레이시 말처럼 완전 유
리까지는 아니고 반쯤은 유리인 것 같아. 그래도 창 크기가 정말
엄청나. 곡선으로 천장까지 이어져 있고 좌석들도 창을 향하고
있어서 텔레비전을 보듯 바깥 풍경을 감상할 수 있어.

기차가 다시 움직이면서 바깥 풍경은 평평한 사막에서 굽이진
사막으로 변했어. 제드 아저씨는 창밖을, 나는 제드 아저씨를 바
라봤어. 바위와 갈색 덤불들이 지나가는 모습을 보는 아저씨의
눈이 아주 빠르게 움직였어. 아저씨는 무척 뚱뚱하고 머리가 센
과학 담당 포거티 선생님과 닮았어. 제드 아저씨가 덜 늙었고 몸
집도 작고 머리카락이 아예 없다는 점은 다르지만. 포거티 선생

님의 대머리 호빗 버전쯤 될까……

〔요란한 웃음소리〕

제드 아저씨가 또 웃는 소리야. 방금 만났는데도 벌써 내가 아는 누구보다도 더 많이 웃네. 아저씨가 웃을 때마다 몸이 작아졌다가 부풀어오르는 풍선처럼 커지는 거 있지.

〔제드가 웃는 소리〕

지금도야!

제드 아저씨에게 인터넷을 쓰지 않는다니 아직도 믿을 수가 없다고 했어. 나는, 어떻게 인터넷이 없어요! 라고 말한 뒤 인터넷이 없다면 어떻게 살지 모를 것 같다고, 새로운 것들을 지금처럼 빨리 배우지 못할 게 틀림없다고, 로켓포럼이랑 유튜브도 못 들어가고 샤프나 로켓 만드는 법에 대해서도 알지 못했을 테고, 앤세스트리에 우리 아빠에 대한 조사를 의뢰하지도 못했을 거라고 했어. 제드 아저씨가 칠판에, 더 말해보렴, 하고 썼어. 그래서 앤세스트리가 아빠에 대해 찾아준 것 중 토목기사 자격증이 있었는데 토목기사가 뭔지 구글에서 찾아봤더니 도로나 다리 같은 걸 설계하는 사람이라고 나오더라고 했지.

더 말해보렴, 이라고 그대로 쓰여 있는 칠판을 아저씨는 다시 들어올렸어. 그래서, 그걸 알아낸 다음 로니 형에게 전화를 걸어서, 형, 아빠가 토목기사였다는 거 알고 있었어? 하고 묻자 로니 형이, 아빠에 대해서는 잊어, 과거를 파헤쳐봤자 좋을 거 없어, 하고 말해서 내가 로니 형한테, 기억나는 게 전혀 없어서 잊을 것도 없어! 하고 대꾸했다고 말했어. 제드 아저씨의 칠판에는 여전히, 더 말해보렴, 이라고만 쓰여 있었어. 그래서 벤지랑 칼 세이건이랑 엄마랑 학교 이야기도 해주고, 그렇게 계속 이야기를 하다보니 온갖 일들에 대해 엄청나게 많은 이야기를 해주게 되더라고. 제드 아저씨는 이야기를 잘 들어주는 사람이야. 사실 말을 안 하니 그런 거겠지.

〔제드가 웃는 소리〕

뭐가 그렇게 재미있어요, 제드 아저씨?

그리고요, 침묵의 맹세는 대체 왜 한 거예요?

〔칠판에 글자 쓰는 소리〕

정말로요? 말을 너무 많이 했다면 얼마나 많이 한 건데요?

〔칠판에 글자 쓰는 소리〕

내가 말 안 하는 걸 좋아할지는 모르겠네요. 우리 같이 한번 해볼까요?

〔칠판에 글자 쓰는 소리〕

〔칠판에 글자 쓰는 소리〕

〔앨릭스가 웃는 소리〕

〔칠판에 글자 쓰는 소리〕

〔제드가 웃는 소리〕

〔칠판에 글자 쓰는 소리〕

〔두 사람이 웃는 소리〕

근데, 제드 아저씨, 질문 있어요. 혹시 누구랑 사랑에 빠져 있지 않아요? 내 골든 아이팟에 사랑에 빠진 남자의 소리를 녹음하려고 하거든요.

아저씨, 내 질문 들었어요?

〔기차가 덜컹거리는 소리〕

〔제드가 웃는 소리〕

제드 아저씨가 또 그냥 어깨를 으쓱하네.

그러니까 모른다는 말이에요? 어떻게 모를 수가 있죠? 누구랑 사랑에 빠졌다면 쉽게 알 수 있는 거 아니에요? 아저씨, 부인이나 여자친구 있어요?

〔칠판에 글자 쓰는 소리〕

제드 아저씨가, 전처, 라고 썼어. 이제는 사랑에 빠져 있지 않다는 거겠네요.

〔제드가 웃는 소리〕

그렇게 웃는 것도 침묵의 맹세 위반이에요. 말하지 않기 맹세라고 해야 하는 거 아닌가요? 그게 더 정확할 것 같은데.

〔제드가 웃는 소리〕

너희가 사는 곳에도 침묵의 맹세가 있을까?

말을 하기는 하니?

어쩌면 개미들처럼 페로몬을 통해 통신할지도 모르지. 아니면 공중에 수화 같은 기호를 띄울지도 모르고.

어쩌면 다섯 개가 아니라 열 가지 감각을 갖고 있고, 그중 하나로 말을 하는데 그걸 말이라고 부르지는 않고 다른 뭐라고 부르거나 아예 뭐라고도 부르지 않을지도 모르지.

그것도 아니라면 너희의 언어는 웃음뿐이고, 행복해서 웃는 웃음, 배고파서 웃는 웃음, 오랫동안 못 본 형이 그리워서 웃는 웃음이 서로 다 다를지도 몰라. 단어를 표현할 땐 어떻게 웃을까? 샤프가 너무 기대돼, 라는 말을 웃음으로 표현한다면, 하 하 하아 히 하아, 라고 해야 하나? 아니면, 하 하아 히 호 호 하아 하?

〔제드가 웃는 소리〕

# 🚀 새 녹음 9
7분 4초

우리는 앨버커키에 두 시간이 아니라 두 시간 하고도 삼십 분이나 늦게 도착했어. 가까스로 도착했을 땐 이미 해가 지기 시작해서 하늘이 연노란빛을 띠고 있었고 사람도 차도 아주 많았어. 제드 아저씨가 내 카트 내리는 걸 도와줬어. 내가 서둘러 블레이크스 로터버거에 가자고 했는데 아저씨의 친구가 이미 기차역에서 기다리고 있는 거야!

이름은 스티브, 로켓포럼에서는 스티브O라는 아이디를 쓰는데, 둘이 룸메이트이고 LA에 산다고 했어. LA는 로스앤젤레스 Los Angeles의 두문자어야. 내가, 제드 아저씨, 기차역에서 스티브 아저씨가 기다릴 거라는 거, 그리고 LA에 산다는 거 왜 말 안 했어요? 하고 물으니 제드 아저씨는 묻지도 않았잖아, 하듯 어깨를 으쓱했어. 두 사람에게 혹시 로니 형을 아느냐고 물으면서 로니 형도 LA에 살고 에이전트이고 사람들은 RJ라고 부른다고 하자 스티브 아저씨가 모른다고 대답했어.

스티브 아저씨는 로니 형보다는 좀 나이가 많지만 제드 아저씨만큼은 아니고, 중간쯤 되는 키에 머리카락은 연갈색이고 턱수염이 있기는 한데 별로 굵지 않고 그냥 꼬마……

〔제드가 웃는 소리〕

신원미상의 남자: 야, 기르기 시작한 지 얼마 안 돼서 그래!

앨릭스: 그러니까 꼬마 턱수염이죠, 스티브 아저씨. 아직 다 자라지 않았으니까요.

〔제드가 웃는 소리〕

스티브: 그래, 뭐 그러든지.

앨릭스: 그건 그렇고, 스티브 아저씨는 제드 아저씨더러 그래도 오기는 왔다고, 기차가 이 정도로 연착하다니 믿기지 않는다고 했어. 그리고 날 보더니, 잠깐, 네가 우리랑 카풀할 애냐? 하고 물어서, 그런가요? 하고 되물었어.

앨릭스: 어떻게 된 거냐면, 블레이크스 로터버거에 모인 사람들이 전부 가버린 거야. 하지만 칼렉시코가 스티브 아저씨에게 나도 기차를 타고 온다고 말해줬고, 스티브 아저씨는 어차피 제드 아저씨를 기다릴 거였으니 나도 태워줄 수 있다고 한 거지.

그런데 내가 아이라는 건 몰랐대. 내가 열한 살이긴 해도 책임감 나이로는 최소 열세 살이라고 하자 부모님은 어디 계시냐고 물어서 엄마는 집에 계시고 아빠는 내가 아주 어렸을 때 돌아가셨다고 했어. 그러자 스티브 아저씨는 제드 아저씨를 바라봤고, 제드 아저씨는 아빠 없이 자라는 사람들도 있지 뭐, 하듯 어깨를 으쓱했어. 아저씨가 말을 안 해도 나는 아저씨를 이해하기 시작한 것 같아.

스티브: 개를 데리고 오는 것도 몰랐네. 차창을 침 범벅으로 만들지 않게 잘 지켜라.

앨릭스: 알았어요. 여기 내 옆에 앉아! 사막은 나중에 봐도 되니까.

〔개 목줄 딸랑거리는 소리〕

스티브: 고맙다. 그리고 좌석도 조심해. 더러워지면 여자친구가 화내거든. 세차를 하고 실내는 진공청소기를 돌리라고 가뜩이나 성화야.

앨릭스: 아저씨 여자친구에겐 청결이 무척 중요한가보네요.

〔제드가 웃는 소리〕

스티브: 그래, 그런 것 같다……

앨릭스: 그래서 차에 타기 전에 감자튀김을 다 먹으라고 했군요. 그렇죠, 스티브 아저씨?

앨릭스: 스티브 아저씨가 블레이크스 로터버거에서 감자튀김을 좀 사왔거든.

스티브: 그래. 버거도 사올까 했지만 제드처럼 완전채식주의자일지 모르겠다 싶었지. 이제 알겠지, 제드? 바로 이래서 내가 늘 다시 휴대전화를 장만하라고 하는 거라고.

앨릭스: 제드 아저씨는 침묵의 맹세를 했는데 어떻게 전화에 대고 말하라는 거예요?

스티브: 적어도 문자는 보낼 수 있잖아.

앨릭스: 그런데 스티브 아저씨, 차 트렁크에 에어캡으로 싸놓은 건 뭐예요? 혹시 아저씨 로켓이에요? 엄청 커 보이던데!

스티브: 맞아. 보여줄게, 이따가……

〔전화벨소리〕

스티브: 잠깐만.

〔헤드셋의 삐 소리〕

스티브: 자기야, 안녕?

스티브: 미안, 지금 전화하려던 참……

스티브: 맞아, 그렇게 말했었지. 근데 제드의 기차가 연착했고 여기 이 아이도 태워줘야……

스티브: 미안하다잖아.

앨릭스: (속삭이는 소리로) *제드 아저씨, 스티브 아저씨가 지금*

*누구랑 통화하는 거예요?*

스티브: 주말 동안만이야, 그래. 월요일 오후에 돌아갈 거라고. 거기도 들를……

〔칠판에 글자 쓰는 소리〕

스티브: 그런 거 아냐. 그냥 주말에 없을 거라고 벌써 얘기했었다는 것뿐이야.

스티브: 응, 두 주 전에.

스티브: 뭐?

스티브: 그래, 미안은 한데, 나 정말로 자기한테 말했……

앨릭스: *여자친구가 심술궂은가봐요.*

〔제드가 웃는 소리〕

스티브: 아무것도 아니야. 그냥 제드야.

스티브: 자기, 나 돌아가면 그때 얘기하면 안 될까? 그건 미안한데……

스티브: 알았어, 안녕.

〔헤드셋의 삐 소리〕

〔차 지나가는 소리〕

앨릭스: 이건 스티브 아저씨가 여자친구와 통화하는 소리였어. 아저씨는 헤드셋이 있어. 귀에 꽂은 채 운전도 할 수 있고 통화도 할 수……

스티브: 야, 앨런, 너 그거……

앨릭스: 내 이름은 앨릭스인데요.

스티브: 미안, 앨릭스. 근데 그거 지금 좀 안 하면 안 되겠냐? 음악이나 좀 들었으면 싶은데.

앨릭스: 알았어요.

## 🚀 새 녹음 10
9분 46초

 

행사장에 도착했을 때는 날이 거의 어두워져 있었어. 지금은 완전히 깜깜하고. 내 목소리가 조용하게 들린다면 그건 내가 속삭이고 있어서야. 사람들이 대부분 자고 있는 것 같아.

아직 아무도 못 만났어. 칼렉시코랑 다른 카풀 사람들은 벌써 각자 텐트나 RV에 들어가 있었거든. RV는 레크리에이션용 차량 Recreational Vehicle의 두문자어야. 이곳은 완전 평평한 사막인데 멀리 산이 널찍하게 둘러서 있는 게 보여. 처음 들어오면서 텐트랑 RV들을 보는데 꼭 화성 식민지에 진입하는 기분이었어. 빨간색과 주황색이 아니라 금색과 갈색에다 보랏빛이 좀 돈다는 게 달랐지만 말이야.

텐트 치는 걸 좀 연습해둘 걸 그랬어. 스티브 아저씨는 텐트를 세울 자리 앞에 주차를 하고 전조등을 밝혀놨어. 스티브 아저씨와 제드 아저씨가 텐트를 치는 모습을 보며 따라 하려 해봤는데 보기보다 어렵더라고. 게다가 칼 세이건이 텐트 위에 계속 서 있는 거야. 도와주려는 거였겠지만 더 힘들기만 했어. 그래서 내려오라고 소리를 질렀더니 또 울기 시작하는 거 있지.

화낼 생각은 없었지만 남들은 다 텐트를 치고 들어가 있는데 우리 텐트만 아직 2차원 상태인 게 답답해서 그랬어.

제드 아저씨가 이쪽으로 오는 걸 보니 내 고함소리나 칼 세이건의 울음소리를 들은 모양이야. 아저씨가 텐트를 쳐주는 동안 나는 칼 세이건의 목줄을 단단히 쥐고 있었어. 아저씨는 거의 까치발로 서서 가운데 고리들을 기우뚱거리는 기둥들에 연결했어. 그렇게 텐트가 세워졌고 이제 더는 2차원이 아니게 됐어. 혼자 설 수 있게 된 거지. 칼 세이건을 텐트 안에 들여보낸 다음 우리는 거꾸로 된 L자 모양의 말뚝들을 박았어. 흡혈귀를 죽일 때 쓰는 말뚝하고는 전혀 다르게 생긴 거야.

스티브 아저씨가 자동차 전조등을 끄고 대신 헤드램프를 켰어. 이마에 차고 다니는 플래시 같은 건데, 어디든 머리가 향한 곳을 비춰주는 램프야. 완전 근사해. 우리는 짐을 텐트 안에 집어넣었어. 그리고 제드 아저씨가, 와서 놀래? 하는 뜻으로 자기네 텐트를 가리켰어.

나는 초대는 고맙지만 오늘은 사양하겠다고, 로켓을 접착제로 붙이는 일을 마쳐야 한다고 했어. 로켓이 더플백에 안 들어가는 바람에 분해해서 가져왔다고, 지금 다 이어붙여야 내일 발사 전까지 마를 거라고 했지.

제드 아저씨는 잠시 서 있더니 엄지를 척 올려 보이고는 자기네 텐트 안으로 들어갔고, 나도 내 텐트 안에 들어와서 로켓을 붙였어. 나는 두 발로 플래시를 잡고 로켓을 접합시켰어. 팔이 두 개 더 있거나 아님 헤드램프라도 있으면 좋겠다 싶었어. 다 붙이기까지 시간이 한없이 걸렸어. 당연히 진짜 한없이는 아니지, 그랬다면 아직도 붙이고 있을 테니까. 한 시간쯤 걸렸네. 끝내고 보니 칼 세이건은 벌써 잠이 들었더라. 아저씨들의 텐트를 내다보니 아직 불빛이 보였어.

나는 그 앞에 가서, 아저씨들 아직 안 자요? 하고 물었어. 제드 아저씨가 텐트 문 지퍼를 내려줘서 안으로 들어갔어. 밖에서 보는 것보다 훨씬 더 컸어. 엄청 큰 텐트였어. 〈해리 포터〉에 나오는 퀴디치 월드컵 텐트만큼은 아니지만, 그건 영화이고 또 특수효과를 쓴 거잖아. 아저씨들 텐트는 일곱 명쯤은 들어갈 수 있을 것 같았어.

나는 제드 아저씨의 침낭 위에 앉았어. 제드 아저씨는 둥그런 베개를 깔고 앉아 있었고, 스티브 아저씨는 자기 침낭 위에 앉아 있었거든. 스티브 아저씨의 헤드램프가 샹들리에처럼 천장에 매달려 있었고 아저씨는 작은 캔을 하나 들고 있었어. 스티브 아저씨, 레드불 마시는 거예요? 하고 내가 물었지.

스티브 아저씨는 한입 마신 뒤 레드불과 비슷하지만 훨씬 좋은 거라고 했어. 록스라는 에너지 음료라는데, 그건 액체산소Liquid Oxygen의 두문자어 같은 거야. 깡통을 보여줘서 한번 봤더니 로고 아래 '인간 로켓 연료'라고 쓰어 있었어. 하지만 진짜 액체산소가 들어 있는 건 아니고 비타민이 들어 있다고, 그래서 기운이 나고 건강에 좋은 음료라고, 로켓 연료라고 한 건 그런 기분이 들게 해준다는 비유라고 아저씨는 말했어. 비유가 뭐냐고 내가 묻자 아저씨는, 비유란 어떤 것을 다른 어떤 것으로 묘사하는 거라고, 그렇게 해야 길게 설명할 필요가 없어지기 때문에 사용한다고 했어.

스티브 아저씨는 내게 록스를 사고 싶냐면서, 이번 행사에서 캔당 2달러에 팔 거라고 말했어. 그리고 록스를 팔 사람을 세 명 구할 사람을 세 명 구할 수만 있다면 BMW를 공짜로 얻는다고, 내 친구 세 명이 록스를 팔 사람을 세 명씩 구하면 나도 BMW를 공짜로 얻는다고 했어. 나는 아직 운전도 못하고 식료품 사는 것과 각종 긴급사태에 대비해 저축을 하고 있어 괜찮다고, 하지만 에이전트인 로니 형은 BMW를 원할지 모르니까 이담에 통화할 때 한번 물어보겠다고 대답했어.

엄마랑 로니 형이 나 혼자 여기 오게 허락했다는 게 믿기지 않는다는 스티브 아저씨에게 엄마랑 형은 너무 귀찮게만 안 하면 내가 뭘 하든 보통 신경쓰지 않는다고 했어. 스티브 아저씨는 제드 아저씨를 흘끗 보고는 자기도 어렸을 때 부모님이 그런 자유를 줬다면 좋았겠다고 했어. 나는 아저씨들에게 로니 형의 직업에 대해 좀더 이야기해줬고, 제드 아저씨가 후퇴retreat 때문에 콜로라도에 갔다가 나랑 같은 기차를 탔다는 걸 알았어. 제드 아저씨에게 무엇으로부터 후퇴한 거냐고, 혹시 닌자들에게 쫓긴 거냐고 묻자 제드 아저씨는 웃음을 터뜨리고는 모르겠다는 듯 다시 어깨를 으쓱했고, 스티브 아저씨가 그건 후퇴가 아니라 수련회를 말한 거라고, 사람들이 집이랑 떨어진 데서 모여 며칠간 생각하는 거라고 설명해줬어.* 그래서 나는 어차피 늘 생각을 하기 때문에 특별히 어디 가서 생각할 필요는 없다고 했어.

아, 그리고 드디어 아저씨들의 로켓을 봤어! 스티브 아저씨가 차에서 꺼내왔는데, 흰색과 파란색을 썼고 내 키만큼이나 컸어. 진짜 멋졌어. 이름은 스티브 아저씨의 여자친구 이름인 린다야. 아저씨는 시벳상 부문에 참가한다고 했어. 20만 피트 상공에

---

* retreat에는 '후퇴'와 '수련회'라는 뜻이 있다.

로켓을 쏘아올렸다가 무사히 복귀시킨 개인이나 팀에게 5만 달러 상금을 주는 상이야. 스티브 아저씨는 또다른 룸메이트인 네이선 아저씨가 설계한 로켓이기 때문에 틀림없이 우승할 거라고 했어. 수학 천재인 그 아저씨는 컴퓨터 프로그래밍 일이 밀려 주말도 반납하고 일해야 해서 참가를 못했대.

5만 달러는 큰돈이고 그래서 내일이 무척 기대된다고 스티브 아저씨가 말했어. 그러고 보니 생각났어요, 아저씨들 천문학 농담 아는 거 있어요? 하고 내가 물었어. 나는 늘 멋진 천문학 농담을 찾고 있거든. 아저씨들이 하나도 모른대서 내가 아는 걸 하나 들려줬어.

왜 달의 돌은 지구의 돌보다 더 맛이 좋을까요?

운석이기 때문이지요.

처음엔 아무도 웃지 않는 거야. 농담을 이해 못한 것 같아 설명을 했지. 달의 돌은 운석meteor이고, 그 발음이 고기가 더 많이 들어 있다는 말meatier과 같고, 고기가 더 많이 들어 있다는 것은 더 맛있다는 뜻이 되기 때문에 재미있는 거라고. 사실은 달의 돌에 고기가 들어 있지도 않고 더 맛이 좋지도 않은 거라고, 이제 알겠느냐고 말이야.

마침내 제드 아저씨가 웃기 시작해서, 휴, 설명을 해줬으니 망정이지, 하니까 더 크게 웃는 거야! 스티브 아저씨도 웃더니 방금 농담의 재미있는 부분만 큰 소리로 반복했어. 그러니까 달의 돌이 더 맛이 좋은 이유는 고기가 좀더 많이 들어 있기 때문이다 이거군, 이러면서 다시 크게 웃었어.

다들 한바탕 웃고 난 뒤에 스티브 아저씨의 여자친구한테 다시 전화가 왔어. 아저씨는 처음에는 조용하게 통화하려고 하는 듯했지만 점점 소리가 높아지자 맘놓고 큰 소리로 통화하러 차 쪽으로 갔어. 여자친구가 있는 스티브 아저씨야말로 내가 찾고 있던 사랑에 빠진 남자일지 모르겠다 싶어서 제드 아저씨에게 내 생각을 말했어. 아저씨가 얼굴을 조금 찡그리는 것도 같았는데 어쩌면 어두워서 잘못 본 걸 수도 있어. 그냥 웃음을 터뜨리더니 다시 어깨를 으쓱했거든.

스티브 아저씨는 곧바로 돌아왔어. 여자친구하고 오래 통화하고 싶지 않았던 모양이야. 침낭 지퍼를 열고 베개를 부풀리며 밤도 늦었고 혼자 운전을 하고 기차를 기다리느라 지쳐서 이제 그만 자야겠다고 말했어. 내가, 벌써 피곤하다니 록스도 별 효과가 없나봐요! 하니까 제드 아저씨가 웃으면서, 나가서 별 구경하자, 라고 칠판에 썼어. 좋은 생각 같았어.

나는 텐트 지퍼를 내리고 제드 아저씨와 함께 나갔어. 하늘을 올려다보니 별이 정말 많더라. 록뷰보다도 더 많은 것 같았어. 아저씨가 뭔가를 쓰는 소리가 들려 플래시를 비춰봤더니 칠판에 수정같이 맑구나, 라고 쓰여 있어. 나는 아닐 거라고, 벤지에게 수정이 몇 개 있는데 조금 뿌옇더라고, 지금 하늘은 수정보다 더 맑고 차라리 윈덱스로 막 닦은 유리에 가깝다고 말했어.

아저씨는 더 말해보렴, 하고 칠판에 썼어. 그래서 우리 부모님은 오늘 같은 밤에 처음 만났다고, 내가 여덟 살 때 엄마가 알려줬다고 했어. 대학생인 엄마가 은행에서 아르바이트를 하고 있는데 아빠가 수표를 현금으로 바꾸려고 은행에 들어왔고 두 사람은 첫눈에 서로에게 반했다고, 저녁을 함께하겠느냐고 아빠가 묻자 엄마는 처음에는 거절했지만 아빠의 매력에 빠져 승낙했다고, 저녁을 먹고 나서 함께 케이블카를 타고 마운트 샘 정상에 올라가 록뷰 전체를 내려다보고 별들을 올려다보면서 첫 키스를 했다고, 〈콘택트〉에서 애로웨이 박사가 파머 조스를 만나 아레시보의 별빛 아래서 첫 키스를 한 것과 비슷했을 거라고 했어.

그리고 엄마가 저녁으로 뭘 드셨을지, 여러 밀폐용기 가운데 뭘 꺼내 데워 드셨을지 궁금하다고 했어. 당근과 감자를 넣고 끓인 수프를 드셨을까, 아니면 아침식사 같은 저녁식사를 먹고 싶어서 스팸과 쌀밥, 달걀스크램블을 드셨을까? 제드 아저씨는 정말 조용했어. 원래 조용했지만 유난히 더 조용해 보였다는 거야. 조금 후에 바람소리가 들렸어. 모래 폭풍은 아니었고 그냥 가벼운 산들바람이었어. 텐트랑 RV들을 둘러보니 몇몇은 아직 불이 켜져 있었어.

내가 제드 아저씨한테 말했어. 텐트랑 RV마다 사람들이, 우리와 비슷한 사람들이 하늘로 쏘아올릴 로켓을 갖고 들어가 있다는 게. 그리고 바로 내일이면 그 사람들을 만나 그들이 쏘아올릴 로켓을 보고 우리 로켓도 보여주게 된다는 게 재미있지 않아요?

제드 아저씨가 칠판에 뭐라고 쓸 것 같아서 플래시를 비춰봤지만 아저씨는 그냥 하늘만 쳐다보고 있었어.

## 🚀 새 녹음 11
6분 23초

 

 

안녕, 얘들아! 아침에 신발을 들여다봤는데 안타깝게도 전갈은 한 마리도 없었어. 있었다면 그 소리를 녹음해서 너희에게 들려줄 수 있었을 텐데. 그런데 전갈이 어떤 소리를 내는지 모르겠네. 뱀처럼 쉿쉿, 소리를 낼까?

사막의 전갈들은 사람들이 자는 동안에만 나오는지도 몰라. 난 어젯밤 한숨도 못 잤거든. 잠을 청해봤지만 침낭에 들어가도 바닥이 너무 딱딱한데다. 로켓을 접합하는 데 쓴 접착제 냄새 때문에 머리가 지끈지끈 아팠어. 아저씨들의 텐트에서 코고는 소리도 들려왔어. 제드 아저씨였을 거야. 코를 골고 또 골다 멈추길래 아, 이제 다 골았나보다 했는데, 별안간 아주 크게, 최소한 다섯 배는 더 큰 소리로 코를 골았어. 엄청난 소리였어. 말을 하지 않느라 내지 못하는 소리들을 모아서 보통 사람들보다 더 큰 소리로 웃고 코도 고는 게 아닌가 싶어.

하지만 잠을 못 자서 다행인 것도 있어. 텐트에서 나오자마자 해돋이를 보게 됐거든. 멀리 산들이 분홍과 노랑 빛으로 물들었어. 물병을 들고 이를 닦기 시작했을 때 저만치서 두 개의 작은 점이 점점 가까이 다가오며 그 뒤 모래 구름이 점점 커지고 있었어. 그렇게 행사장에 진입한 것은 미니밴 자동차와 트레일러가 달린 트럭이었어. 머릿속에서, 아, 오늘이 발사 날이구나! 하는 생각이 떠오르더라.

그날이 벌써 왔다니 믿기지 않았어. 미니밴과 트럭에서 내린 사람들이 텐트를 설치하기 시작했는데, 내 거나 아저씨들 거하곤 다르게 지붕만 있고 벽은 없는 거였어. 그 사람들은 접이식 탁자와 의자들을 트레일러에서 내렸고 '남서부 고지대 로켓 축제'라고 쓴 커다란 현수막과 '등록접수대'라고 쓴 작은 현수막을 달았어. 그걸 보자 내 입이 벌어지며 칫솔이 바닥에 떨어졌어.

나는 칫솔을 주워 흙을 헹궈내고는 텐트에 들어가 보이저 3호를 들었어. 접착 부위가 잘 마른 걸 확인하고 등록접수대로 달려갔어. 그런데 행사 진행요원 중에 아는 사람이 있지 뭐야. 케이 & 에이치 로켓 부품 판매점 주인인 켄 러셀 아저씨였어!

아저씨는 뉴멕시코주에 있는 가게에서 찍은 유튜브 비디오를 로켓포럼 사이트에 자주 올리는 회원이기도 하고 북슬북슬한 붉은 수염에 비디오에서처럼 녹색 폴로셔츠를 입고 있어서 단번에 알아볼 수 있었지. 트레일러에서 전선을 한 뭉치 꺼내오는 아저씨에게, 켄 아저씨, 저 아저씨 비디오 되게 좋아하고요, 로켓 부품도 전부 아저씨 가게에서 주문했어요, 콜로라도주 롱뷰의 앨릭스 페트로스키에게 아주 큰 택배 부친 거 기억나죠? 하고 말했어.

켄 아저씨가 놀란 얼굴로 나를 돌아보더니 미소를 지었는데 그걸 보니 아저씨 앞니 사이의 틈이 아주 많이 벌어져 있다는 것까지 떠올랐어. 분명 휘파람을 되게 잘 불 거야. 아저씨는 정말로 내 주문을 기억했고, 내가 든 보이저 3호를 보면서, 이게 그거니? 하고 물었어. 내가 이게 그거라고 대답하자, 아저씨가 멋진 로켓이라고 했어. 나는 아저씨한테, 등록을 하고는 싶은데 어느 부문에 참가해야 할지 모르겠다고, 시벳상 부문이 좋을 것 같지만 골든 아이팟을 싣고 떠날 내 로켓은 지구로 돌아오지 않을 거여서 문제라고 말했어.

켄 아저씨는 내 로켓을 다시 보더니 한동안 말이 없다가 모터가 어떤 종류냐고 물었어. D클래스지만 오픈로켓 시뮬레이션 결과에 따르면 대기권을 벗어날 만큼 높이 솟을 거라고 내가 대답했지. 켄 아저씨가 그래? 해서 나는 그래요, 대답했고. 그러자 아저씨는 D클래스 모터면 D등급 경쟁에 참가하면 된다고, 그런데 트레일러에서 내려야 할 짐이 더 있으니 잠깐 기다리라고 했어.

내가 발사 지점이 어딘지 묻자 아저씨는 텐트에서 멀리 떨어진 사막의 공터를 손가락으로 가리키고는 트레일러에서 발사대들을 내리기 시작했어. 그것들이 발사대예요? 내가 물었어. 전혀 발사대처럼 생기지 않았거든! 발사봉은 있는데 패드는 없고 대신 올림픽 육상경기의 허들처럼 생긴 커다란 나무로 만든 물건들이었어. 발사대가 아니라 발사 허들인 거야.

발사 허들을 내린 아저씨를 도와 나는 전선을 연결했고, 일이 끝나자 함께 탁자에 앉았어. 아저씨는 노트북을 펼쳐 온라인 등록 명부를 열고 거기서 내 이름을 찾았어. 그리고 이름 옆에 D등급이란 뜻으로 D라고 써넣고는, 다 됐고 내가 첫 공식 참가자라고 했어! 나 혼자 온 거냐고 물어서, 스티브 아저씨랑 제드 아저씨, 칼 세이건과 함께 왔는데 지금 다 자고 있다고 했지.

나는 아저씨에게 친구 벤지가 시카고에서 사진을 보내겠다고 했는데 이메일을 좀 확인하게 노트북을 빌려 쓸 수 있겠느냐고 물었어. 아저씨가 물론이라며 맘껏 쓰라고knock yourself out 해서, 그럴 수야 없다고, 나는 반전주의자이고 게다가 내가 나가떨어진다면 이메일은 어떻게 확인하겠느냐고 했어.* 소리 내어 웃는

---

* knock yourself out에는 '너 자신을 때려눕혀라' '마음껏 즐겨라'는 뜻이 있다.

아저씨의 잔뜩 벌어진 이 사이로 음식이 끼진 않을까 궁금해지 더라.

이메일을 열어봤는데 예상과 달리 벤지에게서 온 메일은 없었 어. 딱 하나 새 메일은 앤세스트리에서 온 거였는데 "페트로스키 님의 가계도에 부합할 가능성이 있는 결과들을 발견했습니다"라 고 쓰여 있었어.

앤세스트리 사이트에 접속해보니 미국 공공기록이라는 제목 아래 우리 아빠 이름인 조지프 데이비드 페트로스키가 있었어. 그걸 누르자 '네바다주 혼인 기록'이라는 문서에 같은 이름이 또 나오는데, 이상하게도 아빠하고 이름과 생일이 똑같은 사람이 있는데 사는 곳이 록뷰가 아니라 라스베이거스라지 뭐야. 도나 의 남편이라는데 그건 우리 엄마 이름이 아니고 엄마랑 아빠는 네바다주가 아니라 콜로라도주에서 결혼했거든. 그러니까 그냥 우연의 일치일 거야. 그런 일들이 곧잘 일어나거든. 전에도 앤세 스트리에서 우리 아빠하고 이름이 같지만 아빠가 아닌 사람들의 정보를 보내오곤 했어. 물론 생일까지 같은 건 이번이 처음이긴 하지만.

어쨌든 이메일을 닫고 켄 아저씨에게 노트북을 쓰게 해줘서 고맙다고 했어. 난 지금 아저씨들과 내 텐트가 있는 곳으로 돌아 와 있어. 칼 세이건도 일어났고 스티브 아저씨는 아침식사를 사러 갔고 제드 아저씨는 좀 떨어진 곳에서 둥근 베개를 깔고 앉아 앞을 보고 있는데 아마 명상중인 것 같아.

다른 텐트 속 사람들도 일어나고 있고 차들도 들어오기 시작하는데, 아, 저기 내가 아는 사람 같은데? 프랜시스19일 거야. 우와, 로켓도 머리카락도 밝은 보라색이네!

자, 칼 세이건, 가자!

〔개 목줄 딸랑거리는 소리〕

이제 새 친구들을 사귀는 거야!

## 🚀 새 녹음 12
5분 17초

다들. 정말로. 완전. 근사해!

로켓이랑 우주를 나만큼 사랑하는 사람들을 이렇게 많이 만나 보기는 처음이야. 나 같은 아이들도 조금 있지만 대부분은 어른들이고, 엄마나 아빠 없이 온 애는 나뿐이야. 혼자 왔다는 얘길 듣고 놀라는 사람들이 많더라. 그런데 어떤 사람들은 네가 포럼에 올린 글들을 보면 놀랄 일도 아니지, 라고 했어. 보이저 3호, 골든 아이팟, 그리고 행성학회 회원카드를 보여주니 와, 정말 근사하다, 하며 다들 감탄하더라고. 사람들이 하도 많아서 칼 세이건이 불안해하고 울며 꼬리를 말아내릴 줄 알았는데 처음에만 좀 그러더니 금방 잘 따르는 거 있지. 사람들도 다 칼 세이건을 귀여워해줬고. 다들 개 이름이 멋지다고 했어.

참! 드디어 칼렉시코를 만났어! 로니 형 나이쯤 될 줄 알았는데 훨씬 나이가 많더라구. 긴 흰머리를 하나로 묶고 '평화, 사랑, 그리고 로켓'이란 글자가 새겨진 홀치기염색 티셔츠를 입고 있었어. 이곳에는 나도 갖고 싶다는 생각이 들 만큼 근사한 티셔츠를 가진 사람들이 참 많아. 프랜시스19는 '각운동량, 그로 인해 지구는 돌아간다'고 쓰인 티셔츠가 있고, 가니메데와 유로파 두 사람은 '명왕성을 지켜라'라고 쓰인 티셔츠를 입고 입술엔 귀고리, 아니 입술고리를 달고 있어. 그리고 디시갤과 비밥, 버즈올드린도 만났는데, 버즈올드린은 진짜 그 버즈 올드린*이 아니라 그냥 자기 최고 영웅의 이름을 쓰는 거고 어쩌면 버즈 컷이라고 불리는 짧은 머리를 하고 있어서 그 이름을 쓰는 건지도 몰라. 버즈올드린 아저씨가 라스베이거스에 산다길래 나는 라스베이거스에 살고 이름과 생일이 우리 아빠랑 똑같은 사람을 알고 있다고, 괴상한 일 아니냐고 했어. 그러자 아저씨는, 그러게, 정말 괴상하구나, 했어.

그리고 벌써 아주 많은 로켓을 봤어! 주로 아주 커다랗고 반짝반짝하고, 음, 대부분 보이저 3호보다 훨씬 더 커. 하지만 뭐니뭐니 해도 최고는 대학 팀들 거야. 다들 시벳상을 노리고 온 건

---

* 미국의 우주비행사.

데 로켓들이 엄청나게, 스티브 아저씨 것보다도 더 커! 그중 하나는 스카이워커 2호라고 〈스타워즈〉에 나오는 루크 스카이워커에서 이름을 따온 거고, 다른 하나는 고대 그리스의 천문학자 클라우디오스 프톨레마이오스를 따라 프톨레마이오스 4호라고 이름 붙였어. 이 팀들은 다 자기들이 쓸 발사대와 트레일러까지 갖고 있고, 시브스페이스나 MST 엔지니어링, 프락사 에어로 같은 대형 후원사들의 협찬도 받고 있어.

랜더 시벳이 와주면 좋겠지만 큰 기대는 하지 않는다는 사람들이 많더라. 그냥 중간쯤 기대하나봐. 랜더 시벳은 시브스페이스의 사장이고 시벳상 창설자이기도 한데, 이 회사가 다음주에 화성에 보낼 위성을 발사할 예정이기 때문에 지금 굉장히 바쁠 거라는 거야. 로켓포럼과 바시르 아저씨의 잡지들에 랜더 시벳이 화성에 인류의 식민지를 건설하려 한다는 기사들이 자주 떠. 뉴스에서 보기도 했는데 이 아저씨는 제드 아저씨처럼 대머리이고 로니 형처럼 항상 양복을 입어. 기자는 왜 전 재산을 화성에 가는 데 쓰느냐고, 다른 데 쓸 수는 없느냐고 질문했지.

사람들은 나의 영웅에게도 그런 질문을 하곤 했어. 지구에도 문제가 많다, 지구온난화와 중동 지역의 전쟁, 식량도 깨끗한 식수도 없는 아프리카의 어린이들 등이 그 예다. 우리가 사는 행성의 문제도 풀지 못하는 판에 왜 화성에 가고 지능 있는 외계인들과 교신해야 하느냐, 이런 식으로.

그랬더니 나의 영웅이 뭐랬는지 알아? 화성에 간다는 게 어떤 의미인지 생각해보라고. 그처럼 중대하고 인류 역사상 전례가 없는 일을 할 수 있다면 지구의 문제들도 당연히 풀 수 있지 않겠느냐고 했어. 지당한 말씀이지, 참나!

랜더 시벳은 샤프 행사에 불참했지만 대신 직원들을 몇 명 보냈어. 로켓포럼에 가면 누가 그 회사 사람인지 알 수 있어. 전부 아이디 앞에 시브스페이스를 붙여놨거든. 지금 여기서는 주머니에 시브스페이스 로고가 그려진 회색 폴로셔츠를 입었으면 거기서 온 사람들이야. 나는 목성 팀 소속 시브스페이스엘리사와 시브스페이스넬슨, 그리고 PR 팀의 시브스페이스스콧하고 이야기를 나눴어. PR는 목성 같은 행성 이름이 아니고 홍보Public Relations를 가리키는 두문자어야. 만일 PR 팀에서 새 행성을 발견하면 이름을 PR로 붙여야 되겠다고, 그러면 PR 팀도 자기만의 행성을 갖게 되지 않겠냐고 하자 스콧 아저씨는 웃으면서 스티커를 몇 개 줬어.

엘리사 아줌마는 내가 보이저 3호를 설계하며 올린 오픈로켓 캡처 화면이 근사했다고 했어. 그러자 내 볼이 달아올랐는데 아마도 날씨가 더워서 그랬나봐. 엘리사 아줌마가 내게 명함을 주면서 여름 인턴을 하고 싶으면 꼭 써줄 테니 연락하라고 했어.

인턴이 뭐냐고 물었더니 보수를 지식으로 받는 일자리라는 거야. 흥미롭게 들리기는 하지만 바시르 아저씨의 주유소에서 잡지를 정리하는 대가로 이미 일주일에 5달러를 받고 있다고, 그러니 일단 참고만 하겠다고 했어. 매달 재고로 남는 과학 잡지를 집에 가져갈 수도 있어서 지식도 받고 돈도 받는 일자리라고. 엘리사 아줌마는 나더러 협상 능력이 뛰어나다며 계속 연락을 주고받자고. 다음 학년이 시작되기 전에 엄마랑 얘기를 해보자면서 성공적인 발사를 기원해줬어.

아, 발사라니! 믿기지가 않아. 내 골든 아이팟을 우주로 쏘아 올리는 거야!

## 🚀 새 녹음 13
5분 28초

군중: 셋…… 둘…… 하나……

〔드높은 함성소리〕

〔박수와 환호 소리〕

앨릭스: 세상에, 저건 진짜 높이 솟았어!

아나운서: 좋습니다, 여러분, 이걸로 C등급 발사가 모두 종료되었습니다. 참가자들에게 다시 한번 박수 보내주시기 바랍니다.

〔박수와 환호 소리〕

앨릭스: 얘들아, 이게 마지막 녹음이야. 앰트랙 기차를 타고 록뷰를 떠나온 게 바로 어제라는 사실이 믿기지 않아!

앨릭스: 보이저 3호는 다른 로켓들과 나란히 발사 허들에 놓여 있어. 칼 세이건과 나는 새 친구들과 함께 등록접수대 옆에서

기다리는 중이고. 점심식사 후에 사람들이 더 왔어. 경연이 시작되기 전부터 재미삼아 로켓을 쏘아올리는 사람들도 있었고. 개들도 많이 보이고 항공우주국 티셔츠도 많이 보이고 항공우주국 티셔츠를 입은 개들도 많이 보이는데, 칼렉시코 아저씨는 기타를 치며 처음 듣는 노래를 부르고……

아나운서: *다음 순서는 D등급이 되겠습니다. 발견Discovery의 D, 그리고 제 가운데 이름이기도 한 위험Danger의 D 말입니다.*

〔예의상 웃는 소리〕

아나운서: *그저 분위기 좀 띄워보려는 농담이었습니다.*

〔개 짖는 소리〕

아나운서: *자, D등급의 첫 참가자는 뉴멕시코주 샌타페이에서 온 조엘과 노아 터너입니다. 어서 올라오세요! 여러분, 길 좀 내주세요……*

앨릭스: 원했던 만큼 충분히 녹음을 못한 것 같아. 사람들을 만나고 로켓이랑 티셔츠랑 입술고리랑 보라색 머리 같은 것들을 구경하느라 녹음하는 걸 까먹었거든! 그래도 기차 움직이는 소리랑 고속도로의 차들이 내는 소리, 사막의 밤과 스티브 아저씨가 아마도 사랑하는 여자친구랑 통화하는 소리는 담았고……

아나운서: *이번이 조엘과 노아의 두번째 샤프 참가입니다. 작년에는 에그 로프트 로켓 부문에서 우승을 차지했죠……*

앨릭스: ……로켓 축제의 발사음이 어떤지도 이제 알게 되겠지! 정말 멋지지 않아? 이번에 로켓을 발사하고 나면 다른 아이팟을 구하고 또다른 로켓을 만들고, 그러니까 보이저 4호를 만드는 거지. 그래서 내년에 다시 샤프에 와서 그걸 쏘아올리고, 그 다음해는 보이저 5호를 만들고……

아나운서: 좋습니다, 여러분, 준비가 된 것 같군요. 카운트다운을 외칩시다.

아나운서: 다섯…… 넷……

앨릭스: 셋…… 둘……

군중: 하나……

〔드높은 함성소리〕

〔박수와 환호 소리〕

앨릭스: 지금도 올라가고 있어!

〔펑 하는 소리〕

앨릭스: 낙하산이 두 개네!

앨릭스: 저것도 근사했어.

아나운서: D등급의 출발이 아주 멋졌습니다. 저 팀을 능가하기란 힘들지 않을까 싶은데요. 노아가 아버지와 함께 로켓을 회수하는 동안 다음 참가자를 소개하죠. 앨릭스 페트로스키입니다!

앨릭스: 내 차례야! 얘들아, 바로 지금이라고!

아나운서: 앨릭스는 콜로라도주 롱뷰에서 여기까지 왔습니다. 오늘 앨릭스를 보신 분들이 많을 텐데, 위대한 고 칼 세이건 박사와 꼭 닮았죠? 앨릭스, 어서 올라오세요!

앨릭스: 지금 갈게요!

〔서두르는 발걸음소리〕

아나운서: 어디로 가는 거죠, 앨릭스? 관제탑은 여기 텐트 아래인데요.

앨릭스: 로켓에 실을 게 있어요.

아나운서: 아마도 최종 준비가 좀 필요한 것 같네요.

앨릭스: 얘들아, 내가 만든 녹음이 너희 맘에 들었으면 좋겠어. 난 지금 골든 아이팟하고 충전용 케이블을 로켓에 싣고 있어. 너희가 충전해서 쓸 수 있게 말이야. 인류가 한줄기 햇살 속에 흩날리는 티끌 하나처럼 광대한 우주를 달리고 있다고 한 나의 영웅처럼 아름답고 시적인 말을 할 수 있으면 좋겠지만 그러지는 못하고, 그러니까, 음, 이 녹음들이 도착하면 꼭 좀 알려줘! 그럼 이만 안녕! 아니 그게 아니지, 만나게 돼서 반가워!

〔버스럭 소리〕

〔불분명하게 들리는 박수 소리〕

앨릭스: (멀리서) 됐어요, 준비 다 됐어요.

아나운서: 준비가 됐답니다, 여러분. 이제 카운트다운을 시작

하죠. 다섯…… 넷……

　군중: 셋…… 둘…… 하나!

　〔드높은 함성소리〕

　〔달그락 소리〕

　〔사람들이 놀라는 소리〕

　〔쿵 하는 소리, 도중에 잘림〕

## 🚀 새 녹음 14
7분 47초

〔바람소리〕

〔천조각 팔락이는 소리〕

……믿을 수 없어…… 〔소리가 불분명하게 들림〕…… 아직도 작동이 되다니……

완전히 부서졌을 줄 알았는데.

〔코 훌쩍이는 소리〕

너희는 아마도…… 보이저 3호가 우주에 있는데 얘가 어떻게 아직도 녹음을 하고 있지? 하고 생각할 거야.

보이저 3호는 우주로 진입하지 못했어. 아니, 100피트도 못 가서……

〔코 훌쩍이는 소리〕

나 또 횡설수설하고 있네.

그 일이 있고 나서 노아 그 아이에게 소리를 지르지 말았어야 했어. 아빠가 다 해주고 뭐 그딴 소리 할 생각은 없었어. 그애가 미운 건 아닌데, 내 로켓은 실패하고 그애 건 아주 높이 올라간 게, 내 로켓이 그애 거 반도 못 올라간 게 속상했어. 로켓 시뮬레이터가 전혀 효과가 없었던 거야……

그래도 노아에게 사과했고 노아는 사과를 받아줬어. 그애 아빠도 괜찮다고 별일 아니라고 했고, 다른 사람들도 덩달아 자기들도 로켓이 추락한 경험을 다 해봤다고 다음 기회는 항상 있는 거라고 말해줬어. 나는 다음 기회가 있다는 건 나도 아는데 이번 기회를 못 살린 건 어쨌든 내 잘못이라고 했어.

너무 흥분한 탓에 보이저 3호 접합 작업을 어두운 데서 허투루 했던 거야.

〔코 훌쩍이는 소리〕

골든 레코드에는 로켓 발사 실패에 대한 이야기는 없어. 사실 실패한 일들도 있었는데 말이지. 나의 영웅은 너희에게 되도록 좋은 인상을 주고 싶어했어. 로켓 폭발 사고 같은 것을 포함시키면 너희가 그걸 보고는 우리가 너희 행성을 폭발시키려 한다고 생각할 수도 있잖아? 그러면 너희가 무서워서 숨으려 할지 모르고, 또 선수를 쳐서 우리 지구를 폭발시키려 할지도 모르지.

하지만 나의 영웅은 또한 아는 것이 모르는 것보다 낫다고, 진실이 유쾌하지 않을지라도 그것을 발견하고 포용하는 것이 좋다고 했어. 나 역시 나의 영웅처럼 좋은 인상을 남기고 싶었지만 또한 진실을 믿기 때문에 무슨 일이 일어났는지 다 말해주고 있는 거야…… 바로 나의 로켓이 추락했다는 그 사실을 말이야.

성공이 바로 눈앞이었다는 게 가장 안타까운 점이야. 여기 샤프 행사장에 이렇게 와 있고 날씨도 화창하고 친구들도 많이 사귀었고 그 사람들이 모두 지켜보고 있었어. 조금만 더 주의를 기울였다면, 발사 연습을 미리 했더라면 추락은 막을 수 있었을 거야.

이 골든 아이팟도 부서진 줄 알았어. 당연히 내가 한 녹음도 모두 사라진 줄 알았지. 텐트로 돌아가 내가 우니까 칼 세이건도 따라 울었어. 나는 녀석을 꼭 껴안고 털에 코를 묻고는 함께 울었어.

그런데 왠지 앤세스트리가 알려준, 라스베이거스에 우리 아빠랑 이름과 생일이 똑같은 사람이 산다는 그 소식이 계속 떠오르는 거야. 지금도 자꾸 라스베이거스의 그 사람이 사실 정말로 우리 아빠라면? 하는 생각이 들어. 엄마랑 로니 형은 내가 세 살 때 아빠가 돌아가셨다고 했지만 혹시 아직 살아 계시는데 엄마랑 형이 모르고 있는 거라면? 그러니까 사고가 났을 때 돌아가신 게 아니고 기억상실증에 걸려서 이름과 생일 외엔 전부 잊어버리고 록뷰에 가족이 있다는 사실마저 모르게 된 거라면? 정말 그런 거라면? 그러면, 그게 사실인지 알아보기 위해, 그 사람이 진짜 우리 아빠인지 확인하기 위해 내가 라스베이거스에 가야 하는 건 아닐까? 나의 영웅은 진실을 믿었고 나도 그러니까 말이야.

이건 거의 방금 말을 하면서 든 생각이야. 그전까지는 칼 세이건의 털이 내 눈물로 축축해지도록 대성통곡을 하고 있었으니까. 정말이지 기차역에서보다 더 심했고 허리케인으로 치면 4나 5등급은 될 정도였어. 밖에 그림자가 어른거려 텐트를 열어보니 제드 아저씨였고 들고 있는 칠판에는 아무 글자도 쓰여 있지 않았어. 왠지 모르게 괜히 아저씨에게도 화가 나서 가라고 했어.

시브스페이스의 스콧 아저씨와 엘리사 아줌마도 보이저 3호의 부서진 조각들을 모아 들고 내 텐트를 찾아왔어. 나는 로켓 발사에 실패해서 미안하고 이제 내게 인턴 자리를 줄 생각이 없대도 이해한다고 했어.

하지만 두 사람은 아무 말 없이 내게 그 부서진 조각들을 건네줬고, 스콧 아저씨는 괜찮다고, 이런 일은 가장 뛰어난 사람들에게 일어나는 법이고, 사실 시브스페이스도 클라우드 1호 로켓을 발사할 때 그런 일이 있었다고 했어. 내가, 그랬어요? 하고 물으니 스콧 아저씨는 그럼, 하면서 회사를 차린 지 얼마 안 됐을 때였는데 클라우드 1호에 엄청나게 많은 시간을 쏟아부으며 발사까지 여덟 달 동안 모두가 밤에도 주말에도 일을 했다고 했어.

그런데 발사 순간, 연료 공급선 하나가 오작동을 일으키면서 로켓이 폭발했다는 거야. 그 사고 이후 모두가 침울했고 어떤 사람들은 조금 전의 나처럼 울었대. 그렇게 열심히 일했는데 모두 허사가 돼버렸다는 생각 때문이었지.

아저씨는 그다음에 무슨 일이 일어났는지 아느냐고 물었고 난 고개를 저었어. 아저씨가 말하길, 랜더 시벳 아저씨가 직원들 앞에 나가 연설을 했대. 실패를 겪으리라는 건 처음부터 알고 있지 않았냐고. 이건 문자 그대로 로켓 과학이므로 간단한 일이 아닐뿐더러 이번이 겨우 두번째 시도 아니었냐고. 그리고 지금이 제일 중요한 순간인데, 바로 실패에 어떻게 대처할지 결정해야 한다고 했어. 여기서 포기할 수도 있지만, 두 배로 노력해서 뭐가 잘못됐는지 찾아내고 실수들은 고쳐서 다음 시도는 성공으로 만들 수도 있다고. 그러면서, 자신은 절대로 포기하지 않을 것이고 여러분도 같은 생각이기를 바란다고 했어.

시브스페이스는 다음 로켓을 만드는 데 여덟 달이 아니라 세 달이 걸렸대. 제우스 우주선을 국제우주정거장까지 싣고 간 그 로켓이었어. 아저씨의 말을 듣고 나니 울음이 조금 잦아들었어.

엘리사 아줌마는 내 골든 아이팟을 건네주며, 이것 봐, 아직도 작동이 되잖아, 했어. 중앙 버튼을 눌렀더니 정상적으로 화면이 뜨더라고. 아줌마는 또 시벳상 부문 경연이 곧 시작된다며 가서 함께 보겠느냐고 했어. 나는 실패에서 배운다는 랜더 시벳 아저씨 말을 떠올려보고는, 보고 싶은데 먼저 너희를 위해 녹음을 하고 싶다고, 랜더 시벳 아저씨 말대로 두 배로 노력하고 싶기 때문에 계속 녹음을 해야 한다고 했어.

이제 나는 시벳상 부문 경연을 관람하고 대학 팀들에게서 어떻게 로켓을 만들었는지 배운 다음 보이저 4호를 만들 거야. 혹시 또 실패하면 그 실패에서 또 배우고 다시 두 배로 노력해야지. 보이저 5호는 네 배로 노력해서 만들고, 라스베이거스에 가서 어쩌면 우리 아빠일지 모르는 사람을 찾아내고 혹시 그 사람이 진짜 우리 아빤데 기억상실증에 걸렸다면 가족이 있다는 걸 기억하게 도와줄 거야. 그러면 그 사람은 노아의 아빠가 노아에게 그랬듯 내가 로켓 만드는 걸 도와줄 수 있을 거고, 그러면 로켓을 더 훌륭하고 더 빨리 만들 수 있겠지. 또 아빠가 사랑에 빠진 남자가 될 수도 있어. 아빠는 엄마와 사랑에 빠져 있으니까. 그리고 로니 형까지 포함한 우리 가족이 내년 샤프 행사에 다시 와서 우리의 로켓과 골든 아이팟을 우주로 쏘아올리는 거야. 정말 근사하겠지? 아니, 그냥 근사한 정도가 아니라, 아주 완벽할 거야.

## ▲ 새 녹음 15
7분 58초

안녕, 얘들아! 사람들이 벌써 많이 떠났어.

이제 몇 명만 여기 남아 있고 발사 허들이나 등록접수대 텐트도 다 사라졌어. 시상식이 끝나자 켄 러셀 아저씨가 다 치워버렸거든. 내일 아침이면 우리도 사라지고 없겠지. 내일 누군가가 이곳을 지나치며 차창 밖을 내다본다면 보이는 거라곤 평평한 사막뿐일 거야. 여기 뭔가가 있었다는 것조차 모르겠지. 너무 늦었으니까.

너희가 내 골든 아이팟을 받고 지구에 왔을 땐 너무 늦어버려서 지구상에 더이상 인간이 없을지도 몰라. 그러면 이곳에서 무슨 일이 일어났는지 너희에게 알려줄 것은 이 녹음들밖에 없을 거야. 바로 그게 내가 계속 녹음을 하는 중요한 이유야. 너희가

86

여기 왔을 때 전에는 어떤 곳이었는지 알 수 있게 말이야.

어제 나머지 발사들은 모두 성공했어. 보면서 아주 많이 배웠지. 스티브 아저씨의 로켓은 꽤 높이 솟았지만 대학 팀들만큼은 아니었어. 나중에 아저씨가 화를 내더라고, 나보다도 더 많이! 룸메이트 네이선 아저씨에게 전화를 걸어 소리를 막 지르는 거야. 스카이워커 팀이 로켓을 회수하러 갈 때는 로켓이 고장으로 추락한 거여서 그들이 시벳상을 못 탔으면 좋겠다고까지 했어. 그리고 시상식 동안에도 후원자만 있었다면 네이선 아저씨와 자기 로켓이 훨씬 좋은 성적을 냈을 거라고, 다음번에는 스카이워커 팀처럼 아저씨들의 로켓에 카메라를 달아서 유튜브에 비디오를 올려 광고 수익도 올릴 거라고 했어. 스티브 아저씨는 샘이 났던 것 같아.

그리고 노아 그 아이와 아빠는 D등급 부문 우승을 차지했어. 단상에 올라가 금빛 트로피와 케이&에이치 상품권을 받는 모습을 보며 나는 두 배로 노력하자는 랜더 시벳 아저씨의 말을 떠올리려 애썼어. 하지만 그들이 상을 받는 게 기쁘기도 했어. 정말 멋진 로켓이었거든. 시상식이 끝나고 바비큐를 먹는데 켄 러셀 아저씨가 내게 오더니 케이&에이치 티셔츠를 하나 주는 거 있지!

이걸 왜 주세요? 하고 물으니 최우수 신인상이라는 특별상의 상품이라는 거야. 티셔츠를 입어봤는데 너무 컸어. 딱 하나 남은 티셔츠의 사이즈가 성인 XL이었던 모양이야. XL은 특히 크다는 뜻인 Extra Large의 두문자어야. 좀 작은 건 없어요? 하고 내가 물었더니 켄 아저씨가 웃으면서, 더 자라면 맞을 거야, 했어. 아저씨의 턱수염이 바람에 흩날렸어. 아주 위엄 있는 수염이야.

켄 아저씨는 내게 명함도 한 장 주면서 뉴멕시코주의 타오스에 오게 되면 가게에 한번 들르라고 했어. 타오스가 라스베이거스하고 가까운가요? 했더니 라스베이거스는 한참 더 서쪽으로 가야 한다고 아저씨는 말했어. 나는 아저씨의 노트북을 다시 빌려서 얼마나 더 먼지 가늠해보려 했고, 또 앰트랙 기차표를 집 대신 라스베이거스행으로 변경……

아, 저기 제드 아저씨가 나무를 갖고 오네! 대학 팀 하나가 자기들 발사대를 분해했는데 제드 아저씨가 그걸로 모닥불을 피울 수 있나 보려고 갔었거든. 아까 화가 풀리고 난 다음부터 계속 모닥불 타령이던 스티브 아저씨가 아주 좋아하겠어. 록스하고 여자친구에 대한 얘기 외에는 온통 그 소리뿐이었거든.

〔나무 달그락거리는 소리〕

제드 아저씨, 그걸 몽땅 피우면 모닥불이 엄청 크겠는걸요.

〔제드가 웃는 소리〕

제드 아저씨는 이제 불을 피우려는 것 같아. 땅바닥에 마른 가지와 덤불을 모아놓고 있는 중이고……

뭐라고요? 아, 그럼요, 그거 쓰셔도 돼요.

〔종이 찢는 소리〕

제드 아저씨가 내 공책에서 쓰지 않은 페이지 몇 장을 써도 되냐고 해서.

아저씨는 그 종이를 구겨서 마른 덤불에 올려놓고 있어. 연기가 날 때까지 나뭇가지 두 개를 맞대 비빌 거고······

아, 아니네, 아저씨한테 라이터가 있어.

아저씨, 그건 부정행위 아니에요?

〔제드가 웃는 소리〕

이제 종이에 불이 붙었어. 마른 덤불에도 불이 붙는 중이고.

아저씨는 이제 작은 나뭇조각들을 얹고 있어.

아저씨, 스티브 아저씨 말이 맞았네요. 아저씨는 완전 프로예요!

〔제드가 웃는 소리〕

그건 그렇고, 내가 말하려던 건 켄 아저씨의 노트북을 열어 기차표를 라스베이거스행으로 바꾸려고 했는데 그러면 수수료가 부과된다고······

미안해요, 아저씨, 뭐라고요?

〔칠판에 글자 쓰는 소리〕

네, 그랬어요, 라스베이거스라고.

〔칠판에 글자 쓰는 소리〕

우리 아빠일지 모르는 사람이 거기 살거든요.

〔칠판에 글자 쓰는 소리〕

나도 아빠가 돌아가신 줄 알았어요. 그런데 앤세스트리에서 그러는데, 우리 아빠하고 이름과 생일이 똑같은 사람이 라스베이거스에 살고 있대요. 그래서 혹시 아빠가 돌아가신 게 아니라 기억상실증에 걸려서······

〔칠판에 글자 쓰는 소리〕

아저씨는 휴대전화도 없고 노트북도 없잖아요! 그런데 어떻게 그걸 보여줄 수······

〔칠판에 글자 쓰는 소리〕

아, 맞다! 스티브 아저씨한테 부탁하면 되겠네. 그럼 모닥불은 어쩌고요?

〔칠판에 글자 쓰는 소리〕

아, 알았어요. 그럼 아저씨를 찾으러 가요.

잠깐만 기다려줘. 제드 아저씨에게 뭘 좀 보여줘야 하거든.

# 🚀 새 녹음 16
### 7분 16초

안녕, 얘들아! 나 돌아왔어.

지난 녹음을 마친 다음 스티브 아저씨를 찾아냈는데, 아저씨는 아직 남아 있는 사람들에게 록스를 마저 팔려 하고 있었어. 우리를 보더니 모닥불은 어떻게 되고 있어? 하더라. 우리 텐트 쪽을 봤더니 불이 꺼졌더라고. 제드 아저씨가 나무 얹는 일을 중단했으니까. 나는 스티브 아저씨에게, 별로 좋지 않네요, 그런데 아저씨 휴대전화 좀 봐도 돼요? 제드 아저씨에게 보여줄 게 있거든요, 하고 말했어.

그리고 앤세스트리 사이트에 접속한 다음 아저씨들에게 네바다주 혼인 기록을 열어 우리 아빠일지 모르는 사람의 이름과 생일을 보여주면서, 이것 봐요, 진짜 우리 아빠하고 똑같아요, 했어.

그러자 스티브 아저씨는, 그게 뭐? 우연의 일치일 거야, 하는 거야. 그래서 나는 나도 그렇게 생각했는데 이름뿐 아니라 생일까지 똑같다는 건 정말 엄청나게 괴상한 우연의 일치가 아니냐고 말했어.

스티브 아저씨는 우리 부모님이 이혼하고 다른 사람과 재혼한 적이 있는지 물었어. 나는 아니라고, 우리 엄마랑 아빠는 마운트 샘에서 사랑에 빠진 다음 결혼을 했고, 로니 형을 낳은 다음 십삼 년 후에 나를 낳았다고 말했어.

제드 아저씨가 보고 싶어서 휴대전화를 건네줬어. 아저씨는 나더러 칠판과 백묵을 들고 있으라고 하더니 구글로 뭔가를 검색했어. 타자 속도가 엄청 빨랐어.

나는, 제드 아저씨, 인터넷 안 쓴다더니 뭐예요! 했어. 웃을 줄 알았는데 아저씨는 휴대전화 화면을 뚫어져라 보다가 나와 스티브 아저씨에게 우리 아빠의 이름이 나온 사이트를 보여줬어. 아빠 이름 밑에 네바다주, 라스베이거스라는 주소가 쓰여 있었어.

스티브 아저씨와 제드 아저씨가 서로 마주보더니, 잠시 후 제드 아저씨가 나를 바라봤어. 뭔가를 쓰고 싶어하는 것 같아 아저씨에게 백묵과 칠판을 돌려줬어. 제드 아저씨는, 당근 가야지, 라고 쓰더니 스티브 아저씨에게 보여줬어. 그러자 스티브 아저씨는, 당근 간다고? 했어.

그리고 나를. 이어서 제드 아저씨를 바라보고는 말했어. 그건 안 돼, 이 아이를 데려갈 수는 없어.

누구를 데려간다고요? 나 말이에요? 날 어디로 데려간다는 거예요? 하고 내가 물었어.

그랬더니 스티브 아저씨는, 꿈도 꾸지 마, 안 된다니까, 그건 유괴나 다름없는 일이야, 했고 제드 아저씨는 칠판에, 아빠 탐색, 이라고 썼고 스티브 아저씨는, 안 돼, 더이상의 탐색은 없어, 네 탐색들엔 이제 진저리가 난다고! 라고 했어. 스티브 아저씨는 또다시 화를 많이 냈는데 내가 보기에 분노조절장애가 있는 것 같아.

하지만 제드 아저씨는 계속해서 양팔을 내저었고 스티브 아저씨는 계속해서 절대 안 된다고 말했어. 그래서 내가, 도대체 뭔 일인지 누가 말 좀 해줄래요? 했어. 그러자 제드 아저씨가, 당근 가야지, 라는 글자 밑에, 라스베이거스로, 라고 적었어.

나는, 아저씨들이 라스베이거스에 간다고요? 라스베이거스에요? 좋았어! 나도 같이 가도 돼요? 하고 물었어.

스티브 아저씨는 안 된다면서 제드 아저씨에게, 그래서 그다음엔 어쩔 셈인데? 애를 거기다 두고 올 수도 없는 일이잖아, 했어. 제드 아저씨는 칠판에, 로니, 라고 적었어.

LA에 로니 형이 산다는 사실을 말하는 거였을 거야. 아저씨들도 LA에 살고 있으니 나중에 로니 형에게 나를 데려다줄 수 있잖아. 그래서 내가 그거 아주 좋은 생각이라고 했지.

스티브 아저씨는 여전히 안 된다고, 라스베이거스는 자기를 위한 시간으로 예정된 거라고 했어. 나는, 아저씨의 무엇을 위한 시간이란 거예요? 하고 물었고, 제드 아저씨는 칠판에 쓴 글자를 지우더니, 더 중요해, 라고 적었어. 그러자 스티브 아저씨는, 얘한테는 그렇지, 하지만 나한텐 아냐! 했고, 제드 아저씨는 더 중요해라는 글자에 밑줄을 긋고 칠판을 흔들었어. 그렇게 흥분한 제드 아저씨의 모습은 처음이었어.

스티브 아저씨는, 그 사람은 어차피 우리 아빠도 아닐 거고 만일 우리 아빠라 해도 우리 엄마랑 로니 형이 내게 말하지 않은 데는 그럴 만한 이유가 있을 거라고 했어. 나는 그 말이 맞고 틀림없이 그럴 만한 이유가 있었을 텐데 내가 보기엔 우리 아빠가 기억상실증에 걸려 록뷰에 가족이 있다는 사실을 잊어버렸기 때문인 것 같다고 했어. 그리고 라스베이거스에 간다면 아빠가 기억을 되찾도록 도와서 록뷰로 모시고 올 거고, 엄마 말씀에 따르자면 예전에 늘 그랬듯 아빠랑 엄마가 껴안고 같은 침대에서 주무시고 아침이 오면 내가 조심스럽게 문을 두드리고 들어가서, 이제 일어나셨어요? 한 다음 아침은 오슬오슬하니까 침대 속으로 기어들어가 이제 막 잠에서 깬 아빠와 엄마 사이에 누워 함께 담요를 덮고 모두 따뜻해질 수 있을 거고, 그때 칼 세이건이 침대 위로 뛰어올라와 우리가 다 깜짝 놀라 웃으면서 아, 칼 세이건, 요 말썽꾸러기 강아지야, 할 수 있을지 모른다고도 했어.

말을 마치고 나서 봤더니 제드 아저씨는 더이상 칠판을 흔들지 않고 스티브 아저씨를 바라보고만 있고, 스티브 아저씨는 얼굴을 찌푸리며 제드 아저씨에게, 우리가 얘를 데리고 가면 내가 일 보는 동안 얘는 네 책임인 거야, 했어.

무슨 일을 보는데요? 하고 묻자 스티브 아저씨는, 개인적인 일이야, 했어. 그런데 앰트랙 기차표는 어쩌죠? 돈 많이 내고 샀거든요, 하자 제드 아저씨는 칠판에, 환불을 요청해보자, 라고 쓰고서 자기를 가리켰어.

그러자 스티브 아저씨는, 잠깐, 너무 앞서가지 말고, 하며 먼저 내가 엄마에게 전화를 걸어 아빠가 라스베이거스에 산 적이 있는지 여쭤보고 그다음에 로니 형에게 전화를 걸어 똑같은 질문을 해서 양쪽 대답이 똑같다면 그때 가는 거라고, 그래야만 날 데리고 가주겠다고 했어.

스티브 아저씨의 휴대전화를 빌려 엄마에게 전화를 걸어봤지만 또 조용한 날을 보내고 계신지 받지 않았어. 나는 지금 샤프 행사장에 와 있고 잘 지내고 있고 보이저 3호 발사는 실패했지만 좋은 친구들을 많이 사귀었고, 그런데 앤세스트리가 아빠랑 이름과 생일이 똑같은 사람이 라스베이거스에 살고 있다고 알려줬는데 혹시 아빠가 아직 살아 계시는데 기억상실증에 걸리셨는지 모르겠다고, 그래서 스티브 아저씨와 제드 아저씨가 어차피 LA로 돌아가는 길에 라스베이거스에 들를 참이라 그 사람이 정말 우리 아빠인지 확인할 수 있도록 나를 데려가준 다음에 로니 형 집에 내려줄 거여서 어쩌면 하루나 이틀 정도 더 걸릴지 모르겠다고, 주말에 드실 음식만 만들어놓고 왔는데 괜찮았으면 좋겠다고, 사랑한다고 메시지를 남겼어.

이어서 로니 형에게 전화를 걸었는데 스포츠 뉴스를 읽는다거나 뭐 그런 일로 바쁜 모양이었어. 그렇게 바쁠 때면 형은 내가 무슨 말을 해도 그저 응, 응, 그렇게만 대꾸하거든. 사실 그래서 좋았던 게, 로니 형에게 뭔가 허락을 받아야 할 때 형이 이렇게 주의를 기울이지 않으면 훨씬 수월하니까.

로니 형, 나 지금 샤프 행사장에 와 있는데 앤세스트리에서 연락이 왔어, 라고 했더니, 형은, 응, 응, 그랬고, 우리 아빠에 대한 사실을 알아냈는데 진실인지 아닌지 모르겠다고 했더니 형이 또, 응, 응, 그래서, 스티브 아저씨와 제드 아저씨가 나를 데려가 조사하게 해줄 수 있대, 왜냐하면 나의 영웅은 진실의 중요성을 믿었고 나도 그렇기 때문이지, 라고 했더니 형은 또, 응, 응, 그랬어. 일이 끝나면 LA로 찾아가겠다고 하려다가 깜짝 놀라게 해주는 것도 재미있을 것 같아서 요즘 LA 날씨는 어때? 하고 물었더니 또, 응, 응, 하길래, 아, 지금쯤 가면 딱이겠구나, 했더니 역시나, 응, 응, 하더니, 야, 잠깐, 나 잠재 고객을 한 명 만나러 나가야 하거든, 엄마한테 에어컨 너무 많이 틀지 말라고, 이달에도 전기요금이 엄청 나왔다고 말씀드려, 하는 거야. 그래서, 그래, 그렇게 말씀드릴게, 하자 형은 나중에 또 통화하자며 전화를 끊더라고.

확실히 허락한 것도 아니지만 안 된다고 한 것도 아니었어. 내가 칼 세이건이랑 형네 집 문 앞에 나타났을 때 형의 얼굴을 보고 싶어 죽겠어. 우리 아빠랑 함께 나타나게 될 수도 있어! 라스베이거스에 간다니, 그리고 그다음에 LA에 간다니 믿기지가 않아!

넌 믿어지니, 칼 세이건? 믿어져, 꼬마야?

〔개 목줄 딸랑거리는 소리〕

얘도 믿기지 않는대.

## ▲ 새 녹음 17
3시간 7분 15초

〔낮은 빗줄기 소리〕

너희도 저 소리 들려?

들어봐.

비야.

어젯밤부터 비가 내리기 시작했어. 사막에 비가 이렇게 많이 오는 줄 몰랐어. 제드 아저씨가 칠판에, 몬순철, 이라고 썼어. 먼 저 저멀리서 엄청나게 크고 푹신해 보이는 구름들이 보이더니 점점 거대한 잿빛 커튼 같은 것으로 변했어. 말하자면 비의 커튼 인 셈인데 진짜 커튼처럼 바람을 맞고 구부러지더라고. 여기 사 막에서는 바람을 볼 수 있어. 바람을 느낄 수 없을 때도 볼 수는 있는 거야.

지금 바깥은 아직 어두워.

새벽 다섯시가 다 됐어.

전날 밤보다는 더 잘 수 있었어. 바닥이 왠지 몰라도 덜 딱딱하게 느껴지더라. 그래봤자 서너 시간 자고 깼지만.

그리고 지갑 속 행성학회 회원카드 밑에 넣어 갖고 다니는 우리 가족의 사진을 보고 있었어. 궁금해, 아빠는 아직도 이렇게 생겼을까?

아직도 이렇게 활짝 웃고 머리는 짙은 갈색일까?

스티브 아저씨처럼 꼬마 턱수염을 길렀거나 아니면 켄 러셀 아저씨처럼 위엄 있는 수염을 길렀을지도 모르고, 머리가 빠지기 시작해 제드 아저씨처럼 박박 밀어버렸을지도 몰라.

그리고 또 어쩌면 제드 아저씨처럼 껄껄 웃을지도 모르지. 아니, 그보다도 더 많이 웃을지도 몰라. 만약 아빠가 편찮으시면 아주 금세 나을 거야, 웃음이야말로 최고의 약이니까.

그나저나 제드 아저씨는 어젯밤 정말 멋진 모닥불을 피웠어. 내가 아저씨들이랑 함께 라스베이거스에 간다는 게 좋은 생각이 아닌 것 같다는 말을 계속 하던 스티브 아저씨도 불이 지펴지면서 차츰 생각이 바뀌는 것 같았어. 불이 마음을 따뜻하게 해줘서겠지. 우리는 칼렉시코 아저씨의 캠핑용 의자들을 모닥불가에 둘러놓고 앉았어. 칼렉시코 아저씨도 아직 여기 샤프 행사장에 남았는데 노래는 안 부르고 기타만 계속 퉁기더라고. 우리는 그냥 모닥불만 바라보고 있었어. 왠지 모르지만 불을 바라보는 건 정말 재미있거든. 자꾸 변하기 때문인가도 싶어.

칼 세이건도 불을 보고 있었어, 적어도 처음에는. 내 발 옆에 누워 있었는데 시간이 좀 지나자 녀석이 잠들어 있을 때 늘 그러듯 등이 오르락내리락하는 거야. 주변을 둘러보니 칼렉시코 아저씨도 입을 벌리고 무릎에 기타를 얹은 채 잠이 들었고 제드 아저씨도 눈을 감고 있었는데 코를 골지 않는 걸 보면 그냥 명상하고 있었던 건지도 몰라. 스티브 아저씨는 또 롤스를 마시며 낮에 바비큐 파티에서 남은 햄버거를 먹고 있었어.

고개를 들어 보니 별똥별 같은 것이 무더기로 떨어지는데 흐린 날이니 별일 리는 없고 모닥불에서 튀어오른 재였지. 그런데 또 웬 재가 내 머리와 어깨를 이렇게 치나 봤더니 이번에는 재가 아니라 비가 내리기 시작하는 거야. 칼 세이건도 칼렉시코 아저씨도 잠에서 깼고 우리는 의자들을 접고 모닥불을 끈 다음 각자의 텐트로 돌아갔어……

〔빗줄기가 굵어지는 소리〕

너희가 사는 곳에도 비가 와?

혹시 이 녹음을 듣고 있는 지금 비가 오는 건 아냐?

그렇다면 굉장히 이상하겠다.

100

어쩌면 너희가 사는 곳은 비가 내리지 않고 대신 가스로 만들어진 행성이라 늘 흐릴지도 몰라. 그리고 너희는 코가 기다란 풍선처럼 생겼고 걷지 않고 구름 사이를 둥둥 떠다닐지도 몰라.

아니 어쩌면 너희는 밝은 광선 같아서 우주 공간에서 너희의 행성을 보면 도시마다 불이 밝혀진 한밤의 지구처럼 보일지도 모르지. 가로등이나 빌딩 속의 불빛 대신 너희가 빛을 낸다는 게 다를 뿐이고.

그게 아니면 너희는 혹시 거울처럼 생겼을까? 그래서 누군가의 앞에 서면 상대방의 모습에 비친 너희의 모습에 비친 상대방의 모습이 보일지도, 그런 게 무한대로 계속될지도 모르겠네.

벤지네 엄마는 화장실에 둥근 거울을 걸어놓고 화장할 때 쓰거든. 그 집 화장실에 들어갈 때마다 나는 그 거울을 벽에 달린 거울에 비춰서 그렇게 무한대로 계속되게 하는 걸 즐기곤 해.


바깥은 아직 어두워……


비가 심하게 오는 건 아닌데……
텐트 속에 있으니


아주 많이 오는 것처럼 들려.

정말 아주……

〔낮게 코고는 소리〕

〔빗줄기가 굵어지는 소리〕

〔빗줄기가 약해지는 소리〕

〔비가 그치는 소리〕

## 새 녹음 18
11분 15초

〔요란한 음악소리〕

앨릭스: ……아저…… 음악소…… 줄……〔소리가 불분명함〕

〔음악소리 줄어듦〕

스티브: 너 뭐라고 그랬니?

앨릭스: 음악소리 좀 줄여줄 수 있느냐고 했어요. 녹음을 하고
있거든요.

스티브: 아, 미안하다.

앨릭스: 고마워요, 스티브 아저씨.

앨릭스: 얘들아, 멋진 소식 하나 전할게! 좋아하는 식당이 새
로 생겼어. 전에는 좋아하는 식당이 버거킹이었는데 두 시간쯤
전에 갔다 온 식당이 이제 내가 제일 좋아하는 식당이야. 지구상

에서 가장 맛있는 치즈버거, 내 손가락보다도 굵은 감자튀김, 그리고 아이스크림을 곁들인 사과파이가 있는 곳이야.

식당의 이름은 자니로켓인데 너희 생각과는 달리 진짜 로켓은 없어. 사실 나도 그렇게 생각했었어. 아저씨들한테, 왜 자니로켓에는 진짜 로켓은커녕 모형 로켓도 없고 왜 이렇게 모든 게 다 오래돼 보이는 거예요? 하고 물었더니 제드 아저씨가 칠판에, 향수를 불러일으키니까, 라고 썼어. 향수란 더이상 필요하지 않지만 그래도 곁에 두고 싶어하는 걸 가리켜. 이를테면 주크박스나 롤러스케이트나 맹장 같은 거. 너희도 맹장이 있니?

이제야 다시 녹음을 하게 돼서 미안해. 지난번에 녹음하다가 잠이 들어버려서 그만 배터리가 다 나갔지 뭐야. 오늘 아침 샤프 행사장을 떠날 때 스티브 아저씨에게 차 안에 있는 USB에 연결해 골든 아이팟을 충전해도 되느냐고 물었어. USB도 두문자어인데, 음, 뭐의 두문자어인지는 잘 모르겠네. 어쨌든 스티브 아저씨가 이미 휴대전화를 충전중이라 좀 기다려야 했어. 아저씨 휴대전화도 방전돼버린 건데 아마도 여자친구랑 통화와 문자를 엄청 하다 그랬을 거야.

이렇다 할 일은 없었어. 대부분 그냥 차를 타고 달렸을 뿐이니까. 뉴멕시코주와 애리조나주를 지나고 나니 다시 날이 어두워졌어! 스티브 아저씨는 라스베이거스까지 ASAP 도착하고 싶어

했어. ASAP란 '되도록 빨리As Soon As Possible'의 두문자어야. 나도 마찬가지로 빨리 도착하고 싶어. 아저씨는 식사를 하고 차에 기름을 넣을 때만 정차하고 쉬지 않고 달릴 거니까 정차했을 때 꼭 화장실에 다녀오라고 했어. 그래놓고 운전은 별로 빠르지 않게, 제한속도에 맞춰서 하는 거야. 스티브 아저씨, 라스베이거스에 ASAP 도착하려면 〈콘택트〉에서 애로웨이 박사가 '베리 라지 어레이'*에서 신호를 듣고 차에 올라 통제소까지 달리는 것처럼 더 빨리 달려야……

스티브: 벌써 말했잖아, 속도위반으로 딱지 떼고 싶지 않다고. 이제 알겠니?

앨릭스: 하지만 제드 아저씨가 잠깐 운전했을 땐 진짜 빨리 달렸는데도 딱지 안 뗐잖아요.

스티브: 야, 제드 딱지 엄청 뗐어. 저렇게 명상을 해대니 운전을 미친놈처럼 할 리 없을 것 같지?

앨릭스: 제드 아저씨, 스티브 아저씨가 맞는 말을 했어요. 아저씨 정말 미친 사람처럼 운전했다니까요.

〔제드가 웃는 소리〕

〔칠판에 글자 쓰는 소리〕

---

* Very Large Array. 미국 뉴멕시코주에 있는 대형 전파간섭계.

앨릭스: 이거 천문학 농담이에요, 제드 아저씨? 나 천문학 농담 되게 좋아해요.

스티브: 어디 보자. 아, 그건 선문답zen koan이야.

앨릭스: 선문답이 뭔데요? 로켓의 원추형 노즈콘처럼 끝이 뾰족한 농담인가요?

〔제드가 웃는 소리〕

〔칠판을 두드리는 소리〕

앨릭스: 제드 아저씨가 소리 내어 읽어보래요. 뭐라고 써 있냐면, 한 손이 박수치는 소리는?

앨릭스: 그거야 쉽죠, 제드 아저씨. 두 손이 박수치는 소리랑 비슷하지만 그보다 좀 약하다. 그렇죠?

〔가볍게 쓰다듬는 소리〕

〔제드가 웃는 소리〕

스티브: 제드는 저딴 거 좋아해. 전에 자기계발 강연자였다는 말은 들었니? 나랑 네이선이랑 함께 살기 전에 말이야.

앨릭스: 정말로요?

스티브: 그래, 자기처럼 키 작은 사람들에게 자신감을 키워주는 게 목표였지. 그런 책들도 많이 썼어. 저 뒤에 아마 두어 권 있을 텐데? 그 위에⋯⋯

〔뒤지는 소리〕

〔책장 넘기는 소리〕

앨릭스: 와, 대단하다. 얘들아, 제드 아저씨는 거의 나의 영웅만큼이나 많은 책을 썼어! 『창백한 푸른 점』이나 『코스믹 커넥션』 대신 『당신은 당신이 바라는 만큼 키가 크다』 그리고…… 『15센티미터 더: 자신감을 나타내고 존중을 획득하고 이상형의 여자를 유혹하는 법』 같은 책들이지만.

스티브: 사실 나도 좀 읽어봤는데 꽤 괜찮은 내용도 있더라. 그 일을 그만둔 건 안타까운 일이야, 제드. 강연이랑 그런 거 모두 말이야.

앨릭스: 왜 그만뒀어요, 제드 아저씨?

〔차들이 지나가는 소리〕

스티브: 이혼 후 강단에 올랐는데 신경발작을 일으키고 나서 그만뒀어. 그리고 어떤 스승을 찾아 인도에 갔는데 결국 못 찾고, 돌아와서 가진 돈 대부분을 자선단체에 기부한 거야. 제드, 난 아직도 그게 믿기지 않아.

스티브: 이혼 경험, 인도 여행, 그런 걸 갖고 책을 새로 써보라고 내가 누누이 얘기하는 중이야. 홍보는 내가 도와줄 수 있거든. 그런 종류의 책을 써서 베스트셀러 1위에 오른 여자도 있잖아!

앨릭스: 스티브 아저씨는 항상 돈을 벌고 BMW를 살 방법을 생각하네요. 아주 기업가정신으로 똘똘 뭉쳐 있어요.

스티브: 그렇게 생각하니? 네 말이 맞는 것도 같구나. 그래.

앨릭스: 제드 아저씨는 지금 창밖만 내다보고 있어. 제드 아저씨, 갑자기 칼 세이건으로 변해버린 거예요?

〔제드가 웃는 소리〕

앨릭스: 아저씨 기분이 좋아지게 할 방법을 알아요…… 천문학 농담!

〔제드가 웃는 소리〕

앨릭스: 우주비행사는 달에서 어떻게 머리를 자를까요?

〔차 지나가는 소리〕

앨릭스: 제드 아저씨는 포기한대.

앨릭스: 정답은…… 월식!

앨릭스: 이 농담이 웃긴 이유는, '월식eclipse'이 '그가 깎는다 He clips'와 발음이 비슷하기 때문이에요. 그러니까 우주비행사가 자기 머리를 자르는 방법은 스스로 깎는다는 건데요. 하지만 현실적으로 달에서 그러기란 어렵죠. 헬멧도 안 벗고 어떻게 자기 머리를 자르겠어요?

〔제드가 웃는 소리〕

앨릭스: 내 농담을 좋아해주니 나도 기뻐요, 제드 아저씨. 나는 또……

스티브: 아, 저기 보인다!

앨릭스: 저기 뭐가 있는데요?

스티브: 라스베이거스.

앨릭스: 어디 봐요, 야! 저것 봐, 칼 세이건. 저 빛들 보이지?

〔개 목줄 딸랑거리는 소리〕

앨릭스: 얘들아, 너희도 지금 이걸 볼 수 있었으면 좋겠어. 라스베이거스가 바로 코앞인데, 하도 빛이 밝아서 마치 주황색과 흰색 별들로 이루어진 은하계나 성운처럼 보여. 그리고 우리랑 우리 주변의 차들이 달려가는 모습이, 뭐랄까, 어느 집 포치 전등을 향해 달려드는 나방들 같아……

〔칠판에 글자 쓰는 소리〕

〔앨릭스가 웃는 소리〕

앨릭스: 제드 아저씨가 그러는데 나방베이거스라 불러야 할 것 같대.

앨릭스: 그럴싸해요, 제드 아저씨!

〔제드가 웃는 소리〕

앨릭스: 스티브 아저씨, 구글맵에 우리 아빠 주소를 좀 쳐보게 휴대전화 좀 빌려줄 수 있어요?

스티브: 음, 너희 아빠 만나러 가는 건 내일로 미뤄야 할 것 같다. 벌써 꽤 늦은 시각인데다 도심까지는 아직 좀더 가야 해.

앨릭스: 아……

스티브: 야, 내 탓은 아니다. 아까 자니로켓에서 밥 먹고 가자고 한 건 제드였거든.

앨릭스: 드라이브스루로 받아서 차 안에서 먹을 수도 있었는데 그게 싫다고 한 건 아저씨였을걸요. 난 흘리지 않고 조심해서 먹을 자신 있었다고요! 아저씨 여자친구가 청결을 중시한다는 걸 나도 잘 아니까요.

〔제드가 웃는 소리〕

스티브: 그래, 뭐 마음대로 생각하렴.

앨릭스: 그럼 우리 라스베이거스에 도착하면 그냥 자는 거예요?

스티브: 그럴 수야 없지! 라스베이거스는 밤이 최곤데. 모든 게 불이 밝혀지고, 스물네 시간 영업하는 카지노랑 식당, 가게, 클럽이 많거든. 세상에서 가장 크고 신나는 쇼핑몰이라 할 수 있지.

앨릭스: 정말 재미있을 것 같네요.

앨릭스: 아! 너희를 위해 녹음할 소리들이 몇 가지 더 생각났어……

스티브: 뭐라고?

앨릭스: 걔들한테 말하는 거예요.

스티브: 아, 미안.

앨릭스: 괜찮아요, 아저씨! 어쨌든, 스티브 아저씨가 여자친구와 통화하는 소리는 벌써 꽤 담아놨고, 우리 아빠일지 모르는 사

람의 소리도 녹음해볼까 싶어. 물론 우리 엄마랑 사랑에 빠져 있다는 사실을 기억하게 해준 뒤에 해야지. 그리고 LA에 가서는 여자친구 로런과 사랑에 빠져 있는 로니 형의 소리를 또 녹음하는 거야. 많으면 많을수록 좋겠지!

앨릭스: 흠…… 그리고 이제 21세기니까 다른 남자랑 사랑에 빠진 남자의 소리도 녹음해야 할까봐. 다른 여자랑 사랑에 빠진 여자의 소리도 그렇고……

앨릭스: 남자하고 남자는 쉬워. 왜냐하면 놀런 제이컵스한테 아빠가 둘이거든. 근데 여자와 여자는 어쩌지? 나는 레즈비언은 한 명도 모르거든. 수학 대리교사인 제퍼스 선생님이 레즈비언일지 모른다는 생각이 들긴 하는데, 혹시 그렇다 해도 선생님이 사랑에 빠질 다른 레즈비언도 찾아내야 되잖아. 레즈비언 하나 갖고는 소용없는 거니까.

〔제드가 웃는 소리〕

앨릭스: 뭐가 그렇게 우스워요, 제드 아저씨?

앨릭스: 그리고 스티브 아저씨, 아저씨들 혹시 아는 레즈비언 없어요?

스티브: 음, 페이스북 친구 중에 몇 명 있는 것 같아.

앨릭스: 딱 좋아요! 그 사람들 소리를 녹음할 수 있을까요? 그리고 청진기랑 뇌 스캐너를 구할 수 있는 곳을 혹시 알아요?

스티브: 잘 모르겠는데.

앨릭스: 아, 알았어요.

앨릭스: 어쩌면 라스베이거스에서 레즈비언들을 좀 만나게 될지 모르죠.

## 🚀 새 녹음 19
3분 53초

여기는 하늘 위야! 성층권stratosphere의 꼭대기라고! 사실은 진짜 성층권은 아니고 그 근처도 아니야. 라스베이거스의 스트래토스피어호텔과 카지노, 그리고 스페이스 니들을 말하는 거야. 제드 아저씨에게 우주로 가지도 않는 것에 왜 스페이스 니들이라는 이름을 붙였는지 물으니까 아저씨는 칠판에, 향수를 불러일으키니까, 라고 썼어.

라스베이거스는 정말 거대해. 그리고 어디든 불빛이 엄청나게 많아. 빌딩마다 백만 개는 될 전등이 켜져 있고 또 거리에는 가로등과 달리는 차들의 전조등이 있으니 정말이지 불빛이 끊임없이 이어져 있는 거야. 불빛이 아주 희미한 곳들도 보이는데 그건 주택 지역 같아. 우리 아빠일지 모르는 사람도 저 집들 중 하나에 살고 있겠지. 어디일지 짐작하기는 쉽지 않아. 여기서 확실히 보이는 빌딩은 호텔과 카지노뿐이거든. 에펠탑과 시저궁, 중세의 성, 뉴욕, 그리고 커다란 유리로 된 피라미드며 스핑크스 등등 그야말로 세계의 불가사의들을 한데 모아놓은 것 같아. 너희가 우리를 찾아올 거라면 먼저 라스베이거스에 착륙하는 게 좋겠어. 그러면 인류 문명이 어떻게 생겼는지 아주 쉽게 이해할 수 있을 테니까.

스트래토스피어에는 강아지를 데리고 입장할 수 없어서 칼 세이건은 지금 스티브 아저씨가 돌보고 있어. 나 없이도 괜찮았으면 좋겠어. 라스베이거스에 도착한 뒤 우리는 개를 허용하는 모텔을 찾은 다음 주차를 하고, 중심 도로인 라스베이거스 스트립을 따라 산책을 했어. 야자수들이 무척 많고 갖가지 색의 불빛들이 반짝반짝하고 사람들도 엄청 많았어. 그런데 칼 세이건이 너무 불안해하며 내 다리 뒤에 숨어 끙끙거리는 거야. 끈도 자꾸만 다리에 걸려 할 수 없이 녀석을 안아올려야 했지. 괜찮아, 꼬마야, 나랑 함께라면 안전해, 라고 말해줬지만, 그렇게 더운데도 무서워서 바들바들 떠는 게 느껴지더라고.

참! 스티브 아저씨의 개인적인 용무가 뭔지 알아냈는데 왜 진작 말해주지 않았는지 모르겠어. 아저씨는 산책길에서 사람들에게 명함을 돌리면서 휴대전화를 현금으로 살 테니 문자를 달라고 했어. 그렇게 많은 사람들이 명함을 받는 것을 보고 깜짝 놀랐어. 비상상황에 대비해 전화는 있어야 하는 거 아닌가? 스티브 아저씨 말이, 사람들은 카지노에 가서 돈을 다 잃고도 계속 게임을 하고 싶어하는데 그런 게 사실 비상상황이기도 하다고, 자기는 그런 사람들의 휴대전화를 사줌으로써 그들을 도와주는 거래. 참 생각이 깊은 사람이지.

너희가 사는 곳에도 카지노가 있어? 나랑 제드 아저씨는 아래층 카지노를 거쳐 여기 전망대까지 왔는데 불빛이 더 환하고 소란스러울 뿐 아케이드랑 비슷했어. 하도 시끄러워서 가끔씩 내 머릿속 생각이 들리지 않을 정도였어. 슬롯머신을 하는 사람들을 구경했어. 이따금 아주 큰돈을 따는 사람들이 있는데 흥분해서 소리를 지르거나 하지도 않고 아무 일 없었다는 듯 계속 게임만 하는 거야. 그만한 돈을 딴다면 나는 굉장히 흥분했을 텐데. 그걸로 보이저 4호에 필요한 부품을 몽땅 살 수 있을 거거든. 하지만 아이들은 카지노에서 놀 수 없어. 적어도 스물한 살 이상이어야 하는데 책임감 나이로 따진대도 나는 그 나이는 안 되니까.

우리 아빠일지 모르는 사람도 카지노에서 돈을 많이 딸지도 몰라…… 그리고 여기 스트래토스피어 꼭대기에 와봤는지도 궁금해. 기억상실증에 걸린 후 여기 와서 라스베이거스의 불빛들을 내려다보고 엄마랑 마운트 샘 꼭대기에 올라갔던 일이 떠오르며 이상한 느낌에 사로잡혔을 수도 있어. 다만 기억상실증 때문에 왜 이상한 느낌이 드는지는 몰랐겠지.

내일 만나면 스트래토스피어 꼭대기에서 이상한 느낌이 들었느냐고 물어볼까도 싶어. 그랬다고 하면 내가 그 이유를 설명해주고 기억을 되찾도록 도와줄 수 있겠지.

팔이 튼튼한 사람일까? 그래서 나를 안아올리며 로켓이 발사될 때 같은 소리를 낼까? 아니면 그러기엔 내가 너무 나이가 많다고 생각할까?

그리고 그 사람은……

아, 알았어요, 제드 아저씨.

제드 아저씨가 이제 가야 된대. 전망대가 문 닫을 시간이라고.

## 🚀 새 녹음 20
6분 52초

스트립만 벗어나면 라스베이거스도 한결 조용해.

훨씬 더 어둡기도 하고.

가장 밝은 불빛은 여기 주차장 가로등인데, 주위에 나방이 떼를 지어 날아다니고 있어. 나방이 이리도 많으니 정말 나방베이거스가 맞다 싶기도 해.

칼 세이건에게 스트래토스피어 얘기를 꼭 해주고 싶어. 녀석이 피곤해할지도 모르겠어. 뉴욕을 잠들지 않는 도시라고들 하지만 라스베이거스도 잠들지 않는 도시라고 스티브 아저씨가 말했는데 옳은 말이야. 새벽 한시 이십팔분인데도 조금도 졸리지 않거든. 젤다스 주차장에도 차가 가득한 걸 보면 나뿐 아니라 아직 잠들지 않은 사람들이 많은 모양이야.

젤다스라는 곳은, 음, 조금 괴상한 일종의 카지노야. 비디오게임에 나오는 성 같은 곳인 줄 알았는데 그건 아니고, 위에 호텔이 있는 대형 카지노들과도 달라. 그보다 훨씬 작고 안은 오래된 지하실 비슷한데 더 어둡고, 카드놀이 테이블하고 사람들로 바글바글해. 실내가 무슨 재떨이처럼 온통 담배 연기로 가득해서 코를 틀어막아야 할 정도였고 냄새가 아주 불쾌했어.

제드 아저씨가 안에 들어간 지 벌써 오 분이 됐어……

길을 잃어버린 건 아니겠지. 칼 세이건도 잘 있으면 좋겠고. 지금 저 안에서처럼 음악소리가 요란하면 되게 불안해하는데.

스티브 아저씨가 왜 여기로 칼 세이건을 데려왔는지 모르겠어. 그냥 식당에 있었으면 좋았을 텐데.

난 또다시 안절부절못하고 있어.

스티브 아저씨가 개인적인 용무를 보고 있던 식당 겸 술집에 도착하고 나서야 우리는 아저씨가 칼 세이건을 데리고 여기 와 있다는 걸 알게 됐어. 그 식당에 가보니까 아저씨가 없어서 혹시 화장실에 있나 봤는데 역시나 없는 거야. 제드 아저씨가 칠판에, 전화? 하고 써서 보여주자 바텐더는, 손님이 제드 씨세요? 하고 물었고 제드 아저씨는 고개를 끄덕였어.

바텐더가 건네준 스티브 아저씨의 쪽지에는, 젤다스에 가, BRB, 라고 쓰여 있었어. BRB는 '금방 돌아온다Be Right Back'는 뜻의 두문자어야. 내가 제드 아저씨에게, 젤다스가 뭐예요? 그리고 스티브 아저씨는 언제 돌아오는 거예요? 아저씨하고 칼 세이건하고 여기서 만나기로 한 줄 알았는데, 하자 제드 아저씨는 자기도 모른다는 뜻으로 어깨만 으쓱하더니 뭔가 생각해내려는 눈치였어. 그리고 칠판에, 젤다스에 가자, 라고 썼어. 내가 바텐더에게, 젤다스가 어딘지 알려주시겠어요? 하자 바텐더는 아주 가깝다며 위치를 알려줬어.

우리는 식당 겸 술집 뒤편 주차장을 지나 거리로 나온 다음, 다시 주차장을 두 개 더 지나서 여기 젤다스까지 걸어와 안으로 들어갔어. 그런데 너무 시끄럽고 사람들로 붐비고 게다가 에어컨을 너무 세게 틀어놓아서 지독하게 추운 거야. 마실 것을 날라주는 웨이트리스들은 모두 은으로 된 구슬 목걸이와 깃털 달린 머리띠를 하고 있었고, 경비원들은……

신원미상의 남자 1: 어, 이것 봐라……

신원미상의 남자 2: 이런! 이 꼬마가 여기서 뭘 하고 있는 거야, 하하.

신원미상의 남자 1: 애야, 너 길을 잃은 거냐?

앨릭스: 아니에요, 아저씨. 그냥 친구들을 기다리고 있어요.

신원미상의 남자 2: 너더러 아저씨란다, 하하! *아니에요, 아저씨.*

신원미상의 남자 3: 무슨 일이냐, 못 들어오게 하던?

앨릭스: 맞아요, 바로 그래서……

〔남자들이 웃는 소리〕

〔요란한 음악소리〕

앨릭스: ……이렇게 기다리고 있는 거예요.

〔음악소리 줄어듦〕

앨릭스: 음…… 어쨌든, 내가 말하려던 건……

〔요란한 음악소리〕

스티브: ……완전히 무책임한 거야!

〔음악소리 줄어듦〕

스티브: 그냥 좀 기다리면 안 돼?

앨릭스: 음……

스티브: 내가 남긴 쪽지를 보기나 한 거야, 제드? 말이야 안 한 대도 읽을 수는 있잖아, 안 그래?

앨릭스: 스티브 아저씨?

스티브: BRB의 뭘 이해 못하는 건데? 금방 돌아올게, 라는 말이잖아. 여기가 이 동네서 가장 핫한 곳이란 말이야! 트립어드바이저가 그러는데 모든 현지인들이……

앨릭스: 스티브 아저씨?

스티브: 넌 좀 가만히 있어, 앨릭스. 여기 들어오려고 얼마나 오래 기다렸는지 알기나 해, 제드? 들어가서도 자리가 날 때까지

기다려야 했다고! 멀뚱히 서서 이십 분이나 기다리다……

앨릭스: 칼 세이건은 어디 있어요?

스티브: ……가까스로 자리를 잡았는데 딜러가 나를 맘에 들어하는 눈치였단 말이야. 계속 날 보고 웃고……

앨릭스: 스티브 아저씨.

스티브: ……그러니까 내 말은 내가 계속 따고 있었다고! 사람들도 죄다 응원해주고. 돈을 두 배로 불릴 수도 있었어! 몇 판만 더 하고 돌아갈 생각이었는데……

앨릭스: 그런데요, 스티브 아저씨……

스티브: 가만있으랬잖아. 이봐, 제드. 얘하고 조금만 더……

앨릭스: 스티브 아저씨.

스티브: 뭐!!

앨릭스: 칼 세이건은 어디에 있느냐고요?

스티브: 칼 세이건이 어디……

앨릭스: 어디에 있느냐고요.

스티브: 네가 데리고 있는 거 아니었어?

앨릭스: 당연히 아니죠! 아저씨가 식당에서 데리고 있었고, 나는 여태까지 아저씨를 못 봤는데 어떻게 내가 데리고 있어요?

스티브: 저기, 거기, 주차금지 표지가 있는 곳에다 개를 묶어놓았는데…… 그런 것 같은데……

앨릭스: 뭐라고요?…… 그런 건 없는……

앨릭스: 거기 없는데……

앨릭스: 칼 세이건 어디 있어요?

스티브: 음.

앨릭스: 칼 세이건. 어디. 있냔. 말이에요. 어디……

**새 녹음 21**
6분 18초

신원미상의 남자: 자, 앨릭스. 무슨 일이 일어났는지 여기 대고 말을 해보렴.

앨릭스: 소용없어요! 그래봤자…… 그게…… 어떻게…… 〔소리가 불분명함〕

신원미상의 남자: 그래도 말을 하면 도움이 될 때가 있어.

앨릭스: 미안해요……

앨릭스: 용감해지려고 애쓰고 있어요.

신원미상의 남자: 너는 아주 용감한 아이야.

신원미상의 남자: 여기 지배인하고 말을 해볼 생각이야. 칼 세이건이 어디로 갔는지 CCTV에 찍혔을 수도 있으니까. 꼭 찾아낼 거다, 알았지?

앨릭스: 알았어요……

〔코 훌쩍이는 소리〕

〔요란한 음악소리〕

〔음악소리 줄어듦〕

얘들아……

또 화를 내서 미안해.

스티브 아저씨에게 특히 화가 났었어……

〔코 훌쩍이는 소리〕

칼 세이건을 잃어버린 게 자기 잘못이 아니라고, 줄이 끊어졌거나 뭐 그런 거라고 해서 소리를 지른 거야.

내가 그랬어, 아저씨 잘못이 아니라니 그게 무슨 말이냐고! 도대체 왜 혼자 놔뒀느냐고, 혼자 놔둬선 안 되는 거였다고!

걔가 혼자 있는 걸 얼마나 싫어하는데……

〔코 훌쩍이는 소리〕

스티브 아저씨는 내게 그만 울라고 하는데 그럴 수가 없었어. 로켓 발사에 실패했을 때보다 훨씬 크게 대성통곡을 했어. 스티브 아저씨에게 너무 화가 나서 골든 아이팟을 아저씨한테 던져버렸어.

나는 내 물건들을 잘 돌보지 못했어. 그리고 인간 아닌 내 최고의 친구도……

〔코 훌쩍이는 소리〕

스티브 아저씨는 칼 세이건을 찾겠다고 주차장으로 갔어. 개가 여기 어디 있어야 하는데, 멀리 못 갔을 텐데, 하고 계속 중얼대면서.

그래서 내가 제드 아저씨에게, 왜 스티브 아저씨는 자꾸 개라고 부르냐고, 칼 세이건이란 이름이 있는데 왜 저러냐고 했어. 제드 아저씨는 바닥에서 내 아이팟을 집어들더니 내 앞에 쪼그려앉은 채로, 우리는 칼 세이건을 찾을 거야, 하고 말했어. 나는, 아저씨, 말을 했어요! 했지.

제드 아저씨가 말을 하다니 나는 깜짝 놀랐어.

너희가 방금 들은 소리가 제드 아저씨 목소리야.

나는 제드 아저씨에게, 말을 하게 만들어서 미안해요, 했어. 아저씨는 칠판과 백묵을 바닥에 내려놓았어. 백묵이 또르르 굴러가는 모습을 보고 나는 더 크게 울기 시작했어.

제드 아저씨는, 칼 세이건을 찾고 싶다면 용감해져야 한다, 하고 말했어. 그래서 나는, 칼 세이건을 잃어버려 이렇게 슬픈데, 다시 못 찾을까봐 이렇게 무서운데, 그리고 칼 세이건이 배가 고플까봐 이렇게 걱정이 되는데 어떻게 용감해질 수 있어요? 했어.

제드 아저씨는; 바로 그래서 용감해져야 하는 거라고, 행복할 때만 용감한 것은 진정한 용기가 아니라고 했어.

난 지금 용감해지려고 애쓰는 중이야……

〔코 훌쩍이는 소리〕

로니 형에게 전화를 하고 싶어……

하지만 새벽 두시가 다 됐어. 형은 내가 한밤중에 전화해서 깨우는 걸 굉장히 싫어하거든.

로니 형이라면 이런 상황에서 정확히 어떻게 행동해야 하는지 잘 알 텐데. 형은 언제나 계획을 갖고 있으니까.

내가 다섯 살 때 엄마가 벨마의 쇼핑몰에 우리를 데려간 적이 있어. 형의 생일 선물로 새 농구화를 사주려는 거였지. 로니 형은 혼자서 신발가게에 들어갔고 엄마랑 나는 갖가지 종류의 비누를 파는 가게에 들어갔어. 비누 냄새를 맡고 있다가 뒤를 돌아보니 엄마가 안 계시는 거야.

나는 엄마를 찾아 쇼핑몰을 돌아다니며 엄마를 잃어버렸다는 생각에 울었어. 그런데 그때 로니 형이 나를 발견했고, 엄마가 어디 계시냐고 물어서 모른다고 했더니 함께 엄마를 찾자고 했어. 그렇게 함께 엄마를 찾아다니다 마침내 쇼핑몰 한가운데 분수대 옆에 앉아 있는 엄마를 봤어……

〔코 훌쩍이는 소리〕

너희는 사랑하는 사람을 잃어버린 적이 있니?

그 사람을 다시 찾았어?

어떻게 찾았어?

너희는 사랑하는 사람과 절대 떨어지지 않아서 그런 문제가 없을지도 모르지.

어쩌면 너희는 누군가를 사랑하자마자 그 사람과 물리적으로 연결되어버리는지도 몰라. 가죽끈과 비슷한 튜브로 말이야. 다만 그 튜브는 가죽이 아니라 살로 만들어졌고 배꼽에서 자라나는지도 모르지. 그래서 가죽끈이 아니라 살 끈이라고 부를지도.

어쩌면 너희에겐 아예 다른 것, 그보다 훨씬 멋진 것이 있을지도 몰라. 나의 영웅은 시간을 거슬러 여행하는 것은 아마 불가능할 거라고 말한 적이 있지만, 글쎄, 어쩌면 너희는 그걸 가능하게 만드는 새로운 물리법칙을 발견했을지도 모르지. 그래서 언젠가 이 녹음을 듣고 시간을 거슬러올라와서 내가 우리 개를 찾는 걸 도와주거나, 또는 적어도 위성을 통해 어떤 방안을 알려줄지도 몰라. 다만 그 방안이란 〈콘택트〉에 나오는 수송기 같은 것이 아니라 내가 만들 수 있는 어떤 방패 같은 것, 그러니까 하늘 위로 올라가 지구 전체를 나쁜 일들로부터 보호하는 어떤 힘의 장 같은 것인 거지. 소행성이 지구로 추락하거나 태양이 너무 커진다거나 엄마가 너무 오래 조용한 날들을 보낸다거나 형이 집에서 멀리 떠난다거나 인간 아닌 가장 친한 친구를 괴상한 카지노 밖에서 잃어버린다거나 하는 그런 일들로부터 말이야.

그렇게 해줄 수 있겠니?

제발?

해줄 수 있어?

애들아?

## 새 녹음 22
2분 43초

칼 세이건은 아직도 행방불명이야.

밤새도록 찾아 헤맸지만 결국 못 찾고 모텔에 돌아왔어. 아저씨들이 지쳐버린데다 벌써 새벽 네시 삼십분이 다 돼서.

그러고 보니 라스베이거스도 잠을 자긴 자는 모양이야.

이제 아까처럼 대성통곡을 하지는 않아. 제드 아저씨 말대로 용감해지려고 노력하는 중이거든. 젤다스의 지배인은 주차금지 표지 주변이 촬영된 CCTV 자료는 없다고, 하지만 라스베이거스에는 스물네 시간 통화 가능한 동물관리국이 있다고 했어.

스티브 아저씨의 휴대전화로 그 번호에 전화를 걸었어. 셰릴이라는 아줌마가 전화를 받았는데, 칼 세이건이 이름표를 달고 있느냐고 물어서 그렇다고 했더니 자기들은 이름표를 단 동물은 구조해 오지 않는다는 거야. 나는 칼 세이건이 도망칠 때 목줄이 느슨해졌을 수도 있고, 누가 칼 세이건을 유괴한 뒤에 그 사실을 속이기 위해 다른 개에게 그 목줄을 걸었을 수도 있지 않느냐고 했어. 그랬더니 셰릴 아줌마는, 미안하다, 얘야, 그랬어. 나는, 아줌마 잘못이 아니에요, 내가 잘 지켰어야 했는데, 그러니 내 잘못이에요, 했어. 다시 울음이 조금 나오기 시작하더라.

셰릴 아줌마는 어쨌든 칼 세이건이 동물관리국에 있는지 한번 확인해볼 수는 있다면서 칼 세이건이 어떻게 생겼는지 물었어. 금빛이 도는 갈색 털에 파닥이는 귀, 그리고 유별나게 긴 몸을 갖고 있다고 내가 대답했어. 셰릴 아줌마는 나더러 기다리라고 하고 잠시 후 돌아와서는 그런 개가 없다고 했어. 그러고는 내 전화번호를 묻길래 스티브 아저씨 번호를 줬더니 그런 강아지가 들어오면 연락해주겠다고 했어.

동물관리국과 통화한 후 우리는 다시 칼 세이건을 찾아 젤다스의 주차장에 갔어. 차들 밑과 차바퀴 뒤를 뒤진 다음 젤다스 옆의 다른 주차장들도 가봤어. 그다음에는 스티브 아저씨의 차를 타고 근처를 돌아보기도 했지만 칼 세이건은 어느 주차장에도, 어느 대형 쓰레기통 주변에도 없었어. 새벽 세시쯤이었을 거야. 스티브 아저씨가 우리가 지나온 길을 되밟아봐야 할 것 같다고 했어. 좋은 생각 같아서 먼저 스티브 아저씨가 개인적인 용무를 보고 있던 식당 겸 술집에 가봤지만 칼 세이건은 거기 없었어. 제드 아저씨와 내가 떠난 뒤에 내 체취를 쫓아서 스트래토스피어에 간 건 아닐까 하는 생각도 들었지만 가보니 거기에도 없었어. 그러자 또 내 체취를 쫓아 그 식당 겸 술집으로 돌아간 건 아닐까. 그래서 우리는 그렇게 계속 서로의 뒤만 쫓을 뿐 만나지는 못하는 것이 아닐까, 그것을 깨닫고 또 둘 다 한자리에서 기다리기만 하다 서로를 못 만나는 것은 아닐까, 하는 생각이 꼬리에 꼬리를 물었어.

나는 칼 세이건을 계속 찾아보고 싶었지만 제드 아저씨는 두어 시간 지나면 날이 밝을 테니 좀 쉬었다가 다시 찾으러 나오자고, 낮에는 눈에 더 잘 띌 거라고 했어. 스티브 아저씨는 오피스 디포*가 문을 열면 개를 찾습니다라는 포스터를 만들자고 했고. 그래서 나는 지금 해가 떠오르기만을 기다리고 있어.

---

* 문서를 복사하고 출력하거나 제본 따위를 할 수 있는 가게.

아침에 다시 동물관리국으로 전화를 했어. 이번에는 셰릴 아줌마가 아니라 어떤 남자가 전화를 받았고, 그래서 칼 세이건에 대해 다시 설명해야 했어. 그 사람은 기다리라고 하더니 확인하고 돌아와서 그런 개가 없다고 했어.

우리는 벌써 개를 찾습니다 포스터를 아주 많이 만들어 붙였어. 오늘 아침 오피스디포에 다녀와서 어제 들렀던 장소들에 돌아가 포스터를 붙였고, 그 식당 겸 술집과 젤다스와 인근의 모든 슈퍼마켓을 찾아가 대형 쓰레기통도 뒤졌어. 정말이지 칼 세이건이 나타날 것 같았어. 대형 쓰레기통 아니면 트럭 바퀴 뒤에서 칼 세이건이 나와 꼬리를 흔들며 내게 달려올 것만 같았어. 하지만 그런 일은 일어나지 않았어. 그런 곳들 중 한 곳에 가느라 스트립을 따라 걷다가 반대편에서 우리 쪽으로 걸어오는 사람들을 보았는데 어떤 사람들은 불안하고 겁을 먹은 것 같았고 그런 얼굴을 보니 칼 세이건의 얼굴이 더욱 또렷하게 떠올랐어. 제드 아저씨에게 그런 느낌이 든 적 있냐고 묻는데 아저씨의 얼굴에서도 칼 세이건이 떠오르는 거야. 아저씨는 다시 말을 시작했으면서도 그냥 고개만 끄덕였어.

이제 스티브 아저씨한테 더이상 화가 나진 않아. 칼 세이건을 찾기 위해 정말 노력중이고 포스터를 만들어 붙이자는 아이디어도 내줬으니까. 칼 세이건을 조금 더 찾아보고 나서 아저씨는 점심을 먹자고, 자기가 내겠다고 했어. 그래서 내가, 칼 세이건이 지금 저 어디선가 아마도 굶고 있을 텐데 어떻게 뭘 먹을 생각이 나느냐고, 다시 오피스디포로 가서 포스터를 더 인쇄해 붙여야 한다고 말했어. 그랬더니 제드 아저씨가 스티브 아저씨 말이 옳다고, 아침도 건너뛰었으니 뭘 좀 먹어야 한다고, 그래야 칼 세이건을 찾을 기운도 나는 거라고 했어.

그 말을 듣자 배가 고파지더라. 그래서 나는, 좋아요, 그렇다면 자니로켓에 가는 게 어떨까요? 했지. 그러자 스티브 아저씨는 더 좋은 생각이 있다고, 벨라지오라는 호텔 카지노에 가서 미슐랭 스타를 받은 음식점에 가자고, 그러면 틀림없이 기분이 나아질 거라고 하는 거야. 내가 미슐랭 스타가 뭐냐고, 유명한 경

주용 자동차 운전수 아니냐고 물었더니, 스티브 아저씨는 아니라고, 미슐랭 사람들은 음식에 대해 아주 많이 알고 그래서 해마다 최고의 음식점들에 별점을 매기는데 별 세 개가 최고점이라고 알려줬어. 그렇다면 별 두 개나 세 개를 받은 음식점에서 먹는 게 어떠냐고 내가 말하자 스티브 아저씨는 그런 곳들은 모두 아주 오래전부터 예약을 해야 하고 복장 규정도 있는 곳이라 샌들을 신고 있는 제드 아저씨 같은 사람은 들어갈 수도 없다고 했어. 그래도 지금 가려는 곳은 자니로켓보다 훨씬 멋진 곳이라 장담하건대 내 맘에 들 거라고 아저씨는 말했어.

음식은 그저 그랬어. 요리사 점심 특선을 택했는데 그건 뭐냐면 다섯 가지 코스 요리를 요리사가 정해주는 거야. 웨이터가 우리더러 혹시 알레르기가 있거나 못 먹는 음식이 있냐고 묻자 제드 아저씨는 자신은 완전채식주의자라고 대답했고 나는 아이스크림을 곁들인 사과파이가 있냐고 되물었어.

그러는 나를 스티브 아저씨가 이상하게 보더니, 여기는 그런 거 없으니까 요리사가 결정한 페이스트리를 먹으면 되고, 그게 무엇이 됐든 어쨌든 아이스크림을 곁들인 사과파이보다 훨씬 맛있을 거라며 웨이터더러 신경쓰지 말라고 했어.

그런데 스티브 아저씨 말이 틀렸어! 디저트로 아이스크림을 곁들인 사과파이가 나왔는데 완전히 흐트러져 있었어. 무슨 말이냐면 크러스트는 먼지 같았고, 아이스크림은 호수 같았고, 사과는 아예 거품뿐이고, 그나마 입에 넣자마자 훅 사라져버리는 거야. 정말 이상했어.

스티브 아저씨는 음식이 모두 훌륭하다고 생각했지만 솔직히 나는 자니로켓이 낫다고 봐. 아저씨가 내 미각이 아직 세련되지 못해 그런 거라고 해서 나는, 그게 아니라 그냥 맛이 없어서 맛이 없는 거예요, 했어. 스티브 아저씨는 나온 음식을 모두 사진으로 찍더니 옐프에 별 다섯 개 평점을 올릴 거라고, 자기는 여자친구하고 늘 옐프에 후기를 남긴다고 했어. 그 말을 듣자 칼 세이건이 대형 쓰레기통 뒤에서 겁에 질려, 또는 라스베이거스의 분주한 거리를 건너려다 너무 무서워 캥캥거리는 모습이 떠올라 다시 용감해지려고 노력해야 했어.*

음식을 다 먹자마자 여자친구한테 전화가 와서 스티브 아저씨는 복도로 나가 통화를 하고 또 좀 화가 난 모습으로 돌아왔어. 아저씨가 여자친구와 사랑에 빠진 게 아닐지도 모르겠다는 생각이 들더라. 그게 아니면 통화를 할 때마다 화가 날 리 없잖아? 그때 웨이터가 돌아와 커피나 차를 원하느냐고 묻자 스티브 아저씨는, 아니에요, 그냥 계산서 주세요, 했어. 동물관리국에 다시

---

* 옐프(yelp)에는 '캥캥거리다'라는 뜻도 있다.

전화를 걸어봤지만 아직도 그런 개는 보지 못했다고 했어. 그러자 다시 뱃속이 텅 빈 느낌이 들었는데 배가 고파서는 아니었을 거야.

스티브 아저씨는 오늘 오후까지도 칼 세이건을 찾지 못하면 그냥 LA로 가야 한다고, 최선을 다하지 않았냐고, 게다가 여자친구에게 오늘밤까지 돌아가겠다고 약속을 했다고 말했어. 나는, 어떻게 그럴 수가 있어요! 라스베이거스의 절반도 아직 돌아보지 않았잖아요, 제드 아저씨하고 스트래토스피어에서 내려다봐서 다 알아요, 엄청나게 컸어요, 제드 아저씨는 자기가 기억했던 것보다도 더 크다고 했어요! 라고 따졌어. 그러자 스티브 아저씨가, 여기서 영영 살 수는 없잖아, 했고, 나는 칼 세이건을 찾을 때까지 여기 있을 거라고 했어. 그러다가 아빠일지 모르는 사람이 생각나서, 우리가 찾은 주소로 가는 게 어떨까요, 그 사람은 라스베이거스에 사니 우리보다 훨씬 더 잘 알 테니까요, 하고 제안했지.

스티브 아저씨와 제드 아저씨가 서로 마주봤어. 잠시 후 스티브 아저씨가, 그건 너무 심하지 않니? 하기에 나는, 뭐가 심한데요? 하고 맞받았어. 그랬더니 제드 아저씨가, 찾아봐줄 사람이 하나 더 있으면 좋은 거지, 하고는 스티브 아저씨를 계속 노려보는데 마치 스티브 아저씨에게 텔레파시로 뭔가를 전달하려는 것처럼 보였어. 스티브 아저씨가 다시 나를 보더니 좋아, 그래보자, 했어. 식당에서 나와서 내가 스티브 아저씨의 휴대전화 구글맵에 주소를 찍어줬고 그렇게 우리는 우리 아빠일지 모르는 사람이 사는 여기까지 온 거야.

정말 멋진 곳이야. 전용 골프장까지 있어! 우리는 골프 카트가 다니는 길을 따라 차를 몰았어. 지붕널이 이상한 집들을 지나치고 잔디 깎는 기계 회사에서 나온 아저씨들이 잔디를 깎는 모습을 보니 벤지가 사는 동네가 떠올랐는데, 다른 점이 있다면 이곳의 나무들은 온통 야자수라는 거야. 구글맵의 여자 목소리가, 오른쪽에 목적지가 있습니다, 하고 알려줘서 오른쪽을 봤더니, 도착했습니다, 하는 안내음성이 또 나왔어. 황갈색 벽과 붉은 문이 있는 집이었어. 우리는 길가에 주차하고 문 앞으로 갔어.

내가 초인종을 눌렀는데 아무 응답이 없어서 다시 눌러봤지만 여전히 답이 없었고 안에선 아무 소리도 들리지 않았어. 길 건너 저편에서 개 짖는 소리가 들렸지만 칼 세이건은 아니고 그냥 다른 개였어.

별수없이 차로 돌아갔지. 스티브 아저씨는, 아직 다섯시도 안됐고 우리 아빠일지 모르는 사람은 아마도 아직 일하고 있을 거라고 말했고, 그랬더니 제드 아저씨가 조금 더 기다리면 돌아올 거라고 했어. 나는 그럴지도 모르지만 어쩌면 우리 아빠는 카지노에서 백만 달러를 따서 더이상 일을 안 해도 되는지 모른다고, 지금 골프장에서 골프를 치고 있고 골프 카트를 타고 집에 돌아올 건데 위엄 있어 보이는 턱수염을 기른데다 내가 갖고 있는 사진 속에서보다 살이 좀 찐 모습이어서 금방 알아보지 못할 수도 있다고 했어.

아빠가 나를 알아볼지 궁금해.

🚀 **새 녹음 24**
11분 38초

앨릭스: 응, 눌렀어.

신원미상의 여자: 그러니까…… 나더러 걔들에게 말을 하라는 거지?

앨릭스: 맞아. 그런데 이어폰 줄에 있는 구멍을 막으면 안 돼.

신원미상의 여자: 음, 안녕? 외계의 존재들아.

신원미상의 여자: 난…… 무슨 말을 해야 할지 모르겠네.

앨릭스: 이름을 말해!

신원미상의 여자: 내 이름은 테라. 만나서 반가운 것 같아.

앨릭스: 본인이 누구인지 말해줘.

테라: 나는 앨릭스의……

앨릭스: 우리 누나야!

테라: 이복 누나지. 말이 꼬여서 미안해…… 방금 알게 된 사실이라…… 앨릭스와 내가…… 간단한 문제가 아니라……

테라: 자, 네가 해. 네가 더 잘하는 것 같아.

앨릭스: 괜찮아. 잘했어, 누나!

테라: 그 호칭, 지금은 사용하지 않는 게 어떨까? 그냥 테라라고 부를래?

앨릭스: 알았어, 누…… 아니, 테라.

테라: 고마워.

앨릭스: 우리가 이복 남매라는 사실을 어떻게 알아냈는지 얘기해줘도 될까?

테라: 그럼.

앨릭스: 좋아. 우리가 집 앞에서 기다리고 있는데 테라의 차가 진입로로 들어왔어. 물론 그땐 이름이 테라라는 건 몰랐고 아빠가 같다는 사실도 아직 몰랐지. 테라가 차에서 내리는 걸 보고 제드 아저씨와 내가 다가가자 테라는, 미안, 모금용 사탕은 더 이상 사지 않아, 하는 거야. 사탕을 팔려는 게 아니라고, 5학년 때 한번 해봤는데 그럴 만한 가치가 없었다고 내가 말한 뒤, 조지프 데이비드 페트로스키라는 사람이 여기 사나요? 하고 물었지. 아니라는 테라의 대답에 나는, 아, 알겠어요, 귀찮게 해서 죄송해요, 했어.

주소를 잘못 적어서 엉뚱한 집에 왔나보다 그랬지. 그런데 차로 돌아가려는 순간 테라가, 조지프 데이비드 페트로스키는 왜 찾는데? 하고 물었어. 그래서, 그 사람을 아세요? 했더니 자기 아버지인데 팔 년 전에 돌아가셨다는 거야. 그것 참 이상하다고, 우리 아빠도 내가 세 살이던 팔 년 전에 돌아가셨고 이름도 조지프 데이비드 페트로스키였고 생일도 똑같다고 했더니 테라는 나와 제드 아저씨를 번갈아 쳐다보고는, 이거 혹시 무슨 장난인가? 하더라고.

장난 아닌데, 근데 혹시 재미있는 천문학 농담 아는 거 있냐고 내가 말하자 테라는, 아니야, 사람을 착각했을 거야, 했어. 그래서 내가 지갑에서 가족사진을 꺼내 테라에게 보여주며 이 사람이 그 사람이에요? 하고 다시 물었지.

테라는 사진을 보더니, 이 사진 어디서 났어? 했어. 그래서 우리집에 있던 사진이라고 했지. 테라는 나를, 그리고 제드 아저씨를 바라봤어. 아저씨는 자기와 스티브 아저씨는 밖에서 기다릴 테니 나하고만 잠시 이야기를 나누는 것이 어떻겠느냐고 테라에게 권했어.

테라와 나는 함께 집안으로 들어갔어. 카펫이 무척 보드랍고 벽은 겨자처럼 노랗고 집안 전체에 방향제 냄새가 났어. 계단 옆의 복도를 지나 거실로 들어갔지. 테라는 나더러 앉으라고, 금방 돌아오겠다고 했어. 그리고 2층으로 올라가는 소리가 들리더라. 자리에 앉아보니 소파도 아주 편안했어. 칼 세이건이 여기 있으면 좋겠다는 생각이 들었어. 처음엔 테라를 보고 몹시 불안해하겠지만 익숙해지면 굉장히 다정하게 굴 거고 신이 나서 소파에서 낮잠도 잘 테니까. 그때 테라가 내려와서 무슨 일이 있느냐고 물어서, 나는 용감해지려 노력하는 중이라고 대답했어.

테라는 내 옆에 앉아 신발 상자에 들어 있는 사진들을 보여줬어. 사진들 속의 아빠는 우리집 사진들 속 아빠와 똑같았는데, 나와 엄마와 로니 형 대신 테라와 테라 엄마와 함께 있는 게 다를 뿐이었어. 어떤 사진들에선 우리 사진들 속에서와 똑같은 옷을 입고 있어서 테라에게 알려주기도 했어.

잠시 후 테라는, 물론 이름을 물어보지 않아서 아직 테라인지 모르고 있었지만, 한참 나를 바라보더니 전화기를 꺼냈어. 누구한테 전화하려고요? 하고 묻자 엄마한테 하는 거라고 했는데, 스티브 아저씨나 로니 형처럼 밖으로 나가지 않고 그냥 내 옆자리에 앉아 있어서 좋았어.

테라는 전화기에 대고, 여기 열두 살 남자아이가 있어요, 라고 말했어. 내가, 열한 살이에요, 하자, 아니, 열한 살이고 콜로라도에서 왔다면서 아빠 사진을 내게 보여줬어요, 했어. 테라 엄마가 뭐라고 말했는데 내게는 들리지 않았어. 테라 엄마가 한참 뭐라고 해서 테라는 줄곧 듣기만 하다 안녕 인사도 하지 않고 전화를 끊었어. 그러더니 울면서 무슨 말인지 모를 말을 늘어놓기 시작하는 거야. 가족 내력인가 하는 생각이 들면서 나도 눈물이 조금 났어. 나는 사람들이 우는 걸 좋아하지 않는 것 같아.

테라가 울음을 그쳤고 나도 눈물을 뚝 멈췄어. 우리는 그냥 소파에 앉은 채로 나무도 들어 있지 않은 벽난로만 물끄러미 바라봤어. 그러다 내가 테라에게, 이름이 뭐고 나이는 몇 살이에요? 하고 묻자 테라는 이름은 테라이고 열아홉 살이라고 했어. 내가 예쁜 이름이라고, 철자는 어떻게 쓰냐고 묻자 T-E-R-R-A라고 테라는 대답했어. '테라'가 땅을 뜻한다는 걸 아느냐고, 나의 최고 영웅 칼 세이건 박사가 금성과 화성을 테라포밍하는 것에 대해 말한 적이 있다고, 무슨 뜻이냐면 그 행성들의 땅을 인간과 식물과 개들이 살기에 적합하게 만드는 거라고, 그리고 지금 나는 외계의 지적 생명체들에게 들려줄 지구의 소리들을 내 골든 아이팟에 녹음하고 있다고, 뉴멕시코주의 샤프 행사에 가서 골든 아이팟을 우주로 쏘아올리려고 했지만 로켓 발사에 실패했다고, 그래도 스티브 아저씨와 제드 아저씨를 비롯해 새 친구들을 많이 사귀었다고, 이제 랜더 시벳 아저씨가 시브스페이스 사람들에게 말한 것처럼 두 배로 노력해서 보이저 4호를 준비할 생각이라고, 원래는 록뷰로 돌아갈 예정이었는데 앤세스트리에서 테라의 아빠이기도 한 우리 아빠에 관한 이메일이 와서 아빠가 아직 살아 계신지 보려고 라스베이거스에 온 거라고, 하지만 아빠가 기억상실증에 걸렸을 거라 생각하고 있었다고, 제드 아저씨랑 나랑 스트래토스피어 꼭대기에 올라갔다가 내려와 젤다스에서 스티브 아저씨를 만났는데 스티브 아저씨가 개인 용무를 보던 식당 겸 술집에서 나와버렸기 때문에 거기서 만난 거라고, 그런데 젤다스에 가보니 인간이 아닌 내 최고의 친구인 강아지 칼세이건이 사라지고 없었다고, 내가 말했어.

테라는 나를 멍하니 쳐다보다가, 뭐? 하더니 웃음을 터뜨렸고 얼굴과 입이 콧물범벅이 되었어. 나도 왠지 모르게 웃음을 터뜨렸지. 콧물이 웃겨서 그랬나봐. 둘이 한바탕 웃고 나서 테라가 주방에서 가져온 냅킨으로 우리는 얼굴을 닦았어. 나는 테라에게 칼 세이건을 잃어버린 사정과 우리 아빠일지 모르는 사람의 도움으로 칼 세이건을 찾을 수도 있다고 생각했던 이유를 설명한 다음, 이제 그건 불가능해졌고 대신 테라가 칼 세이건 찾는 걸 도와줄 수 있는지 물었어.

테라는 도와줄 수 있지만 지금 당장은 안 된다고 했어. 곧 엄마가 오실 거니까 먼저 우리가 테라의 엄마하고 얘기를 나누고 그동안 아저씨들은 자리를 비켜주는 게 좋겠다며, 아저씨들이 어디 가 있을 곳이 있느냐고 물었어. 그래서 나는, 스티브 아저씨는 식당 겸 술집으로 가서 개인 용무를 보고 제드 아저씨는 어디서건 명상을 하면 될 거라고, 아니면 스티브 아저씨가 아주 좋아하는 젤다스에 다시 가도 될 거라고 했어. 테라도 그러면 되겠다고 해서 우리는 함께 밖으로 나가 먼저 아저씨들에게 테라를 소개했어. 나는 아직 쓰지 않아주면 좋겠다는 호칭은 생략하고 그냥 우리 테라라고 했어.

내게 테라가 있다는 것에 스티브 아저씨는 굉장히 놀란 얼굴이었어. 입을 좀 벌린 채 계속 테라만 쳐다보고 말은 거의 안 해서, 스티브 아저씨, 혹시 제드 아저씨처럼 돼버린 거예요? 하고 물으니, 미안, 하고 말하기에 내가, 테라에게 아저씨 전화번호를 알려주면 테라의 엄마랑 얘기를 나눈 다음에 문자를 보낼게요, 했어. 스티브 아저씨가 번호를 알려주고 제드 아저씨와 함께 떠난 뒤 우리는 다시 안으로 들어왔어. 그리고 지금 2층 테라의 침실에서 이 녹음을 하는 중이야.

앨릭스: 일어난 일을 정확히 묘사한 거지, 테라?

테라: 앨릭스, 너 참 대단하다.

앨릭스: 테라?

테라: 왜?

앨릭스: 왜 방에 이렇게 테라 사진이 많아?

테라: 조금 당황스럽지? 다 엄마가 한 거야.

테라: 하지만 상관없어. 어차피 난 이제 여기서 안 살거든. 가끔 저녁을 먹으러 들르기만 해.

앨릭스: 사진들이 정말 예뻐. 머리도 훨씬 길고.

테라: 앨릭스……

테라: 잘 들어, 엄마가 집에 오시면 이러는 게 좋을……

〔차고 문 열리는 소리〕

테라: 엄마야. 내가 데리러 올 때까지 여기서 기다려, 알았지?

앨릭스: 알았어.

〔계단 내려가는 소리〕

앨릭스: 테라의 엄마도 우리 엄마처럼 꽃무늬 원피스를 입고 있을까 궁금하네. 테라가 보여준 사진 속에서는……

〔불분명하게 들리는 고함소리〕

앨릭스: 음…… 테라?

〔계단 올라오는 소리〕

테라의 엄마: ……너 속상하게 하고 싶지 않았어.

테라: 과연 그렇게 됐군요.

테라의 엄마: 얘, 하워드와 내가 일부러 그런 건……

테라: 잠깐, 하워드라고? 하워드. 하워드는 이 문제에 의견을 낼 권리가 있고 나는 아니란 거네? 난 그러니까……

앨릭스: 음……

테라: 앨릭스, 넌 잠자코 있어.

테라의 엄마: 애 엄마는 어디 있니? 여기 있니?

테라: 아니에요, 여기 없어요. 얘 혼자 온 거예요.

테라의 엄마: 애야, 어떻게 여기까지 먼길을……

테라: 꼬마 취급하지 마세요. 왜 그렇게……

테라의 엄마: 테라, 아이를 엄마한테 보내줘야 되잖니. 애가 얼마나 겁이 나 있겠어……

테라: 아무 힘 없는 꼬마가 아니래도요. 왜 애를 그렇게 다루는……

〔앨릭스가 우는 소리〕

테라의 엄마: 미안하구나, 아가야. 우리가 자꾸 소리를 질러서……

테라: 그만해요, 도나. 언제나 이런 식이에요.

테라의 엄마: 내가 뭘? 뭘 어쩐다는 거니?

테라: 그러니까…… 그만두세요. 그만요.

테라: 앨릭스, 네 짐 챙겨.

테라의 엄마: 테라, 이성적으로 생각……

테라: 가자, 어서.

테라의 엄마: 말해보렴, 테라. 왜 이러는 거니?

테라: 앨릭스.

〔계단 내려가는 소리〕

테라의 엄마: (멀리서) *테라, 애, 왜 우리가 그러면……*

테라: 그냥 들고 와. 차에 실으면 돼.

〔현관문 쾅 닫히는 소리〕

테라: 정말 미안해.

〔열쇠 짤랑거리는 소리〕

테라: 들어가, 안으로.

〔차문 쾅 닫히는 소리〕

〔엔진 시동 걸리는 소리〕

〔전자음악 소리〕

## 새 녹음 25
11분 28초

안녕, 얘들아! 아파트에 와보기는 이번이 두번째야. 4학년 때 친구였던 폴 정의 아파트에 가서 자고 온 적이 있었는데 우리집보다 훨씬 좋았어! 벽도 깨끗하고 바닥은 나무로 되어 있어서 아파트들은 모두 그런 줄로만 알았는데 그건 아닌 모양이야. 테라의 아파트는 완전히 다르거든. 훨씬 작고 어두운데다 처음 들어왔을 때 블라인드가 휘어진 것도 눈에 띄어서 내가 가서 휜 것을 펴고 열어젖혀줬어. 그런데 블라인드를 끝까지 열어도 여전히 어둠침침하네.

나는 이 아파트 건물은 복도며 계단들이 모두 밖에 있는 게 참 이상하다고 말하고, 샤프 행사 기간에 입을 옷만 싸와서 빨래를 좀 해야 되는데 지하실은 어디 있느냐고 테라에게 물었어. 그리고 방바닥에 더러운 옷들이 널려 있으니 그걸 다 주워 함께 세탁기에 넣겠다고 하자 테라는 말도 안 되는 소리라며 손님이 왜 그런 일을 하냐고 하더라고.

테라는 자기 옷가지들을 줍기 시작하면서 건물에 지하실은 없고 아래층 세탁실에 가면 25센트 동전을 넣고 돌릴 수 있는 세탁기들이 있다고 했어. 아, 슬롯머신 같은 거 말이구나? 하자 테라는, 아무리 재수가 좋아도 따는 것은 깨끗한 옷뿐이니 아마도 세상에서 가장 한심한 슬롯머신이겠다고 했어.

나는 테라에게 티셔츠들과 속옷을 모두 건네주었어, 물론 입고 있는 속옷은 빼고. 그리고 양말과 터틀넥 스웨터까지 주면서, 이건 꼭 흰옷들과 분리해서 찬물에 돌린 다음 저속으로 건조시켜야 돼, 하고 알려줬지. 테라는 너바나NIRVANA*라고 쓰여 있는 티셔츠를 내게 줬는데, 내 케이&에이치 티셔츠보다 오히려 더 잘 맞는 거 있지. 다 테라가 엄청 날씬하기 때문이야. 내가 열반을 믿느냐고 묻자 테라는 믿는다면서, 너 너바나도 듣니? 하고 물었어. 그게 무슨 뜻이야? 나는 너바나가 모든 것이 완벽한 상상 속의 장소인 줄 알았는데! 하자 테라는 너바나는 자기가 좋아하는 밴드의 이름이기도 하다면서 노트북을 열어 음악을 들려줬

---

* '열반, 해탈'이라는 뜻.

고, 나는 흥미롭긴 한데 개인적으로 고전음악과 척 베리가 더 좋다고 했어.

빨래를 하러 테라가 아래층에 내려가고 나자 배가 몹시 고팠어. 점심으로 먹은 요리사 특선 메뉴가 전혀 양에 차지 않았던 거야. 테라도 배가 고플지 몰라 함께 먹을 뭔가를 만들고 싶었지만 냉장고 안을 들여다보니 맥주하고 케첩하고 딸기잼이 다지 뭐야. 빵도 없어서 하다못해 딸기잼 샌드위치조차 만들 수가 없었어.

세탁실에서 돌아온 테라에게, 왜 냉장고에 음식이 하나도 없어? 하고 묻자 주로 배달을 시켜 먹거나 웨이트리스로 일하는 식당에서 음식을 갖고 와 먹는다고 했어. 어디서 일하는데? 물으니 '도미노 그릴'이란 곳이래. 도미노 그릴은 자니로켓과 비슷한 데야? 거기가 내가 지구상에서 가장 좋아하는 식당이야, 했더니 술과 구이를 파는 곳이어서 버거와 스테이크와 생선까지 있는데 모두 더 비싸다는 거야.

테라가 나한테 뭘 먹고 싶냐고 물어서 도미노 그릴은 어떻겠느냐고, 테라가 일하는 곳을 보고 싶다고 했지. 그랬더니 테라는 오늘밤은 그냥 나가지 말고 배달을 시켜 먹자며, 음식 배달을 하는 식당들이 나오는 사이트를 노트북으로 보여줬어. 나는, 아이코, 식당이 너무 많아서 결정을 못하겠어! 하고는 스티브 아저씨와 제드 아저씨 먹을 것도 주문하고 아저씨들을 부르면 안 되겠냐고 물었고, 테라는 괜찮다고 했어. 그래서 내가 전화를 걸어, 스티브 아저씨, 테라가 아저씨들이 아파트에 와서 같이 저녁을 먹어도 된다는데 뭐 먹고 싶은 거 있어요? 하니까 스티브 아저씨는 아무거나 주문하고 다만 제드 아저씨가 먹을 완전채식 음식만 잊지 말라며 음식값은 다 자기가 낼 테니까 주소를 찍어 보내라더라. 테라에게서 주소를 받아 아저씨에게 문자를 보내줬지.

우리는 인도 음식을 주문했어. 인도 음식은 한 번도 안 먹어봤지만 모든 일에는 처음이 있는 법이니까. 우리는 밖에 나가 음식배달과 아저씨들을 기다리기로 했어. 계단에 앉았는데 밖은 아직 꽤나 더웠고 하늘에는 별이 딱 두 개밖에 보이지 않았어. 음식이 올 때까지 얼마나 걸릴지 테라에게 문자 이십 분 정도라고 했고, 이 아파트에서는 얼마나 살았는지 묻자 일 년쯤이라고 했고, 왜 엄마와 의붓아빠를 이름으로 부르는지 묻자 나더러 질문이 참 많은 아이라는 거야. 나는, 당연히 질문이 많지, 질문을 하지 않고 어떻게 진실을 알아낼 수 있겠어, 참나! 그랬어.

테라는 소리 내어 웃더니 우리 엄마는 어떤 분이냐고 물었어. 머리는 검은색인데 흰머리가 나기 시작했고 눈은 나처럼 짙은 갈색이라고 대답해줬어. 테라는 갈색 눈이 아니고 로니 형 같은, 그리고 흐린 날 집 앞 나무들의 나뭇잎들 같은 초록색 눈이야.

정말 예쁜데 우리 학교 어떤 여자애들처럼 화장이 진하지는 않
아. 자연스러운 미인인 거지. 애로웨이 박사와 비슷한 데가 있는
데 머리칼이 금발이 아니라 갈색이고 남자처럼 아주 짧다는 점
이 다르지.

　테라는 록뷰에 있는 우리집과 우리 동네, 로니 형에 대해서도
물었고, 아빠에 대해서 기억하는 게 있는지도 물었어. 그러고 보
면 테라도 질문이 정말 많아. 이것도 집안 내력인 모양이야.

　나는 아빠에 대해서는 사람들이 말해준 것 외에 하나도 기억
나는 게 없다고 대답한 뒤에 아빠하고 엄마가 마운트 샘 꼭대기
에서 만나 사랑에 빠진 이야기를 들려줬어. 그리고 테라에게 아
빠랑 테라 엄마가 어떻게 만났는지 물으니 테라는 모른다고, 물
어본 적도 없다고 했어. 자기 인생에도 아빠는 거의 없었다고,
함께 살지도 않았는데 왜 아빠 이름이 그 주소와 함께 뜬 건지
모르겠다고. 나도 이유는 모르겠지만 그렇게 뜬 게 다행이라고
말했어.

　우리는 잠시 후에 안으로 들어갔어. 그러자 아저씨들이 오고
인도 음식 배달도 와서 바닥에 앉아 식탁 매트 대신 배달용 종이
봉투를 찢어서 깐 다음 그 위에 음식을 늘어놓고 먹었어. 식탁에
의자가 두 개뿐이었거든.

　음식은 마치 누가 먹은 걸 게워놓은 것처럼 보이기는 했지만

맛은 좋았어. 사모사도 그렇고 난이라는 이름의 빵이 특히 맛있었어. 카레에 찍어 먹는 건데 내가 내 몫의 난을 다 먹고 나서도 카레가 많이 남자 테라가 자기 난을 먹어도 된다고 했어. 난을 십억 개는 먹을 수 있을 것 같아. 물론 진짜 그만큼은 못 먹고 그냥 과장한 거야. 사실은 두 개 반쯤 먹을 수 있을 것 같아. 나는 테라에게 난이 정말 맛있다고, 다음번에 인도 음식을 주문할 때는 아이스크림을 곁들인 난도 시켜 먹자고 했어.

음식을 먹는 동안에도 스티브 아저씨는 이상하게 굴었어. 평소처럼 화가 나 있지도 않았고 휴대전화가 계속 진동하는데도 모르는 눈치였고, 테라가 무슨 말을 할 때마다 고개를 끄덕이며, 그래요, 아하, 무슨 말인지 알겠어요, 같은 말을 해대는 거야. 그리고 계속 테라를 뚫어지게 쳐다봤는데, 스승을 찾으러 떠났던 인도 여행에 대해 제드 아저씨와 테라가 대화를 나눌 때는 특히 그랬어. 테라가 세탁기에서 빨래를 꺼내 건조기에 넣어야 한다며 자리에서 일어나자 아저씨도 따라 일어나더라고. 물을 더 마시려고 주방에 가나보다 했는데 그냥 다시 앉는 거야. 그저 테라가 일어나니까 예의바르게 따라 일어났던 건가봐. 스티브 아저씨는 역시 신사야.

창문이 열려 있는데도 갑자기 너무 덥고 답답한 느낌이 들어서 테라가 빨래 챙기는 걸 도와주려고 나도 밖으로 나갔어. 바깥

공기도 그다지 선선하지 않더라. 다시 하늘을 올려다보니 여전히 별은 두 개밖에 보이지 않았고 어디선가 쓰레기 냄새 같은 게나서 칼 세이건이 여전히 행방불명이란 사실이 떠올랐어.

내가 계단에 앉아 우는 모습을 테라가 세탁실에서 나오다가봤나봐. 나더러 왜 우느냐고 해서 칼 세이건이 없어진 지 하루도지나지 않았는데 나는 벌써 칼 세이건을 잊어버렸다고, 나는 지구상에서 가장 나쁜 친구일 거라고 대답했어.

테라는 그렇다고 나쁜 친구인 것은 아니라고, 오히려 그 반대이고 칼 세이건을 생각하고 있지 않다는 것에 죄책감을 느끼는것만 봐도 내가 얼마나 걱정하고 있는지 알 수 있다고 말했어.그리고 나를 아주 따뜻하게 안아주더니, 날이 밝자마자 함께 칼세이건을 찾으러 가자고 한 후 내가 너희를 위해 이 골든 아이팟에 담은 녹음을 들려줄 수 있느냐고 했어. 나는, 당연하지, 테라는 우리 테라니까 내 골든 아이팟은 테라의 골든 아이팟인 셈이야, 했어. 우리는 다시 안으로 들어왔고 테라는 자기 방에 들어가 녹음을 들었어.

테라가 방에 있는 동안 아저씨들과 나는 남은 인도 음식을 먹어치웠어. 그리고 제드 아저씨는 방바닥에 앉아 다시 명상을 했고 스티브 아저씨는 차로 돌아가 급히 돈이 필요한 사람들에게서 사들인 전화기들을 갖고 왔어. 이베이에 올려 팔 거라며 전화기들을 닦는 아저씨에게 근데, 아저씨, 여자친구에게 오늘밤에 LA에 돌아갈 거라고 약속했다면서요? 그럼 가봐야 될 것 같은데요? 하자 겨우 다섯 시간 거리라 좀더 있을 수 있다더라고.

테라는 아주 오랫동안 방에서 나오지 않았어. 잠이 들었나 싶어 들어가보니 내 이어폰을 끼고 침대 위에 앉아 있더라고. 다행히 잠이 든 게 아니네, 그냥 확인하러 들어왔어, 얼굴도 보고 싶었고, 그리고 빨래 건조도 다 됐을 거 같은데, 하지만 녹음을 다 들을 때까지 기다릴게, 하고 내가 말하자, 아니야, 이리 와, 하고 테라가 말했어. 그래서 침대 위에 올라갔더니 나를 정말 다정하게 안아줬어. 내가, 왜 안아주는 건데? 하고 묻자, 여기 있어봐, 거의 다 끝났어, 해서 그냥 그러고 있었어. 테라가 소리 내어 조금 웃어서 나도 조금 웃었고. 테라는 아무 말도 안 하려고 하는 것처럼 손을 입에 갖다대더니 귀에서 이어폰을 뽑았어.

내가 테라에게 물었어. 왜 그렇게 슬픈 거야? 나까지 슬퍼지잖아. 그랬더니 테라는 나를 다시 안아주더니 내가 하는 일은 정말 감탄할 만한 일이라고, 녹음을 계속하기를 바란다고 말했어. 당연하지, 녹음을 계속할 거야, 랜더 시벳 아저씨가 말했듯이 두 배로 노력할 거고 내 골든 아이팟이 우주 깊숙이 진입하기 전까지 멈추지 않을 거야, 라고 내가 말했어. 테라는 자기도 내 미션을 최대한 돕고 싶다며, 너랑 나는 말이야, 하나로 뭉쳐야 해, 그러

겠다고 약속해, 라고 했고, 나는 약속한다고 말했어. 나는 보이
스카우트를 안 해봐서 스카우트의 명예를 건다고는 말 못했어.

우리는 거실로 나왔어. 나는 테라와 아저씨들을 도와 배달 음
식 그릇이며 식탁 매트 대신 쓴 종이봉투와 알루미늄포일 따위
를 치웠어. 스티브 아저씨가 밤이 많이 늦었다고, 온종일 칼 세
이건을 찾으러 다녔더니 녹초가 되었다고 하자 테라는 아저씨들
이 원하면 소파에서 자고 가도 된다고, 에어 매트리스도 있다고
했어. 스티브 아저씨는 두말없이 좋다는 거야. 오늘밤 LA에 돌아
가지 않아도 괜찮은 모양이야.

테라가 옷장에서 에어 매트리스를 꺼냈는데 내 더플백보다도
작은 자루에 들어 있었어. 그걸 보고 내가, 이거야? 이게 에어 매
트리스야? 하자, 테라는 그걸 펼치더니 작동 방법을 보여줬어.
공중에서 자는 것 같은 건 줄 알았더니 그건 아니고 그냥 플라스
틱 위에서 자는 거고 공기를 넣어 부풀리는 거였어. 테라에게 매
트리스가 다 부풀 때까지 얼마나 걸리느냐고, 비치볼을 불어본
적 있는데 불다가 숨이 차 자꾸 멈췄더니 오 분이나 걸렸다고,
그런데 이건 비치볼보다 엄청 커 보인다고 하자, 테라는 전동 펌
프가 달려 있어서 별로 오래 안 걸린다며 시범을 보여줬어.

먼저 펌프를 벽의 콘센트에 꽂고 스위치를 올리자 부르르 하는
소리와 함께 매트리스에 공기가 차더라고. 나는 정말 근사하다

고, 에어 소파와 에어 탁자와 에어 안락의자까지 만들면 좋을 것 같다고, 그것들을 다 더플백에 담을 수 있으면 어딜 가든지 집에 있는 것과 똑같겠다고 한 뒤 테라에게 오늘밤 내가 에어 매트리스에서 자도 되느냐고 물었어. 그랬더니 테라가, 이건 저 아저씨들 거고 너만 괜찮다면 우리는 내 침대에서 같이 자자, 해서 나는 좋다고 했지.

정말로 굉장한 날이었지 뭐야! 우리 아빠는 살아 계시지 않고 따라서 내 골든 아이팟에 담을 사랑에 빠진 남자도 될 수 없고 아직 칼 세이건도 못 찾았지만 테라를 찾았잖아. 그리고 테라는 질문이 참 많고 울 때는 못 알아들을 말을 하고 눈이 초록색이고 나는 테라가 정말 맘에 들거든. 테라의 엄마와 의붓아빠와도 얘기를 해보고 싶고 테라도 우리 엄마와 로니 형을 곧 만날 수 있으면 좋겠어. 어쩌다가 우리 아빠가 동시에 두 개의 가족을 가졌던 건지는 아직 잘 모르겠는데 어쩌면 테라 엄마가 알고 있을지도 몰라. 테라 엄마야말로 조각퍼즐을 풀 수 있는 중대한 단서를 갖고 있을지 모른다고. 그러니까 우리 모두가 소리를 지르거나 화를 내는 일 없이 마주앉아 이야기를 나눈다면 무슨 일이 일어난 건지 알아낼 수 있을 것 같아. 그렇게 되면 칼 세이건을 찾아 나설 사람이 더 늘어나는 거지!

반드시 칼 세이건을 찾을 거야.

## 새 녹음 26
18분 34초

안녕, 얘들아! 아침에 일어나보니 테라는 벌써 일어나서 다시 내 아이팟을 듣고 있었어. 내가 눈을 비비며, 테라, 뭐하는 거야? 하자 한번 더 듣고 싶은 부분이 있다는 거야. 어느 부분이냐고 했더니 테라는 침대 가장자리에 앉으면서 나한테 물어보고 싶은 게 있다고 했어.

테라가 아저씨들이 LA로 돌아갈 거라는데 아저씨들과 함께 LA로 가는 건 어떻겠냐고 해서 내가, 칼 세이건은 어쩌고? 칼 세이건 찾는 걸 도와주겠다고 어젯밤에 말했잖아! 하자, 테라는 오늘 아침에 또 찾아보고 만일 찾지 못하면 로니 형을 만나러 가는 것도 좋을 것 같다고, 로니 형에게 도와줄 방법이 있을지 모른다고 했어. 우리가 LA에 가 있는 동안 여기 사람들이 개를 찾습니다 포스터를 계속 볼 수 있을 거고, 누가 칼 세이건을 찾았다거나 동물관리국에 비슷한 개가 들어왔다는 연락을 받으면 모든 걸 중단하고 당장 돌아올 수 있을 거라는 말이었어.

처음에는 그래도 가고 싶지 않았어. 칼 세이건에게서 더 멀리 떨어지는 거니까. 나는 테라에게 지금 가장 힘든 건 칼 세이건이 저기 어딘가에 있다는 건 아는데 정확히 어디서 뭘 하고 있는지 모른다는 거라고, 늘 알았던 걸 모른다는 거라고, 우리는 항상 함께 있었다고 말했어. 그게 어떤 느낌인지 아느냐고 묻자 테라는 고개를 끄덕이더니 담요의 보풀을 뜯기 시작했어. 그 모습을 보고 있자니 로니 형이 정말 보고 싶다는, 그리고 로니 형이 테라를 만났으면 좋겠다는 생각이 들었어. 다섯 시간 거리라는 스티브 아저씨 말도 떠올랐고. 샤프 행사장에서 라스베이거스까지 그보다 훨씬 오래 걸린 걸 생각하면 그리 먼 거리도 아니야.

테라에게, 칼 세이건을 찾아본 다음 결정하면 어떨까, 운이 좋아 아침에 찾으면 LA에도 함께 데려갈 수 있을 테니까, 칼 세이건도 아직 로니 형을 못 만나봤거든, 하자 테라는 그러자고 했어. 계획을 들은 아저씨들도 함께 찾아 나서겠다고 해서 우리는 모두 함께 다시 젤다스와 그 식당 겸 술집과 대형 쓰레기통을 찾아갔지만 칼 세이건은 아무데도 없었어.

결국 나는 테라에게, 좋아, 함께 LA에 가는 게 좋겠다면 그러자, 나는 테라를 믿으니까, 게다가 하나로 뭉치겠다고 이미 내가 약속하기도 했잖아, 남자는 약속을 반드시 지켜야 하거든, 하고 말했어. 그리고 용감해지기 위해 최선을 다하겠다고 했어.

지금 여기는 고속도로야. 아저씨들이 우리 앞에 달리고 있어. 나는 범퍼에 녹이 슨 테라의 차를 타고 가는 중인데, 시속 70마일만 넘어가면 차 전체가 중력권 탈출 속도에 도달한 로켓처럼 흔들리기 시작해. 이 고물 차가 과연 버텨낼 수 있을까? 하고 묻자 테라는 그러길 바란다고 대답했어. 왜 좀 괜찮은 차를 사지 않느냐고 했더니 자기는 좋은 것들이 필요 없고 그저 자기 것이 있으면 된다고 했어. 나는 그걸 존중해.

테라: 네가 존중해줘서 기뻐, 앨릭스.

앨릭스: 테라?

테라: 응?

앨릭스: 엄마에게 LA에 간다고 말씀드렸어?

테라: 아니.

앨릭스: 테라의 엄마잖아. 그래도 말씀은 드려야 할 것 같은데.

테라: 나중에 하면 돼. 지금 말해봤자 괜히 걱정만 하실 거고 사실 허락이 필요한 것도 아니니까. 나는 법적으로 성인이야. 내가 가고 싶으면 가는 거야.

앨릭스: 항상 어제처럼 엄마에게 소리를 질러?

테라: 소리는 무슨…… 뭐, 아니야, 늘 그러지는 않아.

테라: 그냥 어떤 때는 엄마가 내 말을 들으려고 안 하거든. 그리고 내가 내 앞가림을 못하는 것처럼 날 대하고. 지금 엄마한테 말하면 기겁할걸. 잠은 어디서 잘 건데? 뭘 먹을 거고? 이러면서.

테라: 정말이지, 도나! LA에도 호텔이 있거든요. 식당도 있고요. 사람들이 살고 있다고요.

앨릭스: 무슨 말인지 알겠어. 사람들이 내가 아직도 아홉 살이나 열 살인 줄 아는 것 같은 거지. 정말 싫어. 난 아홉 살이 아니고 열한 살인데. 4학년이 아니라 중학생이고 말이야. 그리고 책임감 나이로 치면 최소한 열세 살은 됐을걸!

테라: 큰 차이야, 그렇지? 도대체 알아먹지를 못해.

앨릭스: 맞아, 알아먹지를 못해.

테라: 하지만 왜 이렇게 된 건지 모르겠거든. 늘 이렇지는 않았는데.

앨릭스: 이렇다니, 뭐?

테라: 엄마하고 말이야. 예전에는 관계가 많이 달랐어. 엄마에게 모든 걸 털어놨었지. 엄마가 좋아하실 일을…… 내가 하거나, 이를테면 혼자서 힘든 결정을 내렸다거나 그러면 나중에 엄마에게 말하곤 했어. 그러면 엄마 마음에 들지는 않아도 최소한 내가 왜 그렇게 결정했는지 엄마가 이해하는 느낌이었고.

앨릭스: 그 결정 중 하나가 아파트를 얻어 나가는 거였어? 테라를 그리워할 것을 아셨기 때문에 마음에 들어하지 않으신 건 아닐까.

테라: 음…… 그래, 그럴 거야. 하지만 부모들은 때때로 자식들이 자라고 있다는 사실을 받아들이고 싶어하지 않는 것 같아. 그러니까, 우리가 자라면 더이상 당신들의 자식이 아니게 될 것처럼 생각하는 거지. 하지만 그게 바로 부모의 일이잖아! 우리를 길러 독립시키는 것! 그런데도 그 사실을 인정하기를 굉장히 힘들어하는 거야, 알겠어? 진실을 인정하기를 말이야.

앨릭스: 나의 영웅도 진실을 믿었지.

테라: 녹음에서 들은 기억이 나. 나도 진실을 믿어. 그리고 어쨌든 내 말은, 전에는 도나가 내 말을 듣는 것 같았다는 거야. 스스로 선택할 수 있는 능력을 존중해주는 것 같았다고. 그런데 몇 년 전부터 이런 식으로 변하고……

테라: 미안해. 너한테 신세한탄을 늘어놓을 생각은 없는데.

〔문자 신호음 소리〕

앨릭스: 테라, 하지 마.

테라: 뭘 하지 마?

앨릭스: 운전하면서 문자 보내지 마. 사고가 날 수도 있어.

테라: 넌 아주 생각이 깊구나.

테라: 그럼 이러자. 내 전화기를 받아.

앨릭스: 내가?

테라: 그래. 내가 문자 보내는 거 원치 않잖아, 맞지? 그러니까 네가 내 눈과 손가락이 되어주는 거야.

앨릭스: 좋아! 그럼 먼저 아이팟을 내려놓고……

〔부스럭거리는 소리〕

테라: 자, 여기 컵 끼우는 곳에……

앨릭스: 이게……

테라: 내가 그걸 옮길……

앨릭스: 됐다.

테라: 좋아. 그럼 내게 문자를 읽어줘.

앨릭스: 에이미 카터에게서 왔어. 테라가 없는 동안 대신 일해줄 수 있대.

테라: 고맙다고, 보답하겠다고 보내줘.

〔자판 두드리는 소리〕

〔문자 신호음 소리〕

앨릭스: 그럼 오늘밤 조던의 파티에 안 간다는 말이겠구나, 라는데?

테라: 안 간다고 보내.

〔문자 신호음 소리〕

테라: 뭐래?

앨릭스: 이번에는 다른 사람이야. 테라는 정말 인기가 많네.

테라: (웃으며) 이번에는 누군데?

앨릭스: 브랜던 멀린이야. 안녕, 이렇게 왔어.

앨릭스: 남자친구야?

테라: 아니, 그건 아니고…… 음, 어쩌면. 그런 건 아니지만.

앨릭스: 벌써 키스도 한 사이야?

테라: 그것보다 조금 더 했지.

앨릭스: 그럼 프렌치키스를 했다는 거야?

테라: 그래, 프렌치키스 했어.

앨릭스: 그럼 여자친구와 남자친구네.

테라: (웃으며) 아주 간단하구나. 왜 우리는 공연히 복잡하게 생각하는지 몰라.

테라: 단순한 플링이야.

앨릭스: 플링? 뭘 던졌는데?*

테라: 두 사람이 아주 잠깐 동안 사랑했다가 헤어지는 걸 일컫는 말이야.

앨릭스: 아, 내게도 플링이 있었어.

---

* 플링(fling)에는 '가벼운 연애' '던지다'라는 뜻이 있다.

테라: 네게도?

앨릭스: 응. 4학년 초였는데 우리 반에 핼러윈 때 캉캉 춤 추는 옷을 차려입었던 에밀리 매드슨이란 여자아이가 있었거든. 점심 시간에 나란히 앉아 밥을 먹고 쉬는 시간에 그네를 함께 타기도 했는데 그애 가족이 노스캐롤라이나주로 이사가는 바람에 그뒤로 한 번도 못 봤어.

테라: 그거야말로 진짜 플링이구나.

앨릭스: 하지만 잘된 일이었어. 우린 둘 다 너무 어렸고 그애는 사실 내 이상형도 아니었거든.

테라: 네게도 이상형이 있는 줄 몰랐네.

앨릭스: 당연히 이상형 있지, 참나! 테라는 없어?

테라: 아마도. 네 이상형은 어떤 사람인데?

앨릭스: 주디스 블루밍턴 박사 같은 사람이야. 코넬대학교의 천체물리학 교수인데, 연구 논문을 수십 편 썼고 다행성 거주종이 되는 법에 대한 책을 다섯 권, 그리고 단편소설과 시를 묶은 책도 한 권 발표했어. 게다가 친절하고 다정하고 아름답기까지 해. 나이는 마흔아홉이야.

테라: 대단한 여자 같다.

〔문자 신호음 소리〕

앨릭스: 또 브랜던이야. 네 생각을 멈출 수가 없어, 라고 썼어.

테라: 답장 보내줘.

앨릭스: 뭐라고 쓸까?

테라: 네 맘대로. 내 전화가 네 전화니까.

앨릭스: 오케이.

〔자판 누르는 소리〕

〔문자 신호음 소리〕

〔자판 누르는 소리〕

〔문자 신호음 소리〕

〔자판 누르는 소리〕

테라: 답장 뭐라고 썼어?

앨릭스: 안녕, 브랜던, 너 천문학 농담 아는 거 있어? 라고.

〔문자 신호음 소리〕

테라: 그랬더니 걔는……

앨릭스: 너희 아빠가 도둑이셨어? 라고.

앨릭스: 그래서 내가, 아니야, 토목기사셨어, 라고 썼어.

앨릭스: 그랬더니, 내 생각에는 도둑이셨던 것 같아, 그러니까 별을 훔쳐다 네 눈에 박아놓으셨지.

앨릭스: 그래서 나는, 아니라니까, 틀림없이 토목기사셨어, 라고 쓴 다음, 별은 훔칠 수 없어, 왜냐하면 가장 가까운 별도 사실은 수조 마일 떨어져 있고 그래서 아무도 별을 소유할 수 없는

거야, 라고 썼어.

〔테라가 웃는 소리〕

〔문자 신호음 소리〕

앨릭스: 브랜던이 뭐라고 하냐면, 네가 튕기는 것도 좋아.

〔문자 신호음 소리〕

앨릭스: 이번에는, 무슨 옷을 입고 있어? 라고 묻네.

〔자판 누르는 소리〕

앨릭스: 내가, 너바나 티셔츠, 라고 썼어.

〔문자 신호음 소리〕

앨릭스: 잠깐, 지금 이거 누구야? 라는데?

〔테라가 웃는 소리〕

〔자판 누르는 소리〕

〔문자 신호음 소리〕

〔문자 신호음 소리〕

〔자판 누르는 소리〕

앨릭스: 브랜던이 뭐라고 했냐면, 앨릭스가 누구야? 테라는 어디 있고? 근데 이걸 모두 대문자로 썼어.

앨릭스: 내가, 안녕, 브랜던, 대문자 자판이 고장난 거 같아, 라고 썼거든.

〔테라가 웃는 소리〕

〔전화벨 울리는 소리〕

앨릭스: 이제 전화를 거는데?

테라: 음성녹음으로 가게 놔둬.

앨릭스: 알았어.

테라: 잘했어. 이제부턴 네가 전화를 맡는 거야.

앨릭스: 전화를 맡는 거다! 전화를 맡는 거다!

앨릭스: 테라?

테라: 응?

앨릭스: 왜 대학에 안 다녀? 열아홉 살이잖아. 대학 다닐 나이인데.

테라: 우리 엄마 같은 소릴 하네.

앨릭스: 내가?

테라: 사연이 길어.

앨릭스: 시간은 많아. 구글맵이 그러는데 LA까지는 아직 네 시간이 더 남았대. 학교를 중퇴했어?

테라: 중퇴한 건 아니고. 그냥 처음부터 갈 생각이 없었어.

앨릭스: 왜? 나의 영웅은 대학에 갔어. 그것도 여러 대학엘 갔지. 처음에는 시카고대학교에 가서 학사학위를 받은 다음 천문학 석사학위와 천체물리학 박사학위까지 받았고, 하버드에서 강의를 했고, 나중에는 뉴욕주 이서카에 있는 코넬대학교에서 교

수가 됐어.

테라: 너의 영웅에게는 우리 엄마와 하워드가 없었을 거야.

앨릭스: 그에게는 레이철과 샘 세이건이 있었지.

테라: 그 사람들은 우리 엄마와 하워드 같진 않았을 거야. 내가 너보다 조금 컸을 때, 열세 살이었을 때, 난 열여덟 살이 되자마자 집에서 나갈 거라고 생각했어. 열여덟 살 됐을 때 딱 그렇게 했고.

앨릭스: 그런데 대학에는 왜 안 간 건데? 갈 수도 있었잖아.

테라: 갈 수 있었지. 하지만 학위를 받고 졸업해도 취직을 못하는 사람들이 많아. 내 말은, 대학에서 가르치는 것들 대부분이 실제 직업을 갖는 데 필요한 준비를 해주지 못한다는 거지. 사실 그게 가장 큰 목적인데 말이야. 그러니 수십만 달러 빚을 지며 인위적인 기준에 맞춰 다른 사람들과 경쟁이나 하고 더 한심하게는 술을 처마시고 파티에나 들락거리며 사 년이란 세월을 보낸 뒤 아무짝에도 쓸모없는 종이 한 장을 갖고 세상에 나오는 게 무슨 개소용……

테라: 미안, 내가 이 문제에 열을 좀 받는 편이라서.

앨릭스: 괜찮아, 나도 욕은 다 알아.

테라: 아, 그래?

앨릭스: 그럼. 한번은 학교에서 바로 내 옆의 사물함을 쓰는 야

구팀 선수 저스틴 피터슨이 나한테, 너 뭐 아는 욕이 있기나 하냐? 하고 물은 적이 있어. 나는, 물론이지, 참나! 하고는 내가 아는 욕을 다 말해준 다음 벤지하고 욕을 갖고서 '삑, 삑, 삑, 누가, 삑, 내, 삑' 같은 문장들을 만들기도 한다고 했지.

테라: 그렇구나.

앨릭스: 그런데, 테라, 대학에 가는 목적이 단지 취직이어야 하는 건 아니잖아?

테라: 그게 아니면 왜 가는데?

앨릭스: 지식에 관심이 있어서 가는 거지.

테라: ……

테라: 있잖아, 내가 한 말은 취소할게. 대학에서 많은 걸 얻는 사람들도 있다고 생각해. 그리고 너는 그런 사람들 중 하나야. 나는 확신해.

〔문자 신호음 소리〕

테라: 또 브랜던이니?

앨릭스: 스티브 아저씨네. 배고프냐고, 휴게소에 들러서 화장실도 가야 하는 거 아니냐고 묻는데?

〔문자 신호음 소리〕

앨릭스: 알려줘요, 하며 웃는 얼굴을 보냈어.

테라: 나는 LA 도착할 때까지 기다릴 수 있는데. 네 생각은 어

때?

앨릭스: 거기 도착하면 자니로켓에 가도 돼?

테라: 당연하지.

〔자판 누르는 소리〕

〔문자 신호음 소리〕

앨릭스: 스티브 아저씨는 인앤아웃에 가야 된대. 거기가 훨씬 낫다고. 햄버거, 감자튀김 다 짱이래.

〔자판 누르는 소리〕

〔문자 신호음 소리〕

앨릭스: 아이스크림을 곁들인 사과파이도 있냐고 물었더니 밀크셰이크하고 아이스크림콘이 있다고 하네.

테라: 인앤아웃에 가고 싶으면 가라고 그래. 난 널 자니로켓에 데려가줄 거니까.

앨릭스: 좋았어!

테라: 근데 기름이 다 떨어져가네. 다음 출구로 나간다고 스티브에게 알려줄래?

앨릭스: 오케이.

〔자판 누르는 소리〕

〔문자 신호음 소리〕

〔문자 신호음 소리〕

## 새 녹음 27
11분 52초

굉장한 오후였어! 게다가 아직 끝나지도 않았고.

테라 차를 타고 가는데 갑자기 고속도로가 넓어지더라. 두 개였던 차선이 다섯 개로 늘고 차들도 더 많아지고 모두 더 빨리 달렸어. 우리는 음악도 듣지 않고 이야기도 하지 않았어. 테라가 정적이 좋다기에 나는 이건 사실 정적도 아니라고, 바람소리와 길에서 나는 소리와 에어컨소리와 차들이 지나가는 소리와 지금 내가 말하는 소리가 있지 않느냐고 했지. 그랬더니 테라는 정말로 맞는 말이라고, 그런데 이 평화로움이 좋다고 했어. 나도 좋다고 맞장구쳤어. 그렇게 평화로움에 귀를 기울인 다음 나는 테라에게 천문학 농담을 하나 해줬어.

천랑성Sirius이 코미디 프로그램을 보고도 웃지 않는 이유가 뭐게?

너무 심각해서야serious.

웃는 테라에게, 이해했어? 학교에서는 못 알아듣는 애들이 있더라고, 위성 라디오 시리우스를 말하는 줄 알았던 거야, 하고 내가 말하니까 테라는 이해했다고. 천랑성을 뜻하는 시리우스Sirius가 심각하다는 뜻의 시리어스serious와 발음이 비슷하기 때문이라고 하는 거야. 그래서 나는, 이래서 우리 테라지, 테라는 날 정말 잘 이해해, 라고 했어.

테라는 또 웃었어. 다시 평화로움에 귀를 기울이고 있다가 테라가 갑자기 수영을 하러 가고 싶어졌다고 했어. 나도 가고 싶으냐고 물어서, LA는 어쩌고? 했더니 한두 시간만 갔다 오면 된다며 날씨가 이렇게 더운데 열을 조금 식힐 수 있으면 좋을 거라는 거야. 나는 테라 차의 에어컨이 지금 제 구실을 못하고 있으니 좋은 생각이라고 했지. 테라가 근처에 전에 가본 호수가 있다고 해서 구글맵을 찾아본 다음 스티브 아저씨에게 문자를 보냈더니, 아저씨가 두어 시간이면 LA에 도착하는데 거기서 함께 수영하러 가는 게 어떻겠냐는 거야. 그래서 테라는 지금 수영하러 가고 싶어한다고 다시 문자를 보냈더니, 수영, 태양, 파도 모두 다 짱이라는 답장이 왔어.

호수로 이어지는 출구를 찾아 고속도로에서 내려오자 길이 갑자기 구불구불해졌어. 그런데도 테라는 엄청 빠른 속도로 운전을 했어. 제한속도는 시속 55마일이지만 곡선 구간의 경우에는 25마일로 가야 할 때도 있거든. 가끔 벤지네 집에서 벤지가 포르자 모터스포츠라는 레이싱 게임을 하는 걸 봤는데 그거랑 비슷할 정도였어. 물론 옆으로 미끄러지는 묘기 같은 건 안 했지만. 절벽과 나무들 너머로 호수가 보이는데 길은 보이지가 않아서 좀 더 달렸더니 호수 안내판이 나왔어. 입구에서 공원 관리인 아주머니가 입장료는 5달러이고 현금만 받는다고 했는데 테라는 신용카드밖에 없어서 내가 돈을 빌려줬어. 가족이니까.

우리는 차에서 내렸어. 피크닉 테이블에 둘러앉아 바비큐를 구워 먹는 가족들이 아주 많았어. 물에 들어가 테니스공을 던지고 받으며 노는 아이들도 보이고 저만치서 카약을 타는 사람들도 보이고 얕은 물가에서 엄마 아빠랑 노는 아기들도 보였어. 호숫가는 보통 바닷가와는 다른 게, 모래가 있기는 한데 사실은 아주 자잘한 돌조각에 가까워. 우리는 신발을 벗은 다음 양말도 벗어 신발에 넣었어. 모래가 들어가지 않게 말이야. 제드 아저씨는 돌조각 모래밭에 둥근 베개를 깔고 앉아 명상을 시작했고 스티브 아저씨는 자외선차단제를 바르면서 나와 테라에게 혹시 필요한지 물었어. 테라는 고맙다고 한 뒤 자외선차단제를 받아 내 얼굴과 목과 어깨에 발라줬어. 스티브 아저씨가 테라에게 자외선차단제 바르는 걸 도와줄지 묻자 테라는, 앨릭스가 도와줄 거예요, 그렇지? 했어. 나는 그렇다고 하고 테라에게 자외선차단제를 발라줬어.

우리는 거친 모래밭에 앉아 물에 들어가 있는 사람들을 구경했어. 테니스공을 갖고 피구처럼 보이는 놀이를 하는 아이들이 있었는데, 공이 수면을 여러 번 스치도록 던지는 게 말하자면 물 피구라고 할 만한 거였어. 그때 테라가 물에 들어가자고 했어. 스티브 아저씨는 수건도 수영복도 없고 차 좌석이 온통 젖을 거니까 그러지 않는 게 좋겠다고 했지만 테라는 아랑곳없이 벌써 청반바지를 벗고 탱크톱과 속옷만 입은 채, 그러니까 탱크톱 비키니 차림으로 물속에 들어가버렸어. 스티브 아저씨는 말리려고도 하지 않고 그냥 물속으로 뛰어드는 테라를 바라보고 있다가 왜 항상 저런 여자들이지? 라고 말했는데, 나한테 하는 말은 아니고 그냥 물을 향해 하는 말이었어. 저런 여자들이라니 그게 무슨 뜻이에요? 어떤 여자들이요? 테라 같은 여자들? 테라 같은 어떤 여자들 말인데요? 하고 내가 묻자 아저씨는, 신경쓰지 마, 했고 나는, 아, 그건 너바나라는 밴드의 앨범 이름이에요, 했어.

테라가 물속에서 고함을 쳤어. 앨릭스, 빨리 들어와! 물이 정말 끝내줘! 차 좌석이 온통 젖을 텐데 괜찮아? 하고 내가 묻자 테라가, 스티브처럼 굴지 말고! 이러는 거야. 내가 정말 스티브 아저씨처럼 굴었구나, 하는 생각에 웃음이 났어. 스티브 아저씨, 자외선차단제는 충분히 바른 거예요? 벌써 살이 벌게졌어요, 라고 말해주는데 테라가 자꾸 나를 불러서, 스티브 아저씨, 같이 가요! 하니까 아저씨는 싫다는 거야. 아직도 차 좌석이 젖을까봐 걱정하고 있었던 것 같아. 나는 아저씨 손해라며 셔츠와 바지를 벗고 물속에 들어갔어.

너무 얕아서 물 폭탄 다이빙은 안 하고 배로 수면을 치면서 들어갔어. 물이 엄청 차가웠어. 테라가 웃으면서 물에 뛰어드는 내 모습이 조그만 고래 같았다길래, 내가 그 말을 들으니 생각났는데 고래를 보려면 어디에 가야 하는지 알아? 내 골든 아이팟에 고래 노랫소리를 녹음하고 싶어서, 하니까 테라는 모른다고, 하지만 LA에 가면 한번 찾아보자고 했어.

호수의 물은 정말 상쾌하고 맑았고 진한 청록색이었어. 자세히 들여다보니 벤지 엄마가 냉장고에 넣어두는 치아시드가 든 콤부차처럼 조그만 초록색 점들이 떠돌고 있었어. 그건 해롭지 않은 조류라는 테라의 말에 나는 이런 호수에서 조류를 본 건 처음이라고 했어. 테라가, 아름답지 않니? 해서, 응, 테라의 눈 색깔과 거의 비슷해, 하고 말했어.

우리는 좀더 깊은 곳으로 갔는데 자갈이 더 적긴 했지만 까치발로 서야 간신히 발이 닿을 정도였어. 까칠까칠한 수초들이 발을 간질였어. 테라는 등을 대고 누운 채 물에 떠 있었어. 햇살이 물에 비쳐 다이아몬드처럼 반짝거렸어. 선글라스를 가져왔으면 좋았을 텐데 싶었지만 그건 록뷰의 집에 있었어. 물피구를 하는 아이들을 지나자 물이 더 깊어지면서 이제 아예 바닥에 발이 닿지 않았어. 테라가 자기를 잡으라고 해서 그렇게 했어. 물이 위아래로 출렁거렸지만 파도타기를 할 만한 물결은 일지 않았어. 나는 테라에게, 파도타기 해본 적 있어? 나는 안 해봤거든, 스케이트보드는 타봤는데 스케이트보드를 타다 넘어져서 무릎이 까진 후로는 제대로 된 보호장비를 사기 전엔 타지 않기로 했어, 라고 말했어. 테라는 자기도 해본 적 없다면서 LA에 가면 서핑보드를 빌려서 함께 배워보자고 했어.

테라는 물을 정말 좋아해. 평소에 물속에서 시간을 더 보내고 싶다고, 호수나 바다에 들어가면 항상 지구로 돌아온 느낌이 든다고 했어. 그래서 내가 그건 말이 안 된다고, 지구를 떠난 적이 없지 않느냐고 하자 테라는 그냥 말이 그런 거라면서 물속에 들어가 있으면 자신에게 가장 자연스러운 환경에 둘러싸인 느낌이 든다고 했어. 그건 훨씬 말이 되네, 왜냐면 우리 모두 원래는 수억 년 전에 바닷속의 세균류 군체에서 진화했으니까. 그리고 우리 몸은 대부분 물로 이루어져 있으니 생각해보면 풍선을 물로 채운 다음 그것을 물이 가득한 욕조에 집어넣는다면 풍선 안의

물과 밖의 물을 갈라놓는 것은 풍선의 표피일 뿐이며 만일 그 표피가 없다면 아무 차이가 없는 거라고 덧붙였어. 테라가 아주 심오하다고 해서 반드시 욕조처럼 깊어야 할 필요는 없고 주방 싱크대에서도 할 수 있다고 알려줬어.*

우리끼리만 재미있게 노는 걸 보고 스티브 아저씨가 질투가 났던 것 같아. 결국 물속으로 들어오더라고. 아저씨는 셔츠만 벗고 반바지는 입은 채로 조금씩 몸에 물을 끼얹어 차가운 수온에 몸을 적응시켜가며 물에 들어왔어. 테라와 나는 스티브 아저씨 옆, 수심이 조금 얕은 곳으로 다시 돌아갔어. 물은 내 목까지 올라왔고 테라는 무릎을 꿇고 서 있을 만한 곳이었지. 테라가 무릎을 꿇고 서 있다는 걸 모르고 보면 우리는 키가 똑같아 보였을 거야. 스티브 아저씨도 무릎을 꿇고 섰는데 완전히 물속으로 들어오고 나니 아주 행복해 보이더라. 거봐요, 스티브 아저씨, 좋을 거라고 했잖아요, 하니까 스티브 아저씨는 물에 들어오길 잘한 것 같다고 했어.

물피구를 하는 아이들에게 다가가서, 우리도 같이 해도 돼? 하자 그렇다고 했어. 테라와 나는 같은 편으로, 스티브 아저씨는 다른 편으로 가서 함께 물피구를 했는데 아주 재미있었어. 그 아

---

* 테라가 '심오하다(deep)'고 한 말을 앨릭스는 물의 깊이로 이해한 것이다.

이들은 공을 엄청 세게 멀리 던졌어. 나도 세게 던져보려고 했지만 그렇게 세게 멀리 나아가지는 않았는데 걔들은 수면을 스치게 던지는 것도 아주 잘했어. 공이 휘어 날아가다가 뱅글뱅글 돌아 원래 가던 방향이 아닌 쪽으로 피우우우우, 하며 멀리 가는 거야. 스티브 아저씨는 자기 차례가 되자 테라에게 공을 엄청나게 세게 던졌어. 공이 수면을 여러 차례 스치더니 테라의 입을 정통으로 맞혔어! 테라는 손으로 입을 가리고는 아우! 하면서 물가쪽으로 걸어갔어. 모두가, 특히 스티브 아저씨가 테라에게, 괜찮아요? 하고 물었고 테라는 괜찮다고, 화장실에 좀 다녀오겠다고 했어. 스티브 아저씨도 물에서 나가 계속 미안하다고, 일부러 그런 건 아니라고 했고 테라는 괜찮다고, 그냥 사고일 뿐이라고 했어. 스티브 아저씨는 굉장히 실망한 눈치였어. 스티브 아저씨, 그렇게 낙심하지 마요, 그냥 사고잖아요, 하며 어서 물로 돌아오라고, 아직 게임이 안 끝났다고 했지만 스티브 아저씨는 놀이를 더 할 생각이 없다고 했어. 여자친구에게 전화를 해야겠다며 나더러 보호자 없이 물놀이를 해선 안 되니 제드 아저씨에게 돌아가라는 거야. 그래서 나는 아이들에게 재미있게 잘 놀았다고 말하며 작별인사를 했어.

물가를 따라 걷는 스티브 아저씨를 보며 햇살에 몸을 말렸는데 머리와 속옷을 빼곤 금세 마르더라고. 화장실에 간 테라가 돌아오기를 기다리다가 지금이 명상하기에 좋은 시간이라는 생각이 들어서, 제드 아저씨, 방해하고 싶진 않지만 명상하는 법을 좀 가르쳐줄 수 있어요? 제대로 배우고 싶어서요, 했어. 아저씨는 좋다고, 가르쳐주겠다고 했어. 나는 바닥에 앉아 제드 아저씨가 하는 대로 마치 치즈버거를 들고 있는 것처럼 양손을 무릎에 얹고 눈을 가늘게 뜬 다음 오케이, 준비됐어요, 했어.

호흡에 주의를 집중하고 폐에서 숨이 나갈 때 머리에서 모든 생각들이 빠져나가게 놔두라고 제드 아저씨는 말했어. 나는, 우리의 뇌는 항상 뭔가를 생각하기 때문에 그건 물리적으로 불가능한 일이라고 반박했어. 그랬더니 제드 아저씨는 생각들 사이의 틈을 찾으라고 했고, 나도 그러려고 해봤지만 잘 안 되더라고. 하나의 생각이 끝나자마자 다른 생각이 들어와서 말이야. 제드 아저씨가 틈이란 말을 할 때 내 머릿속에는 켄 러셀 아저씨의 치아 사이 틈이 떠오르고 그 생각을 멈추자마자 어떻게 우리가 샤프 행사장에서 여기까지 오게 됐는지, 테라가 내 녹음을 도와주기로 한 것, 젖은 머리와 속옷 등등이 생각나더니 이어서 칼세이건 생각이 나고 다시 동물관리국에 전화를 하고 싶어졌어.

제드 아저씨는 좋다고, 생각을 하는 스스로를 계속 살펴보라고, 그리고 아무것도 심지어 시간조차 존재하지 않아 보이는 순간을 찾으라고 말했어. 아, 블랙홀에 갇힐 때처럼 말이죠? 블랙

홀 안에서는 중력이 너무 강해 빛과 시간과 공간이 다 구부러진 대요, 라고 내가 말하자 아저씨는 훌륭한 비유라고 했고, 그래서 나는 고마워요, 다음번 책에 써도 돼요, 라고 했어.

나는 눈을 감고 블랙홀에 갇힌 상상을 해보려고 했어. 얼마 지나자 색깔들이 보이기 시작하더라. 처음에는 눈을 감고 태양을 향할 때면 보이는 붉은색이더니 차츰 분홍과 파랑들이 방울 모양으로 나타나는데, 마치 〈콘택트〉에서 애로웨이 박사가 수송기 밖에 펼쳐진 은하계를 보면서, 너무나…… 아름다워…… 말로는…… 표현 못할 만큼…… 나 대신…… 시인을 보냈어야 옳았어, 하는 장면 같았어.

어쩌면 잠이 들었던 것도 같은데 확실하지는 않아. 눈을 뜨자 호수가 보였어. 하지만 〈콘택트〉에 나오는 우주의 바다는 아니고 우리 아빠와 생김새와 목소리가 같은 형체를 통해 내게 말을 거는 굉장한 지적 생명체도 없었어. 그냥 캘리포니아 호수의 거친 모래밭이었고 옆에는 명상을 하는 제드 아저씨가 있었어. 아저씨는 아직도 내 옆에 있고 테라는 아직도 화장실에서 돌아오지 않았고 스티브 아저씨도 마찬가지로 산책에서 돌아오지 않았어.

로니 형도 이 호수에서 수영을 해본 적이 있을까? 두어 시간 후 LA에 도착하면 형 집에 갈 거고 형이 문을 열면 나는 서프라이즈! 할 거고 그러면 형은, 네가 여기 어쩐 일이야! 할 거고 나는 형에게 달려가 형을 끌어안을 거고 형도 나를 안아주며, 왜 이렇게 머리가 젖었어? 할 거고 그러면 나는, 호수에서 수영을 했거든, 할 거고 형은 내 뒤에 누가 있는 걸 보고, 이 사람은 누구야? 할 거고 나는 형에게, 우리 테라야, 라스베이거스에 사는데, 봐, 테라도 형과 눈 색깔이 똑같아, 하겠지.

내 이야기를 듣는 로니 형의 얼굴을 얼른 보고 싶어.

## 새 녹음 28
12분 34초

애들아, 우리가 어디 있는지 맞혀봐……

여기 LA야!

그럼 LA 어딘지 한번 맞혀봐……

자니로켓이야!

그런데 나랑 테라뿐이야. 스티브 아저씨는 여자친구랑 저녁을 먹으러 갔고 제드 아저씨는 아파트에 돌아갔어. 그리고 나도 드디어 또다른 룸메이트 네이선 아저씨를 만났지 뭐야! 정말 키가 크고 말랐더라. 우리가 도착했을 때 마당의 야자나무 아래 앉아서 아이스커피를 마시고 있던 네이선 아저씨와 제드 아저씨가 나란히 서자 마치 C-3PO와 R2-D2* 같은 거 있지. 물론 네이선 아저씨는 턱까지 내려오는 금발에 자세도 그리 좋지 않고 안경을 낀데다 피부도 황금빛이 아니니 C-3PO와 별로 닮은 것 같진 않지만.

아저씨들의 아파트는 테라의 아파트보다 훨씬 좋고 폴 정의 아파트보다도 더 좋아! 3층에 있는데 바깥 복도에서는 안마당이 내려다보이고 안에는 한쪽 벽이 온통 커다란 창문으로 이루어진 관광객용 거실이 있어. 안으로 들어가보니 한쪽 구석에 빈 상자들과 패드를 댄 봉투와 커다란 에어캡 테이프들이 있어서 터뜨렸어. 또 밀봉된 배틀모프 부스터 팩이 스무 개는 놓여 있었어. 내 평생 그렇게 많은 배틀모프 카드를 보기는 처음이야!

스티브 아저씨, 아저씨는 벤지보다도 배틀모프를 좋아하나봐요, 하니까 스티브 아저씨는 또하나의 부업이라며 상자를 열어 모든 팩을 꺼낸 다음, 벤지네 엄마가 주방에 두고 쓰는 것 같은 저울에 올려 무게를 쟀어. 일일이 열어보지 않아도 어느 팩에 홀로그램이 들어 있는지 알 수 있다고, 홀로그램이 들어 있는 팩은 다른 것보다 조금 더 무겁기 때문이라고 했어. 그러면서 자기는 홀로그램이 들어 있는 팩을 열어서 홀로그램 카드만 따로 판다고, 몹시 희귀한 카드일 땐 특히 그런다고, 그리고 홀로그램이 들어 있지 않은 팩은 밀봉 상태로 그냥 판다고, 밀봉이 뜯긴 팩

---

* 둘 다 영화 〈스타워즈〉에 나오는 로봇 캐릭터.

은 사람들이 사고 싶어하지 않기 때문이라고 했어. 이제 알겠지? 전에 말한 대로 스티브 아저씨는 기업가정신으로 똘똘 뭉친 사람이야.

스티브 아저씨의 부업에 대해 벤지에게 이메일로 알려주고 싶었지만 어서 로니 형을 놀래주고 싶기도 해서 테라에게 ASAP 로니 형네 집에 가자고 했어. 스티브 아저씨는 자기도 곧 나갈 거라고, 여자친구와 저녁을 먹을 건데 오늘밤 아마도 여자친구 집에서 자게 될 테니 테라와 내가 원한다면 자기 방에서 자도 된다고 했어. 테라는 제의는 고맙지만 먼저 로니를 만나보고 나서 결정하겠다고 했어.

로니 형에게 전화를 하자 음성녹음으로 연결이 돼서, 로니 형, 지금 너무 바쁘지 않았으면 좋겠어, 두어 가지 놀래줄 게 있거든! 하고 메시지를 남겼어. 집에 없어? 하고 테라가 물어서 로니 형은 전화를 무음으로 놔둘 때가 있고 짐작하기 어려운 사람이라고 했어. 그러니 어쨌든 곧장 로니 형 집으로 가서 초인종을 누르자고 했고, 테라도 그러자고 했어.

우리는 구글맵에 로니 형의 주소를 찍고 안내를 따라 달렸는데 예상 소요시간보다 더 오래 걸렸어. 교통 체증이 엄청 심했는데 LA에는 차가 너무 많기 때문이야. 야자수도 정말 많은데 라스베이거스에서 본 것들보다 더 키가 크더라고! 드디어 로니 형 집에 도착했어. 그런데 건물 정문 앞에서 내가 로니 형이 몇호에 사는지도 모른다는 사실을 깨달았어. 사실 형이 사는 곳이 콘도라는 것도 테라가 '레지던스 웨스트 콘도미니엄'이라고 쓰인 안내판을 가리킨 뒤에야 알았으니까.

로니 형에게 다시 전화를 걸자 이번에는 받더라. 로니 형, 지금 집에 있어? 그리고 콘도 번호는 어떻게 돼? 콘도에 산다는 건 왜 말 안 해준 거야? 하고 묻자 형은 지금 집이 아니고 잠재 고객의 고교 농구 시범경기 때문에 디트로이트에 와 있다는 거야. 디트로이트에서 언제 돌아오는지 물으면서 내가 지금 형의 레지던스 웨스트 콘도미니엄 건물 앞에 서 있고 형이 만나봐야 할 사람도 있다고 하자 형은, 무슨 소리야? 네가 LA에 있다고? 했어.

나는, 그렇다니까, 샤프 행사장에서 만난 스티브 아저씨와 제드 아저씨랑 왔는데 그 아저씨들이 우리 아빠일지 모르는 사람을 만날 수 있게 먼저 라스베이거스에 데려다줬어, 그리고 그 사람은 정말 우리 아빠가 맞았는데 기억상실증에 걸리지도 않았고 아직 살아 계시지도 않았어, 근데 젤다스에서 칼 세이건을 잃어버려서 지금까지 용감해지려고 노력해왔고 그러다가 형의 테라이기도 한 우리 테라를 만나서 함께 호수에 들러 수영을 하고 이제 LA에 온 거고, 형을 놀래주려고 미리 말 안 하고 왔어, 하고 설명해줬어.

로니 형이, 뭐라고! 네가 그런 일들을 해도 된다고 누가 그래? 해서 나는, 형이 그랬잖아! 형이 주의깊게 듣지 않았을 뿐이야! 했어. 그러자 형은, 네가 그런 짓을 하다니 믿기지가 않는다, 하고는 자기는 디트로이트에 며칠 더 있어야 하는데 이거 참 문제라는 거야. 그러고 보니 로니 형을 놀래주려던 것은 그다지 좋은 생각이 아니었다 싶더라고.

로니 형은 당장 로런에게 전화를 하겠다고, 여벌의 열쇠를 로런한테 받아서 일단 오늘밤 자기 집에서 자라고, 그다음 일은 조금 더 생각해보겠다고 했어. 그래서 나는 안 그래도 돼, 스티브 아저씨가 여자친구랑 저녁을 먹고 나서 여자친구 집에서 잘 테니 자기 방에서 자도 된다고 그랬거든, 했어. 로니 형이, 누구? 하고 물어서 스티브 아저씨 말이야, 샤프 행사장에서 스티브 아저씨랑 제드 아저씨를 만났다고 벌써 말해줬잖아, 기억 안 나? 라고 했어. 듣고 있던 테라가 전화기를 좀 달라더라고.

테라는 로니 형과 꽤 길게 통화했어. 테라가 자기는 친구라고, 믿어도 된다고, 정 의심이 되면 페이스북에서 찾아보라고 형에게 말했어. 테라가 다시 전화를 돌려줘서 받아보니 로니 형은 더이상 고함을 지르지 않았어. 테라가 형을 진정시켜준 것 같아. 하지만 여전히 화는 나 있었어. 형은 자기가 돌아올 때까지 테라랑 함께 있으라고, 만일 무슨 문제라도 생기면 자기한테 전화하라면서 로런의 전화번호도 알려줬어. 그리고 이 일을 엄마에게 다 말씀드리겠다고 해서 나는 그러든지, 그런데 엄만 요즘 다시 조용한 날들을 보내고 계시는 중이야, 라고 했어.

로니 형과 통화를 마치고 나는 테라에게 왜 로니 형에게 테라가 우리의 이복 거시기라고 말 안 했어? 나야 그 말을 안 쓰기로 약속했지만 테라는 써도 되는 거잖아, 하고 물었어. 그러자 테라는 이런 일은 직접 만나서 처리하는 게 좋다고 했어. 테라의 엄마하고 직접 만나서 처리하려다 그렇게 됐는데도? 했더니 테라가, 투셰touché, 이러는 거야. 그게 무슨 뜻이냐고 하자 '네 말이 맞다'라는 뜻의 프랑스어라고 하더라고.

우리는 차로 돌아갔어. 테라도 말을 하지 않았고 나도 말할 기분이 아니어서 둘 다 말없이 그냥 앉아 있었어. 하지만 이번에는 평화로움이 없었고 나는 그 소리에 귀를 기울이기가 싫었어. 테라가 무슨 일이냐고, 또 칼 세이건 때문에 그러냐고 해서 나는 그렇기도 하고 엄마에게 샤프 행사가 끝나는 대로 돌아오겠다고 해놓고 돌아가지 않은 것 때문이기도 하다고, 라스베이거스에 들른 다음 집에 돌아가려고 했지만 그렇게 못한데다 이제 로니 형이 돌아올 때까지 기다려야 하니 나는 약속을 안 지키는 인간이 되어버렸고 게다가 내가 만들어놓은 음식을 엄마가 다 드셨는데 직접 요리를 하고 싶지 않다면 어떻게 하느냐고, 엄마가 드실 음식을 누가 만들어주겠느냐고 했어.

또다시 우리 둘 다 말할 기분이 아니었고 이번에도 평화로움
은 없었어.

테라도 평화로움이 아닌 소리를 듣고 싶지 않았던 모양인지
차 시동을 걸었어. 우리 그러면 아저씨들 집으로 가는 거야? 하
고 물으니 테라는 자기도 모르겠대. 그러더니 생각할 공간이 필
요하다며 바다에 가서 해넘이를 보자는 거야. 그래서 우리는 베
니스비치라는 곳에 갔어. 이미 말했잖아, 테라는 물을 정말 좋아
한다고. 호수에 이어 이제 우리는 태평양에 간 거야, 그것도 하
루 만에.

베니스비치는 정말이지 컸어. 차를 타고 가면서도 보일 만큼.
나는, 바다의 아들!* 하고 외쳤어. 모래도 엄청 많았는데 물론 아
까 그 호수에서처럼 거친 모래가 아니라 보통 모래였어. 모래가
자꾸 신발 속으로 들어와서 우리는 신발과 양말을 벗고 모래밭
이 젖어 평평해지고 진한 갈색이 된 바닷가를 따라 산책을 했어.
발목이 잠길 정도까지만 물에도 잠깐 들어갔고. 테라에게 여기
에서라면 틀림없이 파도타기를 할 수 있을 거라고 내가 말했어.

---

* 바다의 아들(son of a beach)의 발음이 개자식(son of a bitch)과 비슷해서
장난을 친 것.

파도가 밀려올 때마다 작은 소용돌이가 일어나면서 내 발 주변과 발가락들 사이의 모래가 바다로 끌려갔어. 물결이 밀려올 때 발을 움직이지 않으면 모래 속으로 조금씩 꺼지는 것 같은데 만약 그렇게 오래 서 있다가 나중에 머리만 남고 목 아래는 다 모래 속에 잠기면 재미있을 것 같지 않냐고 하니 테라는, 파묻혔다는 것을 깨달았을 때는 이미 늦어서 자기 몸이 가라앉는 걸 지켜볼 수밖에 없다면 어쩌지? 이랬어. 그래서 나는 테라, 가라앉으면 안 되니까 계속 움직이자, 라고 했지.

우리는 계속 움직이며 바닷가를 따라 걸었어. 파란색 구조대 건물과 노란색 구조대 트럭들이 보였고, 개와 함께 조깅을 하거나 원반을 던지며 노는 사람들도 보였어. 나는 다시 테라의 휴대전화를 빌려 동물관리국에서 칼 세이건에 대한 전화가 온 게 없느냐고 스티브 아저씨에게 문자를 보냈어. 그런 전화 없었다는 답이 왔어.

태양이 수평선에 가까워지고 있어서 우리는 산책을 멈추고 지는 해를 바라봤어. 해안 저멀리 산 너머로 해가 넘어가는 순간, 나는 태양을 정면으로 볼 수 있었어. 계속은 아니어도 낮일 때보다는 더 오래. 해가 넘어가고 나서도 저 위의 구름들은 아직 밝은 붉은색이었어. 수평선은 황금빛, 물은 보라색이고. 정말이지 시인을 보냈어야 하지 않았을까.

테라와 나는 다시 계속 움직이며 널판 산책로까지 걸어갔는데, 사실 바닥은 널판이 아니라 평범한 시멘트로 돼 있었어. 그러니 널판 산책로가 아니라 시멘트 산책로였던 거야. 스케이트보드장 앞에 멈춰서 스케이트보드 타는 사람들을 지켜봤는데, 어떤 사람들은 카메라가 달린 스케이트보드를 타고 있었고 스카이워커 팀이 로켓에 단 것 같은 헬멧을 쓰고 타는 사람들도 있었어. 롤러블레이드를 타는 사람들도 있었고 자전거를 타는 사람들도 있었고 또 아프리카 북을 치는 남자도 있었어. 둥그렇게 모여선 구경꾼들 앞에서 웃통을 벗은 남자들이 체조를 하고 있었는데 그중 하나가 마이크를 들고 자원자들을 모았고, 다른 남자들이 줄지어 선 자원자들 위를 뛰어넘는 묘기를 보여줬는데 정말 근사하더라. 그리고 그다음에 테라가 약속한 대로 여기 자니로켓에 온 거야.

테라는 감자튀김과 커피를 주문해놓고 감자튀김은 거의 손도 안 댔어. 그래서 내가 감자튀김은 왜 안 먹어? 내가 좀 먹어도 돼? 했더니, 다 네가 먹어, 했어. 테라가 속이 좀 메스껍다고 해서 내가 혹시 병원에 가야 하는 거 아니냐고, 아주 훌륭한 의사선생님을 한 분 아는데 록뷰의 터너 박사라는 분으로 해마다 건강검진을 받으러 가면 완벽한 건강 상태라는 글자와 함께 조지 워싱턴 대신 터너 박사의 얼굴이 박힌 분홍색이나 파란색 돈을 준다고 했어.*

테라는 별것 아니니까 아침이 되면 괜찮아질 거라고 했어. 나는, 그걸 어떻게 알아? 하며 벤지가 여기 있다면 테라가 점쟁이나 뭐 그런 건 줄 알 거라고, 벤지는 별점을 되게 좋아하는데 나는 그런 점성술 따위는 안 믿는다고 했어. 그랬더니 테라가 점쟁이여서 아는 건 아니고 그냥 매달 찾아오는 그 시간이라서 그런 거라고 해서 나는 무슨 시간 말인데? 화요일? 하고 물었어.

테라는 눈싸움이라도 하려는 듯 나를 한동안 바라봤어. 그래서 나도 테라의 눈을 들여다보며 눈을 깜박이지 않으려 했는데 결국 깜박여서 져버렸지 뭐야. 그때 테라가 아주 가까이 몸을 기울이더니, 월경을 하고 있어, 이랬어.

문장 끝에 찍는 마침표를 말하는 거야? 했더니 테라는, 선고인 것도 맞는데 다른 종류이고 뱃속을 거북하게 하고 못생기게 만들고 침대 속으로 기어들어가고 싶게 만드는 선고라고 했어.** 내가 보기엔 여전히 예쁜데 뭐, 하고는 월경을 하는 것이 깜짝 시험과 비슷하냐고, 학교에 깜짝 시험을 아주 싫어하는 아이들

---

* '완벽한 건강 상태'는 'clean bill of health'이고, bill에는 '지폐'라는 뜻도 있다.
** 월경은 영어로 period인데, period에는 '마침표'라는 뜻도 있다. 앨릭스가 문장(sentence)에 찍는 마침표냐고 묻자 테라는 sentence의 다른 뜻인 '선고'로 말장난을 한 것이다.

이 있는데 걔들은 깜짝 시험만 있으면 막 아프고 화장실에 다녀와야 된다고 했어. 하지만 난 개인적으로 깜짝 시험을 좋아한다고, 특히 과학 과목을 좋아하는데, 그러니까 어쩌면 나도 월경을 하고 있는 건지 모른다고 말했어.

테라는 거의 이 분쯤 배를 잡고 웃었어! 웃음이 잦아들자, 넌 참 똑똑하기는 한데 어떤 것들은 전혀 모르는구나, 했어. 그래서 나는 당연히 전혀 모르는 것들이 많지, 로켓과 천문학과 나의 영웅에 대해 배우는 데 시간을 다 쓰니까, 만약 다른 것들을 배우는 데 시간을 쓰면 그 다른 것들에 대해서도 똑똑해지지 않겠어, 참나! 바로 그래서 테라처럼 다른 것들에 똑똑한 사람들과 어울리려고 하는 거야, 라고 말했어.

테라는 몹시 조용해졌어. 금방 울음을 터뜨리거나 토하거나 아니면 둘 다 할 것처럼 보여서 또 월경 때문에 그러냐고 물어봤지. 잠시 후 테라는 화장실에 갔는데 아직도 월경이 뭔지는 설명을 안 해줬어. 내 생각엔 하나의 비유일 것 같아. 물컵을 채워주러 온 웨이트리스 클라라에게 월경이 뭔지 알아요? 혹시 깜짝 시험 같은 건가요? 우리 테라가 월경을 한다는데 지금은 여름방학인데다 어차피 테라는 대학에도 다니지 않거든요, 했더니 클라라는 우리 테이블에 물을 엎지르고는 미안하다며 냅킨을 갖고 오겠다면서 가버렸어.

194

왜 아무도 월경이 뭔지 말해주지 않을까! 아저씨들의 아파트에 가서 꼭 찾아봐야지. 그게 뭔지 알아내면 너희에게도 알려줄게.

### 새 녹음 29
6분 24초

월경이 뭔지 알아냈어.

그건…… 음…… 깜짝 시험 같은 게 아냐.

어쨌든……

아저씨들 아파트에 도착해보니 스티브 아저씨는 벌써 집에 돌아와 소파에 앉아 맥주를 마시면서 텔레비전을 보고 있었어. 스티브 아저씨, 저녁 먹고 여자친구 집에서 자고 올 줄 알았는데요! 하니까 그 이야기는 하고 싶지 않다는 거야. 그래도 자기 방에서 자고 가도 된다고, 자기는 소파에서 자면 된다고 했어. 다른 방에서 코고는 소리가 새어나왔어. 제드 아저씨는 일찍 잠자리에 들었나봐.

스티브 아저씨가 테라에게 맥주 마시고 싶냐고 묻자 테라는 좋다고 했어. 네이선 아저씨도 맥주를 마시고 있었는데, 금발머리를 이제 하나로 묶은 채 노트북을 펼쳐놓고 컴퓨터 코딩을 하는 중이었어. 화면을 들여다보니 한꺼번에 창을 여섯 개나 열어놓았는데 글자가 엄청 작았어. 어떻게 그걸 읽을 수 있는지 모르겠어.

근데 스티브 아저씨는 사실 저녁 먹으러 나갔던 이야기를 하고 싶었던 모양이야. 테라에게 줄 맥주를 들고 돌아오면서 하는 말이, 여자친구에게 왜 오늘에야 LA에 돌아왔는지 설명하자 여자친구가 소리를 질렀다는 거야. 테라가, 왜 그 여자와 사귀는데요? 하자 스티브 아저씨는 자기도 모르겠다면서 맥주를 꿀꺽 마셨어. 테라가 맥주 캔을 땄어. 나는 세 사람에게 어떻게 이런 걸 마시는지 모르겠다고, 벤지네 아빠의 맥주를 살짝 마셔본 적이 있는데 진짜 역겨웠다고 했어. 그런데도 모두 아랑곳없이 맥주를 마셨고, 맥주가 떨어지자 스티브 아저씨는 록스와 보드카를 섞은 술을 만들었어.

내가 여섯 살 때 엄마가 외할머니와 외할아버지를 만나러 필리핀에 간 틈에 로니 형이 우리집에서 파티를 연 적이 있어. 나더러는 방에 들어가 있으라며 텔레비전을 방으로 옮겨주기까지 했지. 화장실에 가려고 방에서 나와 화장실 문 앞에서 안에 있는 사람이 나오기를 기다리는데 로니 형의 친구 하나도 기다리고 있는 거야. 빨간 플라스틱 컵에 든 음료를 마시는 그 누나에게, 뭐 마시는 거야? 했더니 콜라와 보드카라고 했어. 그때 보드카에 대해 처음 알게 됐어. 콜라야 뭐 진작부터 알았지. 로니 형이 나를 보더니 여기 나와 있으면 안 된다고 방으로 돌아가래. 그래서 방에 들어왔는데 오줌이 너무 마려워서 참아보려고 했는데 결국 못 참고 만 거야. 내가 울기 시작했는데 로니 형이 그 소리를 들었는지 방에 들어와 무슨 일이 있냐고 물어서 보여줬더니 왜 말하지 않았냐고 하더라. 그래서 내가 그랬지, 형이 방에 있으라고 해서 방에 있었잖아.

그 일이 왜 지금 떠오르는지 모르겠네. 그 파티에도 보드카가 있었고, 음악과 춤이 있었기 때문인지도 몰라. 테라가 음악이 듣고 싶다면서 자기 휴대전화를 스티브 아저씨의 서라운드 사운드 시스템에 연결했어. 내가 소리 좀 줄여야 하는 거 아니야? 제드 아저씨가 깰지 모르는데! 했더니 스티브 아저씨 말이 제드 아저씨는 아무리 큰 소음에도 끄떡없이 잘 잔다고, 전에 화재경보가 울린 적이 있는데 그때도 계속 잤다면서 오히려 음악소리를 더 높였어.

테라가 일어나서 춤을 추기 시작하며 자, 앨릭스, 우리 춤추자, 해서 나도 일어나 춤을 췄어. 테라는 네이선 아저씨도 춤을 추게 하려고 했지만 네이선 아저씨는 조그만 글자로 컴퓨터 코딩만 계속했고, 스티브 아저씨는 땀을 많이 흘리며 무지 시끄러운 소리로 이야기를 했는데 가끔씩 눈이 반쯤 감기는 것이 명상을 하는 것 같진 않고 웬 좀비로 변신한 것처럼 보이더니 느닷없이 일어나 테라 뒤에서 함께 춤을 췄지만 그렇다고 테라가 엉덩이를 뒤로 빼고 흔드는 트워킹 춤을 추진 않았어. 이 모습을 보면서 혹시 스티브 아저씨가 테라를 좋아하는지도 모르겠다는 생각이 들었는데…… 하지만 아저씨는 이미 여자친구가 있잖아?

스티브 아저씨가 테라에게 무슨 말을 건네자 테라는 소리 내어 웃더니 다시 나하고 춤추기 시작했어. 나는 춤을 잘 추는 편이 아니라고, 폴 정은 브레이크댄스도 출 줄 아는데 나는 못하고 트워킹 춤도 출 줄 모른다고 했더니 테라가 연습을 하면 된다면서 내 두 손을 잡고 나더러 자기 발을 따라오라고 했어. 그런데 테라의 발이 비틀비틀해서 그걸 따라가자니 머리가 어지러워 얼마 못 가서 멈춰야 했어. 스티브 아저씨가 화장실에 간 사이 테라는 자리에 앉아 네이션 아저씨에게 말을 걸기 시작하더니 곧 둘이 함께 자리에서 일어나 문 쪽으로 가는 거 있지. 어디 가는 거야? 하고 묻자 테라는 그냥 바람 좀 쐬려는 거라고 했어. 두 사람이 나간 뒤 나는 너무 시끄럽지 않게 음악소리를 조금 줄였어.

스티브 아저씨가 화장실에서 나와 테라는 어디 갔냐고 물어서 네이션 아저씨랑 바람 좀 쐬러 나갔다고 했더니, 뭐! 그러면서 음악소리를 줄였는데도 엄청 커다란 소리로 말을 하는 거야. 그때 테라와 네이선 아저씨가 돌아왔는데 테라는 소리 내어 웃고 있었고 네이선 아저씨는 빙긋 미소를 띤 얼굴이었어. 스티브 아저씨는 무슨 귀신이라도 본 것 같은 얼굴로, 뭐하느라 이렇게 오래 걸렸어? 하고 물었고 테라는 그냥 얘기 좀 나눴다고 대답했고 그러자 스티브 아저씨는 다시 음악소리를 높이고 전등 불빛은 조금 낮췄어. 그런데 왠지 우리가 젤다스에 있었던 때가 떠오르면서…… 모르겠어…… 왠지 더는 거기 있고 싶지가 않아서 나는 여기 복도로 나온 거야.

어른들은 가끔 참 괴상할 때가 있어. 우리 엄마가 아닌 어른들하고 너무 오래 함께 있다보면, 지금 다 완전히 미친 거 아녜요? 이렇게 고함을 지르고 싶어져.

너희도 그럴 때가 있어?

아니겠지. 너희는 어린 시절 전체를 엄마 뱃속에서 보내다가 완전히 어른이 된 상태로 태어날지 모르니까. 그게 아니면 최소한 아주 빨리 어른이 될지도, 십팔 년이나 걸리지는 않을지도 모르지.

어쩌면 너희는……

〔요란한 음악소리〕

테라: 앨릭스?

〔음악소리 줄어듦〕

테라: 여기 나와서 뭐하는 거야?

앨릭스: 녹음하는 중이야.

테라: 안으로 들어와, 네가 없으면 재미없어.

앨릭스: 이제 춤추기 싫어서.

테라: 괜찮아. 나도 마찬가지야. 이제 다른 걸 하자.

앨릭스: 〈콘택트〉 블루레이를 갖고 왔더라면 함께 볼 수 있었을 텐데. 그 영화 봤어?

테라: 아니, 하지만 저 사람들이 갖고 있을지도 모르지. 아니면 넷플릭스 같은 데서 찾을 수 있을지도 모르고.

앨릭스: 정말?

테라: 그래, 들어와.

앨릭스: 오케이!

## 🚀 새 녹음 30
10분 35초

안녕, 얘들아! 안타깝게도 어젯밤에 〈콘택트〉를 끝까지 못 봤어. 끝까지는커녕 반도 채 못 봤지. 네이선 아저씨는 시작하기도 전에 자러 들어갔으니 나랑 스티브 아저씨랑 테라, 이렇게 셋뿐이었어. 스티브 아저씨는 전자레인지에 팝콘을 튀겨오더니 내게 졸리면 언제든지 자기 방에 들어가 자도 된다고, 자기랑 테라만 남아서 영화를 마저 봐도 된다고 했는데 테라가 먼저 잠이 들었지 뭐야!

〈콘택트〉가 재미없어서 잠든 건가 했지만 스티브 아저씨가 장거리 운전을 한데다 술 마시고 춤추고 하느라 피곤해서 그럴 거라고 해서 나는 투셰, 라고 말했어. 그때 테라가 눈을 떠서, 테라, 자러 갈 거야? 했더니 고개를 끄덕였어.

202

오늘 아침 잠에서 깨보니 테라는 침대에 없었어. 처음에는 화장실에 갔거나 다시 지구로 돌아오려고 어딜 갔나 싶었어. 그런데 화장실에 가봐도 테라는 없고 스티브 아저씨가 거울에 비친 자기 얼굴을 향해 뭐라고 말을 하고 있었어. 스티브 아저씨, 거울 보면서 뭐라고 하는 거예요? 했더니, 아무것도 아니라면서 처리해야 할 일도 있고 제드 아저씨를 명상 세미나에 데려다주기도 해야 해서 이따 돌아올 거라고 테라에게 전해달라고 했어.

스티브 아저씨랑 나가는 길에 제드 아저씨는 나를 힘껏 안아주면서 우리 테라와 함께라면 안전할 거고 로니 형하고도 잘되기 바란다고 했어. 혹시 내가 떠나기 전에 우리가 다시 못 보면 칼 세이건을 꼭 찾기를 바란다는 말 하고 싶다고 덧붙였고. 내가 용감해지려고 굉장히 노력하고 있는데 그렇게 보여요? 하니까 그렇게 보인다고 대답하더라. 아저씨들이 나간 다음 나는 방바닥에 널린 지저분한 컵들과 빈 맥주 캔들이며 록스 캔들을 집어 재활용 쓰레기봉지에 넣었어. 그때 네이선 아저씨 방에서 테라의 목소리가 들렸어.

어쩌면 둘이 프렌치키스를 하고 있을지도 모르는데 너희는 그게 어떤 소리를 내는지 모를 거란 생각이 들더라고. 그래서 그걸 녹음하기로 했지. 그런데 네이선 아저씨의 방에 들어가보니 두 사람은 그냥 방바닥에 앉아 얘기를 하고 있었어. 테라, 자다가 몽유병자처럼 네이선 아저씨 방에 들어오기라도 한 거야? 둘이서 무슨 얘기를 하는 거야? 하자 테라는 웃으면서 온갖 것들에 대해 얘기하고 있었다고 대답했어. 곧 아침식사를 차릴 건데 뭐 먹고 싶냐고 묻자 테라는 우리가 그런 것까지 해줄 필요는 없다고 했어. 그리고 자기는 네이선 아저씨와 얘기를 좀더 나눌 거라고 해서 알았어, 나는 타인의 사생활을 존중하는 사람이니까 문을 닫아줄게, 하고 나왔어.

주방에 들어가 아침식사를 차린 다음 동물관리국의 셰릴 아줌마에게 전화를 걸어봤어. 아직도 새로운 소식이 없다는 말에 나는 아, 네…… 하고 전화를 끊고 나서 네이선 아저씨의 노트북을 빌렸는데 자꾸 칼 세이건 생각이 나서 집중이 안 되고 노트북을 왜 빌렸는지조차 잊어버렸어. 그래서 그냥 로켓포럼 사이트에 갔어.

로켓포럼 사람들은 하나같이 화성 위성 미션에 대해 이야기하고 있었어. 발사가 사흘 앞으로 다가왔고 지난번처럼 시브스페이스에서 라이브 스트리밍을 제공할 예정이래. 정말이지 얼른 보고 싶어! 스카이워커 팀은 자기들 대학 앞에서 랜더 시벳 아저씨한테 시벳상 상금을 전달받는 사진들을 올렸어. 수표가 엄청나게 컸어. 랜더 아저씨는 학생들에게 연설도 했는데, 다음 시벳상은 모의 화성 착륙을 가장 잘 완수해낸 우주선 설계자에게 수여

할 거라는 발표도 했어. 상금이 자그마치 백만 달러야! 얼른 스티브 아저씨에게 말해주고 싶어. 상금이 이렇게 큰데 또 얼마나 흥분하겠어. 특별 동기부여가 필요한 사람들도 있거든.

　참, 그리고 드디어 벤지의 이메일을 받았어! 리글리 필드에서 열린 야구경기를 구경하러 간 사진, 미시간호에서 잡은 물고기를 들고 있는 사진, 그리고 엄마하고 여동생이랑 엄청나게 커다란 은색 콩* 앞에 서 있는 사진들이 있었어. 나는 답장으로 아저씨들이랑 라스베이거스에 아빠를 찾으러 갔다가 젤다스에서 칼세이건을 잃어버려서 포스터를 붙이고 동물관리국에 전화를 걸었고 그러다 우리 테라를 만났고 테라의 아파트에도 갔는데 폴정네 아파트보다 훨씬 작았고 LA로 오던 길에 테라가 수영을 하고 싶다고 해서 호수에 들르기도 했고 여기 와서 보니까 스티브 아저씨는 배틀모프 부스터를 되게 많이 갖고 있는데 벤지에게 하나 갖다줘도 되는지 물어볼 거라고 했고, 그다음에는 로니 형의 콘도에 갔는데 형이 디트로이트에 가고 없어서 베니스비치에 가서 해넘이랑 스케이트보드 타는 사람들이랑 체조하는 아저씨들을 보고 돌아왔고 스티브 아저씨랑 테라가 록스와 보드카를

---

* 시카고 빈(Chicago Bean) 또는 클라우드게이트(Cloud Gate)라 불리는 조형물을 가리킨다.

마셨고 우리 다 함께 춤을 췄지만 트워킹은 안 했고 〈콘택트〉를
보다가 테라가 잠이 들어버려 별수없이……

〔문 열렸다 닫히는 소리〕

앨릭스: ……나중에 마저 봐야 된다고 썼어.

앨릭스: 스티브 아저씨!

앨릭스: 등뒤에 그거 뭐예요?

스티브: 테라에게 줄 깜짝 선물.

앨릭스: 좀 봐도 돼요?

스티브: 물론이지, 하지만 조용히 해야 된다.

앨릭스: (속삭이며) 데이지 꽃이네요!

스티브: 테라가 좋아할 것 같니?

앨릭스: 좋아할 거예요, 확실해요!

스티브: 아직도 자나?

앨릭스: 아니에요, 네이선 아저씨 방에서 사적인 얘기를 나누
는 중이에요.

스티브: 얘기를 나눈다……

앨릭스: 그래요. 그냥 둘이 앉아서……

앨릭스: 스티브 아저씨, 먼저 노크를 해야 돼요! 사적인 얘기
를 나누는 중이니까!

〔문 열리는 소리〕

테라: (멀리서) 적어도 이 사람은……

스티브: *아니, 이런……*

스티브: *도대체, 이게……*

〔불분명한 고함소리〕

테라: *그만둬요! 당신은……*

〔빠른 발소리〕

앨릭스: 어? 지금 뭐하는……

테라: 맙소사, 피가……

스티브: 놓으란 말이야……

테라: 그만둬! 당장 그만두라니까요!

앨릭스: 스티브 아저씨, 그만해요! 왜 지금……

테라: 한번 봐요, 당신이 한 짓을……

스티브: 닥쳐! 주둥…… 닥…… 〔불분명한 소리〕

앨릭스: 지금 뭐하는……

스티브: 네가 들은 대로야! 네 누나는 천해빠진……

테라: 그만하라니까요!

〔앨릭스 우는 소리〕

테라: 당신이 한 짓을 한번 봐요. 도대체 왜 이래요?

스티브: 왜 이러냐고? 나는 우리가…… 나는 당신이…… 왜 하필 네이……

테라: 그냥 얘기를 나누고 있었다니까요!

스티브: 그래, 그렇군. 그냥 얘기만 하고 있었다고……

테라: 그래요!

스티브: 거짓말 그만해! 난 정말이지 잘해주려고 애썼다고!

스티브: 꽃도 샀어!

스티브: 여기…… 당신에게 주려고…… 이 한심한 데이지 꽃을 한번 받아보시지……

〔앨릭스 우는 소리〕

테라: 앨릭스……

스티브: 여기 하나, 그리고 또하나……

테라: 앨릭스, 너 괜찮아?

스티브: ……다 가지라고!

앨릭스: 집에 가고 싶어.

테라: 그래, 집에 데려다줄게, 앨릭스, 가자……

스티브: 그렇고말고, 당연히 집에 데려다줘야지. 이 아이를 제 한심한 엄마에게 데려다줘야 하고말고. 벌써 며칠 전에 그렇게 했어야 옳았지. 여기 올 게 아니라.

테라: 지금 애가 어떤지 안 보여……

스티브: 난 당신네 엉망진창 가족과는 조금도 얽히고 싶지 않아……

테라: 앨릭스, 이 사람 말 듣지 마.

스티브: 아냐, 내 말 잘 들어, 앨릭스. 나 말고는 아무도 진실을 말해주지 않을 테니까.

테라: 하지 말……

스티브: 넌 우주에 진입할 로켓을 절대 만들지 못할 거야. 그건 불가능해! 넌 꼬마야. 꼬마는 절대로 우주에 진입할 로켓을……

테라: 그만하라니까요. 애한테 그렇게 말하지 말……

스티브: 어떻게 말이지? 어른한테처럼 말하지 말라고? 애한테 거짓말을 하고 모든 게 다 괜찮을 거라고 말해주고 싶지, 수천 명의 사람이 수십억 달러를 들여 하는 일을 혼자서 할 수 있을 거라고? 그리고 또, 앨릭스, 그게 뭘 해결해줄 것 같니, 응? 갑자기 아빠가 살아 돌아오거나 형이 마음을 바꾸기라도 할 줄……

테라: 그만 좀 해요.

스티브: ……잘 들어라, 꼬마야. 이십 년 후 어느 날 일어나보면 네 인생이 쓰레기……

테라: 스티브.

스티브: ……라는 걸 깨닫게 될 테고, 네 친구인 척하던 사람들도 모조리 너를 배신하게……

테라: 나는…… 네이선은…… 아니라니까……

스티브: 좋아, 계속 발뺌해보시지. 내가 바본 줄 알아? 어쩌면

바보 맞는지도 모르지. 나 같은 바보나 돼야 여기 앨릭스에게 진짜 세상이 어떻게 돌아가는지 말해줄 수 있는 거겠지. 아이에게 가짜 꿈이나 잔뜩 퍼주지 않는 그런 바보 말이야!

스티브: 잘 들어라, 앨릭스. 이 바보가 큰 은혜를 하나 베풀 테니까. 네 그 아이팟을 저리 내던져버릴······

〔버스럭 소리〕

〔앨릭스 우는 소리〕

테라: 하지 말······

스티브: 그거 이리······

## 🚀 새 녹음 31
12분 49초

테라: ……그리고 감자튀김도요, 네.

테라: 앨릭스, 뭐 다른 거 먹고 싶은 거 있니?

앨릭스: 아이스크림을 곁들인 감자튀김 먹어도 될까?

테라: 아이스크림 먹고 싶어? 그래. 아니, 잠깐.

테라: 아이스크림 샌드위치는 어때?

앨릭스: 좋아.

테라: 그래, 그걸로 주세요. 325호예요. 고마워요.

〔수화기 내려놓는 소리〕

앨릭스: 너희도 테라를 봤으면 좋았을 텐데. 스티브 아저씨가 내 골든 아이팟을 빼앗으려고 하자 테라가 그걸 막으려 했고, 그래서 우리는 서로 밀고 당기며 난리법석을 피웠는데 그때 테라

가 아저씨 얼굴에 주먹을 날렸지 뭐야.

테라: 맞아. 그 사람 맞을 짓을 했어.

앨릭스: 테라가 아저씨를 때릴 때 난 정말로 깜짝 놀랐어. 눈에 멍이 들었을 거야.

테라: 나도 스스로에게 놀랐어. 그리고 우리 전부 멍하니 서 있었고, 스티브는 표정이……

테라: 맙소사, 정말 생각만 해도……

테라: 진짜 열받게 하는 사람이야.

앨릭스: 그런데 이해가 안 돼. 테라에게 줄 데이지 꽃까지 가져왔잖아! 왜 그렇게 열이 받아서 소리를 지르고 테라랑 얘기만 나누고 있던 네이선 아저씨를 때렸지? 테라는 또 왜 아저씨를 때린 거야? 폭력은 어떤 것의 해답도 되지 못해.

테라: 스티브가 네게 상처를 줄 것 같았어. 그렇게 놔둘 수가 없었지.

앨릭스: 그래서 아저씨가 내게 상처를 주기 전에 테라가 아저씨에게 상처를 준 거구나……

앨릭스: 그래도 아저씨가 왜 그렇게 화가 난 건지 아직도 이해가 안 돼. 아저씨가 테라를 좋아하는 건 알아…… 혹시 테라가 네이선 아저씨를 좋아한다고 생각한 건가? 내가 테라와 네이선 아저씨가 사적인 대화를 나누는 중이라고 해서……

테라: 그런 거 아니야. 너하곤 아무 상관도 없어, 알겠니?

테라: 그냥 스티브 생각에는……

앨릭스: 뭐?

앨릭스: 아저씨 생각에는 뭐, 테라?

테라: 그래, 스티브는 내가 네이션을 좋아한다고 생각한 거야. 하지만 그것만은 아니야. 사람들은 이따금 자기 고집 때문에 싸우기도 해…… 누군가에게 그 사람이 아닌, 또는 그 사람이 되고 싶어하지 않는 뭔가가 되어주길 바라기 때문이지. 그런 사람들은 남을 조종하려 들고 뜻대로 조종이 안 되고 있다는 걸 깨달으면 뚜껑이 열리…… 감당을 못하는 거야.

앨릭스: 하지만 아저씨는 이미 여자친구가 있잖아? 이젠 사랑하지 않는 거래?

테라: 스티브는 사랑한다는 게 어떤 의미인지 이해를 못하는 사람이야.

앨릭스: 사랑한다는 게 어떤……

테라: 나는 그런 남자들을 만나봤어. 그들은 진짜 남자도 아니고 덩치만 큰 소년이야.

앨릭스: 나도 소년인데.

테라: 하지만 언젠가 너도 성인이 돼, 앨릭스. 너는 성인이 되면 스티브처럼 사람들을 대하지 않을 거야. 난 알아.

테라: 스티브는 잊어버리자. 이제 다시는 안 볼 테니, 알았지?

앨릭스: 알았어, 하지만 스티브 아저씨가 아파트에서 뛰쳐나간 뒤 무슨 일이 있었는지 말해줄 수 있을까? 내가 잠이 들어버려서. 애들에게도 말해줘.

테라: 앨릭스, 당분간 녹음은 안 하는 게 좋을 것 같은……

앨릭스: 좀 해주라.

테라: 앨릭스……

앨릭스: 꼭 좀 해주세요, 네? 네? 네?

테라: 알았어.

테라: 우리 로켓 과학자께서는 잠이 들어버렸지. 소란을 피해 제드의 방으로 가 뻗어버린 거야. 그럴 만했어, 나도 녹초가 됐으니까.

테라: 난 화장실에서 네이선이 피를 씻어내는 걸 도왔어. 코가 부러지지는 않고 붓기만 한 게 천만다행이었지. 안경 때문에 눈 아래 작은 상처도 났고.

테라: 그러고 나서 나는 짐을 싼 다음 널 록뷰 집까지 데려다줄 거라고 네이선에게 말했어. 스티브가 돌아올 때까지 거기 있고 싶지 않았어.

앨릭스: 그때 내가 깬 거구나.

테라: 그때 네가 깬 거야.

앨릭스: 우리는 네이선 아저씨에게 작별인사를 하며, 제드 아저씨에게 더 있지 못해 미안하고 명상 세미나에서 꼭 득도하길 바란다는 말을 전해달라는 부탁도 남겼어.

앨릭스: 네이선 아저씨는 뭐랬지?

테라: 내가 소동이 나서 미안하다고 했더니, 뭐 그럴 수도 있죠, 그냥 그랬어. 솔직히 네이선에게도 좀 화가 나더라. 맞서 싸우지 않고 그냥 가만히 있는 게 답답했어. 하지만 누가 알겠어, 스티브가 이런 짓을 하도 자주 해서 네이선도 진력이 났는지 모르지.

앨릭스: 테라, 호텔에서 자본 적 있어?

테라: 있지, 몇 번.

앨릭스: 여기 굉장히 좋다. 시트도 정말 단정하게 개켜져 있고.

테라: (웃으며) 하룻밤 정도 사치를 누려도 좋겠다고 생각했어. 아직 갈 길도 멀고.

앨릭스: 내일 그랜드캐니언 보러 가도 돼?

테라: 그랬으면 좋겠는데 너를 집에 데려다줘야 해. 엄마한테 전화는 드렸니?

앨릭스: 테라가 샤워할 때 전화 걸어서 지금 집에 가고 있다고 말씀드렸어.

테라: 뭐라고 하셔?

앨릭스: 아무 말씀도 안 하셨어. 조용한 날들을 보낼 때는 전화를 받기 싫어하셔서 그냥 메시지만 남겼어.

테라: 앨릭스……

앨릭스: 테라도 테라 엄마에게 전화해야지.

테라: 전화해서 뭐라고 하게?

앨릭스: 날 록뷰에 데려다줄 거라고. 그리고 사랑한다고 말해야지.

테라: 또 고함소리 듣고 싶지 않거든. 오늘은 이걸로 충분해.

앨릭스: 테라 엄마가 고함을 칠지 어떻게 알아?

테라: 그냥 알아.

앨릭스: 그럼 내가 대신 전화해줄게. 테라가 무슨 말을 하고 싶은지 내게 말해주면 그대로 말하고, 테라 엄마 말씀도 테라에게 전해주고. 그러면 테라 엄마가 고함치는 소리 안 들어도 되잖아.

테라: 너한테 그런 일 시키고 싶지 않아.

앨릭스: 자, 여기 테라 전화기.

테라: ……

앨릭스: 그러지 말고, 응?

테라: 알았어.

테라: 네 부탁이라 하는 거다.

앨릭스: (속삭이며) 자, 얘들아, 테라가 테라 엄마에게 전화하

216

*는 거야.*

    테라: 여보세요, 나예요.

    테라: 도나, 알아요……

    앨릭스: *사랑한다고 말씀드려봐.*

    테라: 엄마……

    테라: 사랑해요.

    테라: 아니, 아무 일도 없어요……

    테라: 왜 꼭 무슨 일이 있어야……

    테라: 그래요. 아니에요.

    테라: 걱정하셨다면 죄송해요.

    테라: 그래요, 아직 같이 있어요.

    테라: 지금 라스베이거스 아니에요. 그래서 거기 없었던 거예요.

    테라: 말도 마세요. 얘를 콜로라도에 데려다주려고요.

    테라: 지금 설명하기는 어려워요.

    테라: 별로 그렇게 안 보이고……

    테라: 그렇다고 다른 누가 있는 것도 아니에요.

    테라: 알아요, 조심할게요, 엄마. 그럴게요.

    테라: 언제가 될지는 모르겠네.

    테라: 응, 하워드에게도 안부 전해주세요.

    테라: 엄마도. 안녕.

〔코 훌쩍이는 소리〕

앨릭스: 고함을 지르셨어?

테라: 이리 와. 나 좀 안아주라.

〔버스럭 소리〕

앨릭스: 테라?

테라: 흠.

앨릭스: 스티브 아저씨 말이 사실이야?

테라: 무슨 말?

앨릭스: 내가 우주로 로켓을 쏘아올릴 수 없다는 말.

테라: 스티브는 얼간이야. 누구도 네게 뭘 할 수 없다는 말을 할 자격이 없어.

앨릭스: 하지만 그 말이 사실이라면, 알고 싶어. 사실이야?

테라: 그게…… 아주 어려운 일이기는 해.

앨릭스: 하지만, 불가능해?

테라: 불가능한 건 아니야. 하지만 한 사람이 혼자 해낼 수 있는 일은 아마도 아닐 거야. 로켓 과학자들은 모두 다른 사람들의 도움을 많이 받았고 엄청나게 긴 시간 동안 지독하게 많은 일을 해야만 했어. 네가 지금 상상할 수 있는 것보다 더 오랜 시간 동안.

앨릭스: 나도 많이 상상할 수 있어.

테라: 나도 알아. 그리고 누군가가 로켓을 쏘아올릴 수 있다면

그건 바로 너일 거라고 생각해, 앨릭스. 네가 가진 걸 가진 사람은 많지 않아.

앨릭스: 내가 가진 거?

테라: 네겐 계획이 있어, 사명이 있고. 넌 자신이 원하는 게 뭔지를 알아. 대부분의 사람들은 원하는 걸 포기하거든. 첫번째 장애물을 만나자마자 체념하고, 자기는 못할 것 같다고 느낀 일을 해내는 사람들을 깎아내리는 거야. 스티브가 한 짓이 바로 그런 거였어. 그러니까 그건 스티브의 문제지, 너나 나의 문제는 아냐.

앨릭스: 내겐 이제 다른 게 하나 더 있어.

테라: 그게 뭔데?

앨릭스: 내겐 테라가 있어. 그리고 테라가 내게 많은 도움을 줄 거야. 지구의 온갖 소리들을 찾는 걸 도와줄 거고 두 배로 노력해서 함께 보이저 4호를 만들 거고 내년에 샤프 행사에 가서 그걸 발사할 거야.

테라: 앨릭스……

앨릭스: 하지만 이상한 게, 그 형이 한 말이 자꾸 떠올라……

테라: 그 형?

앨릭스: 내 보호자인 척해서 내가 기차를 탈 수 있게 도와줬다가 아팠던 그 형 말이야. 내 녹음을 들었다면서!

테라: 아, 그 형, 그래. 그 아이가 뭐랬더라.

앨릭스: 나더러 내가 찾고 있는 걸 찾기를 바란다고 했어. 나도 그러기를 바랐는데, 이상한 게 뭐냐면 나는 지구의 소리들과 사랑에 빠진 남자를 찾고 있었는데 우리 아빠일지 모르는 사람을 발견했고, 우리 아빠일지 모르는 사람을 찾아갔다가 대신 우리 테라를 발견했고, 테라를 발견한 게 기쁘고 정말 아주 기쁜데 아직도 아빠는 안 계시고 사랑에 빠진 남자도 없고 왜냐하면 스티브 아저씨는 아닌 것 같으니까, 결국 내가 찾으려던 건 못 찾고 항상 다른 걸 찾게 되는 것 같아. 그리고 이제 칼 세이건처럼 찾고 싶은 다른 것들이 생겼는데, 그렇다면 나는 칼 세이건도 못 찾게 되는 걸까?

테라: 그건 사실이 아냐……

앨릭스: 그럼 뭐가 사실이야?

앨릭스: 뭐가 사실이냐고, 테라?

〔문 두드리는 소리〕

신원미상의 남자: 룸서비스입니다.

테라: 음식이 왔다……

앨릭스: 테라?

앨릭스: 말해줘, 칼 세이건을 찾게 될까?

앨릭스: 뭐가 사실일까?

〔문 두드리는 소리〕

테라: 나도 몰라.

앨릭스: 테라도 몰라?

테라: 뭐가 사실이냐면, 그건 나도 모른다는 거야.

앨릭스: 하지만 가능성은 있겠지? 불가능한 건 아니야.

테라: 분명히 가능성은 있어.

〔문 두드리는 소리〕

테라: 언제나 가능성은 있어.

신원미상의 남자: 룸서비스입니다.

## 🚀 새 녹음 32
3분 29초

안녕, 얘들아! 오늘 아침 호텔에서 나와 로니 형에게 전화를
했어. 테라와 함께 록뷰로 돌아가는 길이라며 잠재 고객과의 일
은 어떻게 되고 있느냐고 했더니, 뭐라고? LA에 있으랬잖아! 하
면서 소리를 지르는데 뒤에서 소음이 많이 들리는 걸 보니 농구
관련 행사에 가 있는 것 같았어. 나는 다시 형에게 테라와 함께
록뷰로 돌아가는 길이라고 말했는데 이번에는 잘 들리게 나도
소리를 질렀어. 그러자 형은, 알았어, 더 잘됐네, 집에 도착하면
전화해! 했어.

출발한 지 벌써 여섯 시간째지만 줄곧 차를 타고 달린 건 아니
고 주유소에 한 번 들렀고 점심도 먹었어. 지금도 주유소야. 테
라는 오늘밤 안에 꼭 록뷰에 도착하길 원했지만 다시 여섯 시간

을 운전할 자신은 없다면서 날이 어두워지기 전에 샌타페이에 가서 모텔을 찾는 게 어떨까? 하고 물었어. 내가 그냥 차에서 자거나 캠핑 장소를 찾아보는 게 낫겠다고, 우리 테라가 돈을 몽땅 써버리는 건 바라지 않는다고 말했더니 테라가 캠핑도 괜찮을 것 같다고 했어.

캠핑 장소를 검색하려고 구글맵을 열어보니 우리는 지금 뉴멕시코주 타오스 인근에 있었어. 그때 켄 러셀 아저씨의 가게가 바로 뉴멕시코주 타오스에 있다는 사실이 떠오르지 뭐야!

샤프 행사장에서 받은 켄 아저씨의 명함을 보여주자 테라가 전화를 해보자고, 어쩌면 하룻밤 묵고 가게 해줄지 모른다고 그랬어. 나는 우리가 충돌하면 차를 고치기 전엔 록뷰에 못 가는 거 아니냐고 물었지.* 그러자 테라는 웃으면서 충돌이 아니라 다른 뜻이라고, 친구 집에 갔는데 밤이 늦고 몸도 피곤해서 차를 몰고 돌아가기가 어려워 하룻밤 거기서 자는 걸 뜻한다고 설명해줬어. 아, 그러면 친구 집에서 외박하는 거구나, 하자 테라는, 바로 그거야, 켄 아저씨에게 전화해서 마당에서 하룻밤 외박하고 가도 되냐고 물어보자, 했어.

켄 러셀 아저씨에게 전화를 걸어서 안녕하세요, 켄 아저씨, 저

---

* '하룻밤 묵다'는 뜻의 영어 단어 crash에는 '충돌하다'는 뜻도 있다.

예요. 샤프 행사에서 만나서 발사 허들 세우는 것 도와드렸고 보이저 3호를 발사하려다 실패하자 제게 최우수 신인상 티셔츠도 주셨잖아요. 스티브 아저씨랑 제드 아저씨랑 그리고 아저씨도 만나본 제 강아지 칼 세이건이랑 라스베이거스에 갔는데 젤다스에서 칼 세이건을 잃어버려서 여기저기 찾아다니고 포스터도 붙이고 동물관리국에도 전화했는데 칼 세이건을 못 봤다고 해서 우리 아빠일지 모르는 사람의 집에 찾아갔다가 우리 테라를 만나 아저씨들과 함께 LA에 갔는데 로니 형이 집에 없지 뭐예요, 그래서 우리끼리 춤을 추며 파티도 했는데 스티브 아저씨가 네이선 아저씨의 안경을 깨뜨리고 코에서 피가 나게 하고 내 아이팟을 빼앗으려고 해서 테라가 스티브 아저씨 눈에 멍이 들게 주먹을 날렸거든요. 그리고 이제 저를 록뷰에 데려다주고 있는데 어젯밤에는 호텔에서 잤고 지금은 I-40 도로를 달리는 중인데요, 두 시간 반 후에 뉴멕시코주 타오스에 도착할 것 같은데 아저씨 집에서 하룻밤을 충돌은 아닌 외박으로 묵고 가도 되는지 해서요, 라고 말했어.

켄 아저씨는 한동안 아무 말이 없었어. 혹시 신호가 나빠 전화가 끊긴 건가 싶어서, 여보세요? 했더니 켄 아저씨가, 잠깐만, 누구라고? 이러는 거야. 적어도 전화가 끊긴 건 아니었지. 그래서 다시 설명을 시작하자 테라가 전화기를 달라고 해서 충돌사고가 일어나기를 원치 않는다고 했더니 그럼 스피커폰으로 바꾸라고 했어. 테라는 켄 아저씨에게 내가 샤프 행사장에서 아저씨랑 만난 일을 다시 설명한 다음 마당에서 텐트를 치고 하룻밤 자도 되냐고, 텐트는 내가 가지고 있고 아침에 일찍 떠나겠다고 했어. 켄 아저씨는 부인과 상의한 뒤 연락해주겠다고 했고 우리는 기름을 넣으러……

〔전화벨소리〕

켄 아저씨야! 얘들아, 잠깐 기다려. 이 전화 받아야 해.

## 🚀 새 녹음 33
2분 21초

　켄 러셀 아저씨의 집은 자갈길 위에 있어. 그래서 도착하자마자, 켄 아저씨, 길이 울퉁불퉁하던데 토목기사가 필요할 것 같아요, 라고 말해줬지. 처음에는 켄 아저씨를 거의 못 알아볼 뻔했어. 덥수룩하던 턱수염을 말끔히 깎아서 이제는 양쪽 끝으로 치켜올라간 콧수염밖에 없었어. 그래도 여전히 꽤 위엄 있었어.

　켄 아저씨는 들어오라면서 어린 딸 해나가 낮잠을 자고 있으니 목소리를 낮춰달라고 했고 이름이 다이앤인 부인은 물리치료사인데 환자를 방문중이라 지금 집에 없다고 했어. 나는 켄 아저씨에게, 물리치료사와 일반 치료사의 차이가 뭐냐고, 우리 엄마도 내가 2학년 때 치료사에게 가곤 했는데 로니 형이 다 돈 낭비라고 해서 그만둔 적이 있다고 했어. 아저씨가 말하길 아줌마는

장애가 있거나 사고를 당해 허리에 문제가 있는 환자들을 보살
피면서 그들이 다시 몸을 움직일 수 있도록 돕는대. 테라가 운전
하다 허리가 아프다고 했는데 그럼 테라도 치료 약속을 잡아야
되겠다고 내가 말했어.

켄 아저씨가 전망대로 가자고, 그럼 보통 목소리로 이야기할
수 있다고 해서 나는, 전망대가 있다고요! 하고는 목소리가 너무
컸던 것 같아 입을 막았어. 정말 흥분이 되더라고. 우리는 넓은
뒷마당을 지나 걸어갔는데 대부분 누런 흙에 갈색 덤불이 조금
있었고, 아저씨네 마당과 이웃집 마당 사이에 담장이 없어서 로
켓 발사하기에 딱이겠더라.

켄 아저씨의 전망대는 진짜 전망대가 아니었어. 사방이 유리
창으로 이루어진 위층 때문에 전망대라고 부르는 것 같았고 아
래층은 러셀 아줌마의 서재였는데 그래도 꽤 근사했어. 켄 아저
씨의 망원경과 양탄자와 쿠션들이 있었고, 탁자 위에는 과학 잡
지랑 요가 잡지, 해나의 장난감들이 놓여 있었어. 유리 진열장에
'새턴 V' 로켓 모형도 들어 있었는데 그거 하나뿐이어서, 켄 아
저씨, 다른 로켓은 다 어디 있어요? 하고 묻자 가게에 보관한다
고 했어.

켄 아저씨는 전망대 비슷한 걸 구경시켜준 다음 피자와 샐러
드를 만들 거라면서 저녁을 함께 먹자고 했어. 그때 아줌마가 집

에 돌아와서 켄 아저씨에게 키스하고 우리에게도 인사한 뒤 운동복으로 갈아입고 조깅을 하러 나갔어. 그런데 러닝화도 없고 보통 운동화만 신은 테라가 따라가는 거 있지.

켄 아저씨는 주방에서 야채를 썰고 나는 낮잠에서 깬 해나를 돌봐줬는데 벤지의 여동생이 떠오르더라. 다른 점이 있다면 해나는 걷는 걸 싫어하고 그냥 꼼지락거리길 좋아한다는 거야. 무슨 커다란 벌레 같았어. 해나를 앉혀놓고 장난감을 갖고 노는 법을 가르쳐주려 했는데 해나가 자꾸 꼼지락거리는 거야. 그래서 신발이 벗겨지고 그럴 때마다 다시 신겨도 또 벗겨졌어! 그리고 해나는 거의 울 것 같았는데, 대체 왜 거의 울 것 같은지 모르겠지만 어쨌든 달래보려고 발사 카운트를 해봤어. 나는 그러면 기분이 좋아지거든. 다섯…… 넷…… 셋…… 이러는데 해나의 눈이 정말 커지더라고. 둘…… 하나…… 이러자 눈이 더 커지면서 어서 서두르라는 듯이 양팔을 흔들더니 내가 피우, 하는 소리를 내자 막 웃는 거야. 카운트는 별로이고 피우, 소리만 좋아한 것 같아. 그래서 해나에게 인내심을 길러야 한다고 말해줬어.

내가 너희에게 얘기하는 걸 해나가 보고 있는데 또 눈이 몹시 커지다가……

〔해나의 비명소리〕

음, 아이팟을 갖고 싶은 것 같아.

〔해나가 알아들을 수 없는 말을 중얼거리는 소리〕

아마 애도 너희에게 들려줄 소리를 녹음하고 싶은……

야…… 그만해, 나 간지럼 잘 탄단 말이야!

〔앨릭스가 웃는 소리〕

켄 아저씨, 여기 미래의 천문학자가 있는 것 같은데요!

〔켄이 웃는 소리〕

〔해나가 알아들을 수 없는 말을 중얼거리는 소리〕

## 🚀 새 녹음 34
14분 50초

앨릭스: ……괜찮겠어? 다른 데서 녹음해도 되는데, 테라가
자고 싶……

앨릭스: 앗, 벌써 시작해버렸네.

테라: 괜찮아, 금방 잠들 것 같지도 않고.

앨릭스: 그래도 운전을 오래해서 피곤할 거라 생각했거든.

테라: 아닌가봐.

테라: 나 신경쓰지 말고 어서 해. 그리고 네가 녹음하는 걸 보
는 거 나 좋아해.

앨릭스: 좋아. 테라가 자고 싶을지도 모르니 너무 큰 소리로는
안 할게.

앨릭스: 안녕, 애들아! 테라와 내가 켄 러셀 아저씨네 마당에

서 캠핑을 할 거라고 생각했겠지만 그게 아니고 우린 지금 전망대에 있어. 아저씨와 아줌마가 여기서 자도 되니까 밖에서 잘 필요 없다며 에어 매트리스의 일종인 에어로베드까지 내주셨거든! 딱딱한 바닥에서 자는 것보다 훨씬 좋네.

그리고 켄 아저씨가 저녁식사로 만든 피자는 정말 맛있었어. 조리법도 받았으니 집에 가면 엄마에게 만들어드릴까 해. 저녁을 먹는 동안 테라와 나는 아저씨와 아줌마에게 샤프 행사 이후 있었던 모든 일과 우리가 같은 아빠를 둔 사실을 어떻게 알게 됐는지까지 몽땅 얘기해줬어. 이야기를 듣고 난 켄 아저씨는 지난번 우리가 만난 이후 내 인생에 아주 많은 일이 일어난 것 같다고 했어. 나도 아저씨에게 그사이에 아저씨의 턱수염에 많은 일이 일어난 것 같다고 말해줬어.

아줌마는 이제 집에 돌아가는 길이라니 천만다행이라고 했어. 자기는 집을 이틀 정도만 떠나 있어도 집이 그리워진대. 그리고 어렸을 때 실수로 현관문을 열어놓은 틈에 아줌마네 개가 집을 나간 적이 있는데 이웃 사람 하나가 개를 발견하고 집까지 데려왔다고, 칼 세이건도 그렇게 나타나면 좋겠다고도 했어.

저녁을 먹고 나서 아줌마는 해나를 잠자리에 눕혔고 우리는 식탁을 치우고 설거지를 했어. 켄 아저씨와 나는 테라에게 로켓포럼 사람들이 이번 주말의 화성 위성 발사를 앞두고 모두 들떠 있다고 했어. 우리는 나의 영웅에 대해서도 이야기했는데, 켄 아저씨가 대학 시절에 오리지널 〈코스모스〉 프로그램을 텔레비전으로 보며 매회를 VHS 테이프에 녹화하기까지 했다기에 VHS 테이프는 뭐고 VHS는 무엇의 약자냐고 묻자 아저씨 말이 Video Home 뭐 그런 건데 확실치는 않다고 했어. 블루레이와 비슷하지만 그보다 크고 투박한데다 디스크가 아니라 마그네틱 테이프를 쓰는데 부품이 많아 테이프가 걸리기 일쑤이고 하여튼 전혀 세련되지 않은 물건이라고도 했어. 아, 그럼 VHS는 말하자면 모든 포유류의 조상하고 비슷한 거네요, 뾰족뒤지처럼 생겼지만 그래도 그게 우리 진화 역사에 아주 중요한 단계였거든요. 그러니까 아저씨가 집에서 그 프로그램을 볼 때 그 VHS란 것도 뾰족뒤쥐 같은 거죠, 라고 말하자 켄 아저씨는 그것 참 훌륭한 비유라고 말했어.

그후에 우리는 전망대로 나와 켄 아저씨의 망원경을 들여다봤는데 하늘이 흐려서 별로 보이는 게 없었어. 테라가 차에서 텐트를 꺼내오려고 하자 아줌마가 밖에서 잘 필요 없이 전망대에서 자면 된다고 했어. 아줌마와 아저씨는 에어로베드와 베개와 담요를 주고 친절한 집주인답게 물까지 갖다줬어.

테라: 백 퍼센트 동감이야. 두 사람 사이에는 놀라운 화학반응이 있어.

앨릭스: 놀라운 화학……

테라: 그러니까…… 두 사람이 함께 있을 때 뭔가 더 발생하는 걸 말하는 거야. 제3의 무엇 같은 거.

앨릭스: 해나 말이야?

테라: (웃으며) 그것도 맞기는 한데 그보다는 두 사람이 지니고 있는 에너지 같은 걸 말하는 거지. 말하자면…… 거의 보고 느낄 수 있는, 그들과 함께 있는 모든 사람에게 확실히 전달되는 어떤 것. 이를테면, 그들이 서로에게 말하는 방식이나, 그들의 목소리에서 느껴지는 거지.

앨릭스: 그들이 사랑에 빠져 있다는 걸 알 수 있는 거구나.

테라: 바로 그거야.

앨릭스: 어쩌면 우리 엄마랑 우리 아빠처럼, 그리고 테라 엄마랑 우리 아빠처럼 두 사람도 사랑에 빠졌는지 몰라.

테라: 그럴지도 모르지……

앨릭스: 아! 켄 아저씨가 내가 찾던 사랑에 빠진 남자가 될지도 모르겠다!

테라: 흠……

앨릭스: 내일 아침에 물어봐야지.

테라: 있잖아, 저녁 먹기 전에 조깅할 때 다이앤이 그러는데, 두 사람은 약혼한 뒤에 한동안 떨어져 지냈대. 켄의 어머니가 편

찮으셔서 켄이 곁에 있어드리려고 집으로 돌아갔는데 다이앤은 물리치료 일이 잘 풀려서 그냥 샌프란시스코에 남기를 원했던 거야.

앨릭스: 그런데 지금은 여기 있네…… 마음을 바꾼 건가?

테라: 나도 그게 궁금해서 다이앤에게 물어봤더니, 마음이 바뀐 거라기보다 자신이 준비가 될 때까지 거기 머물러야 했던 거래. 켄은 다이앤이 함께 가주지 않는 것에 화가 났고 다이앤은 샌프란시스코에서의 자기 삶을 포기하기를 켄이 바라는 것에 화가 나서 그 무렵 두 사람은 늘 다퉜다더라.

앨릭스: 하지만 서로 사랑하는 거 아냐? 사랑에 빠져 있다면 왜 다투는……

테라: 그게…… 그게 복잡한 거야. 누군가를 사랑한다고 절대 다투지 않는 건 아니거든. 하지만 서로를 정말 사랑한다면 보통은 헤쳐나갈 수 있지.

앨릭스: 테라?

테라: 응?

앨릭스: 사랑에 빠져본 적 있어?

테라: 있어, 한 번.

앨릭스: 플링 그거?

테라: 아니, 이건 달랐어. 진짜였어.

앨릭스: 하지만…… 이해가 안 돼, 진짜 사랑과 진짜가 아닌 사랑의 차이가 뭐야? 그때 그게 진짜였는지 어떻게 알아? 어떻게 구별이 돼?

테라: 마음속 깊이 느낄 수 있는 무언가가 있어. 그게 느껴지면 그냥 알지. 표현하기가 어렵네.

앨릭스: 누군가와 프렌치키스를 하고 싶어지는 그런 거야?

테라: 때에 따라 그럴 수도 있겠지만 그 이상의 어떤 거야. 상대를 놓아주는 것도 한 예가 될 수 있고. 희생과 비슷하지만 좋은 의미에서지. 자신의 한 부분을 자신보다 훨씬 큰 무언가와 맞바꾸는 거라고 할까? 좋은 기분이면서 동시에 기이한 느낌이기도 해. 하지만 충분히 겪어볼 만한 가치가 있어.

앨릭스: 그런데 어떻게 아는 건데? 뭔가 아는 방법이 있을 거 아냐. 나의 영웅이 했던 것처럼 심장박동 수와 뇌파를 측정하면 될까? 그걸로 알아낼 수 있지 않을까? 그리고 테라가 방금 켄 아저씨와 아줌마가 사랑에 빠져 있다는 걸 알 수 있다고 그랬잖아. 도대체 어떻게 아는 건데?

테라: 음…… 어쩌면 외부에서는 정말로 알 수는 없을지도 몰라. 사랑에 빠져 있는 사람들만이 정말로 알 수 있는지도.

앨릭스: 그러면 우리 아빠가 우리 엄마를, 아니면 테라의 엄마를 사랑했는지 어떻게 알 수 있어?

테라: 그건……

앨릭스: 그때도 그냥 플링이었을까?

테라: 플링은 아니었어. 잘 모르겠다. 아빠에 대해 기억나는 게 너보다 많지 않아.

앨릭스: 어떤 게 기억나?

테라: 글쎄…… 나를 안아올려서 턱을 내 뺨에 문지르면 내가 간지러워서 꼼지락대며 빠져나오려 했던 게 기억나네.

테라: 이상하게도 주로 이렇게 두서없는 감각적인 기억들만 남아 있어. 사실 아빠를 자주 본 건 아니거든. 정확히 어딘지는 몰라도 어디 다른 데 산다는 건 알았어. 동네에 오면 들르는 정도였지. 도나는 벌써 다른 남자들을 만나고 있었는데 그래도 아빠는 나를 보러 집에 오곤 했어.

테라: 내게 야구 글러브를 사주신 적이 있어. 도나는 그게 못마땅했어. 내가 곁에 아빠가 있다는 사실에 익숙해지는 걸 원치 않았던 것 같아. 하지만 난 그게 좋았어. 함께 공놀이도 했는데 아빠는 공을 아주 세게 던졌어. 여자아이라고 봐주거나 하지 않았지. 그게 기억나, 공이 글러브 안에 탁 하고 들어오며 손바닥이 얼얼해지던 느낌.

테라: 그런데…… 아빠에겐 내가 모르는 또다른 삶이 있었던 거야. 너와 네 엄마와 로니와의 삶. 사실 아빠에게 다른 가족이

있을 거라고 짐작은 했지만 제대로 물어본 적은 없어. 아마 알고 싶지 않았던 거겠지……

앨릭스: 이제 약간은 아는 거고, 내일이면 우리 엄마를 만나게 되니 더 많이 알게 될 거야. 그리고 우리집과 내 방과 내 물건들을 다 보여줄게. 나의 영웅이 쓴 책들과 테서랙트와 내……

테라: 테서랙트?

테라: 슈퍼히어로 영화에 나오는 그런 거?

앨릭스: 아, 아니야, 그거랑 달라. 테서랙트란 4차원 입방체를 말하는 거야. 과학 담당인 포거티 선생님이 주셨어.

테라: 그런데, 그러니까, 어떻게 생겼는데?

앨릭스: 투명한 입방체 안에 또하나의 입방체가 들어 있어.

테라: 아직도 이해가……

앨릭스: 좋아, 직사각형은 2차원이고 입방체는 3차원인 건 알지?

테라: 응.

앨릭스: 테서랙트는 입방체의 4차원 버전이야.

테라: 그렇구나……

앨릭스: 하지만 내가 갖고 있는 건 진짜 테서랙트는 아니고 테서랙트의 그림자일 뿐이야. 그러니까 섀도랙트라고 할 수 있지.

테라: 섀도……

앨릭스: 그래, 입방체는 평평한 그림자가 있으니까 테서랙트는 3차원 그림자가 있는 거고, 우리는 3차원이니까 그렇게만, 즉 그림자를 통해서만 테서랙트를 볼 수 있는 거야.

테라: 아.

앨릭스: 우리집에 가서 한번 보면 이해가 더 잘될 거야.

테라: 그래……

앨릭스: 아직도 헷갈려?

테라: 뭐? 아, 아니…… 그러니까, 응.

테라: 그런데 아직도 머릿속에 생각이 아주 많아.

앨릭스: 어떤 생각?

앨릭스: 테라?

테라: 내가 일하는 식당 지배인이 왜 출근 안 하냐고 음성 메시지를 보내고 있거든. 에이미도 계속 문자를 보내고. 무한정 내 일을 대신 해줄 수는 없는 거겠지. 그래서 말인데, 어쩌면 내일 너희 엄마를 만나지 말아야 할 것 같아. 그냥 널 록뷰에 내려주고 나는 라스베이거스로 돌아가야 할까봐.

앨릭스: 하지만…… 왜?

테라: 글쎄, 너희 엄마를 만나면 어떤 일이 일어날지 모르겠어서. 우주가 폭발할까 걱정이 되네.

앨릭스: 하지만 그건 가능하지 않을걸.

테라: 그래?

앨릭스: 우주는 이미 백삼십팔억 년 전에 폭발했거든. 어떻게 보면 사실 지금도 폭발중이고.

테라: 앨릭스⋯⋯

테라: 천문학 농담 좀 해줘. 그러면 좀 안정이 될지 모르겠다.

앨릭스: 음⋯⋯ 천문학자와 전망대에 대한 농담 들어봤어?

테라: 아니.

앨릭스: 긴 거야.

테라: 시간은 많아.

앨릭스: 좋았어.

앨릭스: 천문학자 둘이 있어, 헨리와 닉. 두 사람은 최고로 친한 친구 사이야. 둘 다 원래는 감자 농장이 있던 산길 끝의 전망대에서 근무를 했지.

앨릭스: 어느 주말, 닉이 여행에서 돌아오는 길에 비행기가 연착되어 월요일 밤에야 간신히 도착해 곧장 출근을 했어. 너무나 피곤해서 자리에 앉아 잠들어버렸는데, 꿈속에서 여태 본 어느 것보다 아름다운 유성우를 본 거야.

테라: 얼마나 아름다웠는데?

앨릭스: 굉장히 아름다웠어. 시인을 보냈어야 옳았을 만큼.

테라: 근사하구나. 계속해봐.

앨릭스: 그렇게 닉이 아름다운 유성우 꿈을 꾸고 있는데 난데 없이 쾅 하는 폭발음이 들려 잠에서 깨버렸지 뭐야. 주변을 둘러보니 모든 기기가 정상 작동중인데 아무도 없는 거야. 닉이 헨리, 다들 어디 간 거야? 했지만 아무 대답이 없고 다시 쾅 폭발음이 울리며 운석들이 떨어지는 소리가 들렸어. 그때 닉은 자기가 보고 있었던, 또는 보고 있는 줄 알았던 유성우에 대해 기억해냈어.

전망대 문밖으로 나가자 다시 폭발음이 이번에는 더 크게 쿵! 하고 울렸고 한쪽에서 밝은 주황색 광선까지 번쩍이는 게 보이는 거야. 하지만 돌아보는 순간 사라지고 없었어.

닉은 산길을 따라 달려내려가기 시작했어. 또 폭발음이 나며 운석들이 떨어지는 소리가 들려왔고 닉은 소리가 나는 쪽으로 달려갔어. 그제야 헨리와 다른 천문학자들이 널따란 들판 끝에 플래시를 들고 서 있는 게 보였어. 닉은 그들을 향해 달려가며 소리쳤어. 헨리! 헨리! 유성이 어디로 떨어졌나?

그런데 닉이 거기 가보니 헨리는 흰 배관 파이프로 만든 기다란 대포를 들고 있는 거야. 또다시 커다란 폭발음이 전보다 훨씬 크게 콰아아아앙 울렸고 대포가 쏘아올린 불타는 감자 한 알이 허공을 가르며 날아갔어.

그리고 헨리가 닉에게 말하기를, 저건 유성이 아니라 스퍼드 야, 닉!*

〔귀뚜라미 울음소리〕

〔테라가 키득거리는 소리〕

〔앨릭스가 키득거리는 소리〕

〔둘이서 웃는 소리〕

앨릭스: 이게 웃긴 이유는 러시아 위성 스푸트니크처럼 들리기 때문이야.

---

\* 스퍼드(spud)는 '감자'를 의미하며, 스퍼드와 닉을 잇달아 발음하면 스퍼트닉(Sputnik), 즉 소련이 1957년에 세계 최초로 발사한 인공위성인 스푸트니크와 비슷하게 들린다.

## 🚀 새 녹음 35
6분 51초

무슨 일이 일어났는지 너희는 믿지 못할 거야! 믿을 수가 없을…… 앗.

*미안. 테라가 아직 자고 있거든. 조용히 얘기할게.*

오늘 아침 꽤 일찍 타오스에서 출발했는데 떠나기 전에 켄 아저씨가 선물을 줬어. 상자를 열어보니 구식 망원경이 있는 거야! 조금 전 〈코스모스〉 VHS 테이프를 뒤지다 발견했다고. 자기는 이미 망원경이 있으니 이건 내게 주고 싶다고 했어!

그런데 너희가 못 믿을 일은 이게 아니야.

러셀 아저씨 부부에게 작별인사를 했는데……

앗, 저런! 켄 아저씨에게 나의 사랑에 빠진 남자가 되어달란 부탁을 까먹고 못했네! 그걸 까먹다니…… 혹시 돌아갈…… 안

242

돼, 이미 너무 멀리 와버렸어.

미안, 애들아. 아저씨에게 전화해서 물어봐야겠어. 아마 전화로 할 수도 있을 거야. 될 거야.

그건 그렇고, 러셀 아저씨 부부에게 작별인사를 하고 고속도로에 올랐는데 비구름이 잔뜩 떠 있고 멀리서 번개까지 치는 거야. 얼마 지나지 않아 고속도로가 굽어지면서 우리는 결국 폭풍 속으로 진입하고 말았어. 비가 억수로 쏟아지는 바람에 전조등을 켜고 앞유리 와이퍼까지 가장 빠른 속도로 작동했지만 앞을 보기가 어려웠어. 테라, 이거 몬순 같은데 아무래도 차를 세우는 게 좋겠어, 했지만 테라는 그냥 가자, 어차피 빗속인데 그냥 뚫고 나가는 게 최선일 거 같아, 이러더라고.

정말이지 충돌사고가 나는 건 원치 않았지만 한편으로 록뷰에 ASAP 도착해서 테라가 우리 엄마를 만날 수 있었으면 하는 마음이 들기도 했어. 테라도 같은 생각이었던 것 같아.

그래서 계속 달렸는데 트럭을 지나칠 때마다 엄청나게 많은 물이 우리 쪽으로 튀는 거야. 테라는 거기서 벗어나려고 더욱 빨리 달렸어. 음식점이나 주유소에도 들르지 않고 러셀 아줌마가 싸준 간식으로 점심을 때워가면서. 끝없이 계속될 것 같던 폭우가 갑자기 잦아들자 테라는 앞유리 와이퍼를 가장 느린 속도로 내렸어. 우리가 몬순의 눈에 들어 있는지 모른다고 생각했는데,

몬순도 허리케인처럼 눈이 있는지는 모르겠네. 하지만 비가 다시 세차게 내리지 않은 걸 보면 아니었던 것 같아. 그러다 잠이 들었는데 깨보니 딱 우리 동네 거리에 들어와 있는 거야. 기분이 이상한 게 마치 〈콘택트〉에 나오는 '베리 라지 어레이'의 전파망원경이 된 느낌이었어. 잡음이 가득하다 신호가 잡히면서 와웅 와웅 와웅 소리가 나는데, 외계의 지적 생명체를 포착한 게 아니고 내가 우리집에 가까이 와 있다는 사실을 포착했다는 게 다를 뿐이었지.

네 시간이면 충분히 올 거리였는데 여섯 시간이나 걸렸어. 마침내 집에 도착했을 때 아직도 비가 조금 내리고 있었지만 몬순 정도는 아니었어. 더플백에서 열쇠를 꺼내 문을 열었는데 사방이 조용했어. 꼬리를 흔들면서 내게 안겨올 칼 세이건이 없었기 때문이야. 왜 그러냐는 테라에게, 어떻게 나는 내 최고의 친구를 계속 잊고 있을 수 있지? 했어. 그러니까 테라가, 엄마는 어쩌고? 하고 되물었어. 엄마도 내 최고의 친구가 맞지만 지금 칼 세이건을 말하는 거라고 나는 말했어. 엄마가 집에 계시냐고 테라가 물어서 아, 확인해볼게! 했어.

엄마의 방 문을 두드리며, 엄마, 안에 계세요? 했는데 아무 대답이 없어서 문을 열어봤더니 안 계셨어. 산책중이신 것 같은데 우산을 갖고 나가셨으면 좋겠다고 나는 말했어. 엄마가 언제 돌아오실지 테라가 물어봐서 저스틴 형 집에서 왼쪽으로 꺾었는지 오른쪽으로 꺾었는지에 따라 다를 텐데, 원한다면 함께 지붕 위에 올라가 찾아볼 수 있다고 했어. 테라가 차에서처럼 하품을 하는 것을 보고 먼저 낮잠을 좀 잔 다음 엄마가 돌아오면 그때 보라고 하자 테라는 알았다고 했어.

내 방을 보여주자 테라는 로니 형의 침대에 누웠어. 선반에서 테서랙트를 내려 보여주려고 돌아보니 그새 잠이 들어버렸더라고. 신발도 벗지 않고 말이야! 그래서 신발을 벗겨주고 복도에 있는 옷장에서 담요를 하나 꺼내왔어. 침대에 깔린 담요 위에 그냥 누워버렸으니까.

방에서 나와 다시 동물관리국에 전화를 하려는데 전화기에 음성 메시지가 있다는 신호가 깜빡거리고 있어서 들어봤어. 뉴멕시코와 라스베이거스와 LA에서 내가 엄마에게 남긴 메시지가 몇 개 있었고 로니 형이 엄마에게 남긴 것도 하나 있었고 콜로라도주 후생국에서 후아니타라는 아줌마가 엄마더러 전화를 해달라며 남긴 것도 있었어. 그리고 마지막 메시지는 라스베이거스의 재닌 메이플손이라는 친절한 아줌마가 남긴 거였는데, 글쎄 칼 세이건을 찾았다는 거야! 칼 세이건을 말이야! 앗.

내가 너무 큰 소리로 말하고 있네.

재닌 메이플손 아줌마는 칼 세이건의 목줄에서 내 이름과 전화번호를 봤다며 개 이름이 참 독특하다고 했어. 나는 당장 그 아줌마에게 전화를 걸었는데 처음에는 말을 꺼내기가 힘들었어. 가슴에 커다란 물풍선이 걸린 것 같았거든. 재닌 메이플손 아줌마가, 여보세요? 했을 때 누군가가 풍선을 찔러 물이 쏟아지면서 내 몸속에 차고 넘치는 느낌인 거야. 말을 하려고 했지만 나오지가 않았어. 숨쉬기도 좀 어려웠고. 제드 아저씨가 침묵의 맹세를 수행할 때 이런 느낌 아니었을까 싶기도 했어.

마침내 말이 터져나오자 나는 재닌 메이플손 아줌마에게 칼 세이건에 관한 메시지를 들었다고 한 다음, 칼 세이건과 통화할 수 있는지 그리고 어디서 칼 세이건을 찾았는지 물었어. 아줌마가 네일살롱에서 나와보니 자기 차 밑에 칼 세이건이 숨어 있는 게 보이더래. 아줌마가 칼 세이건에게 전화를 바꿔줘서 나는, 안녕, 꼬마야! 나야, 나 앨릭스라고! 했어. 목줄 딸랑거리는 소리가 나는 걸 보면 칼 세이건이 내 목소리를 알아들은 것 같았어.

재닌 메이플손 아줌마가 나더러 몇 살이냐고 물어서 열한 살인데 책임감 나이로는 최소한 열세 살은 된다고 대답했더니, 애, 개를 잘 보살펴야 해, 지금 이렇게 집에서 멀리 떨어져 있잖니, 했어. 맞아요, 집에서 멀리 떨어져 있죠, 샤프 행사장에서 로켓 발사에 실패하고 아저씨들이랑 라스베이거스에 간 건데 그때 칼 세이건이 사라진 거였어요, 그리고 저는 우리 테라를 만나 로니 형을 보러 LA에 갔던 거고요, 하자 재닌 메이플손 아줌마가, 그러면 그 로켓을 타고 날아와 개를 데려가지 그러니? 하는 거야.

그 정도 크기의 로켓은 제작비가 너무 많이 들어서 지금 만들 수가 없기 때문에 그건 안 된다고, 바로 그래서 랜더 시벳 아저씨가 재활용 로켓을 개발중인 거라고 설명하자 재닌 메이플손 아줌마가 그렇다면 라스베이거스나 LA나 또는 어디가 됐든 아는 사람한테 부탁해서 칼 세이건을 데려가라고, 한없이 칼 세이건을 보살피고 있을 순 없다고 했어. 내가 그거 좋은 생각이라고, 테라가 낮잠에서 깨면 라스베이거스에 사는 테라의 엄마에게 부탁해보겠다고 했지. 그러자 재닌 메이플손 아줌마가 주소를 알려주고 나서 발바닥에 땀나게 서두르라고 전하라면서 칼 세이건이 자꾸만 방귀를 뀐다고 덧붙였어!

그래서 나는, 칼 세이건은 소화기관이 예민한 아이라서 글루텐과 유제품이 함유되지 않은 칠면조 고기 위주의 사료를 먹어야 되기 때문이라고 설명해줬어.

# 🚀 새 녹음 36
2시간 4분 14초

〔프라이팬 지글거리는 소리〕

안녕, 애들아! 내 말 들려?

좀 시끄러울지 모르는데 지금 내가 저녁을 만들고 있거든. 그래도 내 말이 잘 들리면 좋겠다.

엄마는 아직도 집에 안 계셔. 산책에서 돌아오셔서 내가 다시 음식 만드는 모습을 보면 무척 반가워하실 거야. 냉장고에 두고 간 음식은 다 드셨고 직접 뭔가 만들어 드시기도 한 것 같아. 싱크대에 널린 접시들과 프라이팬들, 빈 밀폐용기들을 보고 알 수 있었어. 좀전에 지붕 위에 올라가 엄마를 찾아봤는데 안 보였어. 내려와서는 테라에게 쪽지를 남겨놓고 식료품을 사러 세이프웨이에 갔다 왔어.

그런데 사실 쪽지도 필요 없었던 게 다녀와서 보니 테라는 아직도 자고 있더라고! 정말 녹초가 되었던 것 같아.

〔주걱으로 프라이팬 긁는 소리〕

골든 아이팟에 냄새도 담아 너희에게 보낼 수 있다면 좋을 텐데. 나의 영웅은 사진들을 1과 0으로 된 이진수로 변환해서 골든 레코드에 담았으니 나도 어쩌면 냄새를 이진수로 변환하는 방법을 개발할 수 있을지 몰라. 아직은 없는 기술이거든. 만일 있다면 지금 만들고 있는 시금치 요리 냄새하고 아까 만들어놓은 사워크림과 버터를 넣고 으깬 감자 요리의 냄새를 담을 텐데. 엄마가 특히 좋아하는 구운 돼지갈비 냄새도. 엄마는 돼지갈비를 엄청 좋아해. 세이프웨이에서 돼지갈비를 7파운드나 사와서 요리도 하지 않고 한자리에서 다 드신 적도 있어.

〔주걱으로 프라이팬 긁는 소리〕

자, 다 됐다.

〔서랍 여는 소리〕

〔조리도구 달그락거리는 소리〕

이제 테라가 일어났는지 보고 와야겠다.

〔발걸음소리〕

〔문 두드리는 소리〕

앨릭스: 테라?

〔문 삐걱거리는 소리〕

앨릭스: 이제 일어났어?

테라: 응.

앨릭스: 테라, 네 시간 반이나 잤어.

테라: 그렇게 오래?

앨릭스: 그렇게 오래.

앨릭스: 저녁 거의 다 됐어. 구운 돼지갈비하고 시금치, 으깬 감자를 만들었거든. 그리고 아주 좋은 소식이 있어! 재닌 메이플손 아줌마가 칼 세이건을 찾았대!

테라: 정말 좋은 소식이네! 근데 재닌 메이플손이 누구야?

앨릭스: 라스베이거스에 사는 친절한 아줌마야. 아줌마가 전화 메시지를 남겨서 내가 전화를 걸었거든. 테라 엄마한테 발바닥에 땀나게 서둘러서 칼 세이건을 찾아와달라고 전화 좀 해줄 수 있어?

테라: (웃으면서) 당연하지.

테라: 너희 엄마는…… 오셨어?

앨릭스: 아직 안 오셨어.

테라: 앨릭스…… 엄마가……

앨릭스: 테라?

테라: 응?

앨릭스: 테라한테서 입냄새 나.

테라: (웃으면서) 고맙구나.

앨릭스: 내 구강세척제 써도 돼. 욕실 약장에 청록색 병이 있어. 그리고 칫솔꽂이에 빨간색 새 칫솔도 넣어뒀으니 그거 써.

테라: 로켓 과학자님, 친절하기도 하시지. 넌 언젠가 주디스 블루밍턴 박사를 행복한 여자로 만들어줄 거야.

테라: 몇 분만 줄래? 금방 나올게.

앨릭스: 알았어! 난 다시 엄마를 찾아볼게.

〔급한 발걸음소리〕

〔차고 문 열리는 소리〕

〔버스럭 소리〕

〔문 닫히는 소리〕

〔변기 물 내려가는 소리〕

〔문 열리는 소리〕

〔서랍 열렸다 닫히는 소리〕

테라: 그걸 어디 뒀을까……

테라: 아, 이게 쟤가 말하던 그거구나. 입방체 속에 또 입방체.

테라: 애가 이걸 잊어버리고……

테라: 앨릭스?

테라: 너 어디 있어?

앨릭스: (멀리서) *여기 밖에 나왔어!*

테라: 앨릭스, 너희 아스피린 좀 있니?

테라: 그리고 너 침대 위에 아이팟 놓고 갔어!

앨릭스: *아스피린은 거기······*

앨릭스: *어, 안 돼······*

〔요란한 충돌소리〕

테라: 앨릭스?

〔앨릭스의 비명소리〕

테라: 앨릭스!

〔급한 발걸음소리〕

〔앨릭스의 더 큰 비명소리〕

테라: (멀리서) *앨릭스!*

〔개들이 짖는 소리〕

테라: 움직이지 마, 알았지? 지금 바로······

〔앨릭스의 비명소리〕

테라: *여보세요! 여보세요! 도와주세요! 제 동생이, 얘가······*

〔불분명한 소리〕

테라: *아니, 얘가······*

〔앨릭스의 비명소리〕

〔개들이 짖는 소리〕

테라: 열쇠, 열쇠가 어디 있지……

테라: 열쇠!

〔쾅 하고 문 닫히는 소리〕

테라: *잠깐만!*

〔앨릭스의 비명소리〕

〔개들이 짖는 소리〕

〔차문 닫히는 소리〕

〔차 시동 걸리는 소리〕

〔끼익 하는 차바퀴 소리〕

〔차 속도 올라가는 소리〕


〔개들이 짖는 소리〕


〔초인종소리〕

신원미상의 남자: *여보세요?*

〔초인종소리〕

신원미상의 남자: *아무도 안 계세요?*

〔문 두드리는 소리〕


신원미상의 남자: *저쪽까지 고함소리가 들려서요. 무슨 일이 있*

어요?

　〔문 두드리는 소리〕

　신원미상의 남자: 여보세요?


　〔차 지나가는 소리〕


　〔새들이 지저귀는 소리〕


　〔차 지나가는 소리〕



　〔귀뚜라미 소리〕


　〔차 지나가는 소리〕



　〔귀뚜라미 소리〕

# 🚀 새 녹음 37
3분 15초

나 테라. 앨릭스는 회복실에 있어. 한 시간 전에 수술실에서 나왔어. 아니 두 시간 전이었나? 잘 모르겠어. 앨릭스의 집에도 전화를 하고 앨릭스 형이랑 우리 엄마와 하워드에게도 전화를 하고, 전화를 안 해본 데가 없어. 지금은 새벽 세시, 다들 자고 있어.

병원은 정말 지긋지긋해. 아직 앨릭스를 보여주지 않네. 간호사 말로는 회복실에 얼마나 더 있다가 나올 수 있는지 확실히 모른대. 거기서 그냥 기다려봤자 별 소용이 없었어. 게다가 난 전혀 도움이 안 됐고. 입원 서류조차 채울 수 없더라고. 보험 정보도 없고 앨릭스 엄마의 이름도 모르니까!

앨릭스의 엄마를 찾으러 집에 돌아와보니 차고에 차가 있어서 드디어 집에 오셨나 했는데, 생각해보니 우리가 도착했을 때부터 차는 거기 있었더라고. 범퍼가 움푹 들어가 있었는데 전에는 못 보고 지나쳤던 거였어. 엄마가 이제 운전 안 한다고 앨릭스가 그러지 않았나? 뭔가 아주, 아주 잘못된 거야. 앨릭스 엄마의 방문을 열어보니 침대가 말끔히 정리되어 있었어. 어제도 저랬던가? 앨릭스가 한 건가…… 그리고 신문하고 같이 오는, 그게 뭐더라, 쿠폰 전단지들이 벽에 수북이 쌓여 있었어. 마치 탑처럼. 먼지가 잔뜩 쌓인 채로. 아무도 살지 않는 방 같았어. 만약 여기 한동안 앨릭스네 엄마가 없었던 거라면? 아니 한동안보다 더 오래 여기 없었던 거라면? 이런 생각이 드는 거야. 맙소사, 그러니까, 혹시 앨릭스가 엄마를 꾸며낸 거라면? 엄마가 더이상 없다는 사실을 받아들이지 못하고 계속 여기 있는 것처럼 살아가고 있는 거라면? 그러고 보니 엄마와 직접 통화하는 걸 한 번도 본 적이 없기도…… 아니, 그럴 리 없어. 아니, 그럴 수도 있을까? 어떻게 그게 가능하냐고, 어떻게 아이 혼자서 이 집에서 살 수 있었겠냐고? 대체 이게 무슨 상황일까?

캐런. 이름이 그래. 그애 엄마의 이름이 캐런이야.

나는 또 어쩌자고 여기 대고 이야기를 하고 있는 걸까. 도대체 모르겠어. 병원으로 가는 길에 앨릭스는 자꾸만 아이팟 얘기를 했어. 계속 녹음이 되고 있어서 배터리가 방전될 거라고. 난 아이팟을 갖다주겠다는 말로 연신 안심을 시켰어. 구급차를 기다렸어야 했는지 모르지만 정신을 차리고 보니 우리는 이미 내 차 안에 있었어. 어디로 가야 하는지 찾아본 기억도 전혀 없어. 방금 앨릭스가 쓰러졌던 곳을 내다봤는데 잔디가 온통 웃자라 있더라고. 잔디를 깎은 지 여러 해가 지난 것 같았어. 아직 울타리에 사다리가 기대어져 있었고 울타리 나뭇조각 하나에 피가 묻어 있었어. 적어도 깊이 들어가진 않았어. 1인치쯤이었나…… 맙소사. 뽑지 말았어야 했는지도 몰라. 그대로 놔두는 게 옳았을지도. 정말이지, 앨릭스는 왜 망원경을 들고 지붕 위에 올라가려 한 걸까?

난 아직 여기 앨릭스네 집에 있어. 그 나뭇조각은 버렸고 다른 것들은 차고에 집어넣었어. 집안에 들어오니 앨릭스가 나와 함께 먹으려고 만든 저녁식사가 보였어. 아직 손도 안 댄 채 식탁 위에 놓여 있었지. 그러고 보니 러셀 씨네 집에서 떠난 이후로 아무것도 먹지 않았더라고. 나는 포크도 쓰지 않고 먹었어. 남은 음식을 냉장고에 넣으려는데 아주 간단한 일조차 하기가 힘든 거야. 적당한 크기의 밀폐용기를 찾는 데 십 분이나 걸렸어. 로니에게 다시 전화를 걸어보다 그만두고 다시 걸기를 다섯 번은 되풀이했네. 병원으로 돌아가야 할까? 아니면 여기 남아 앨릭스네 엄마를 기다릴까? 사고가 나기 전 시점부터 녹음을 들어보려 했는데 몇 초도 못 넘기겠더라. 아이의 목소리를 듣고 있자

니…… 울타리에 걸쳐져 있던 앨릭스의 모습이 자꾸만 떠오르
는 거야……

## 🚀 새 녹음 38
3분 26초

또 나야.

앨릭스는 아직도 일반실로 옮기지 않았어.

왜 이렇게 오래 걸리는지 모르겠어.

내게도 별다른 이유는 설명하지 않고 그저 상태를 지켜봐야 한다는 거야. 기다려야 하는 게 참 많아, 여긴.

그저 기다려야 해.

드디어 로니와 연락이 닿았어. 무슨 일이 일어났는지 말해줬더니 이상하게 아무 말이 없더라, 적어도 처음에는. 아마 충격 때문이었겠지. 엄마가 아직 살아 계시고 집에 사시는지 물었더니, 그게 무슨 뜻이죠? 당연히 살아 계시죠, 하더라고. 먼지 가득한 방과 쿠폰 전단지 더미 따위에 관해 말하자 무슨 상황인지 자기가 알아보겠다고 했어. 언제 올 건지 내가 물으니까, 하지만 앨릭스는 괜찮을 거잖아요, 그렇죠? 곧 일반실로 옮길 거고, 그러고 나면 그냥 휴식을 좀 취하면 되는 거 아닌가요? 이러더라고.

그러니까 비로소 알겠더라, 아, 이 사람은 여기 오고 싶지 않은 거구나, 와서 가족과……

하! 이젠 화를 낼 기력도 없네. 그러기엔 너무 지쳤어.

어쨌든 내가 마구 퍼부어대자 로니도 내게 고함을 쳤어. 오늘 이건 하루이틀 뒤건 자기가 오고 안 오고가 뭐 그리 중요하냐고, 앨릭스는 어쨌든 계속 입원해 있을 거 아니냐고. 내가, 어떻게 이럴 수가 있죠? 앨릭스는 가족과 함께 있어야 한다고요, 했더니 로니는 내가 뭐길래 남의 가족 일에 참견이냐고 따지는 거야. 하지만 그러더니 나더러 여기서 기다리라고, 다음 비행기로 오겠다고 하더라. 뒤늦게나마 정신을 차린 모양이야.

앨릭스의 녹음을 다시 들어보려고 했어. 이번에는 좀더 전의 녹음까지 들었는데 그 사람들의 아파트에 갔던 날, 우리가 술을 마시고 춤을 췄던 날 밤의 녹음을 들으면서……

어떻게 나는 그럴 수 있었을까…… 그토록…… 그토록……

그날 밤의 녹음을 들으며 역겨워졌어. 아이 바로 옆에서. 내가……

〔불분명한 흐느낌소리〕

그리고 그 부분에 이르자…… 나는…… 더이상 들을 수가 없었어. 대기실에…… 앉아 있을 수가 없었어. 나는……

〔코 훌쩍이는 소리〕

나는 차에 올라 달리기 시작했어. 특별한 목적지도 없이 그냥 이리저리 차를 몰았어.

이 도시에는 신호등이 그리 많지 않더라…… 아니면 밤에는 꺼버리는지도 모르지. 신호등들이 그저 노란색으로 깜빡거리고 있었는데 이상하게 위안이 됐어. 움직이고 있다는 것이. 다른 모두가, 다른 모든 것들이 잠들어 있을 때 도로를 달리는 두 개의 전조등이 된다는 것이.

아직 문을 연 주유소를 지나쳤다가 차를 돌려서 안에 들어가 껌 한 통을 샀어. 포장을 뜯으려는데 손이 아주 심하게 떨렸어. 내가 간신히 포장을 뜯으니까 점원이, 괜찮으세요? 하고 물어서 나는, 아니요, 했어.

그리고 지금 나는 바깥에, 주유소 건물 앞에 서 있어. 주유 펌프를 바라보면서. 얼마나 오래 여기 이렇게 서 있었는지 모르겠어……

정말이지, 대체 난 뭘 하고 있는 걸까?

뭘 해야 옳은 걸까?

그거라도 알려줄 수 있어?

아니, 물론 못 그러겠지. 난 지금 빌어먹을 아이팟에 대고 답을 구하고 있으니 말이야.

## 🚀 새 녹음 39
4분 10초

테라: 녹음 버튼 눌렀어.

테라: 받을래?

앨릭스: ……

테라: 여기 네 손 옆에 놔둘게, 괜찮지?

앨릭스: ……

테라: 물 좀 줄까? 아님 사과주스?

앨릭스: ……

테라: 알았어, 생각 있으면 말해.

앨릭스: ……

테라: 앨릭스, 내 말 잘 듣고 완전 솔직하게 말해줘. 나한텐 뭐든 얘기해도 되는 거 알지?

앨릭스: ……

테라: 알아들었으면 고개 끄덕여봐.

앨릭스: ……

테라: 너희 엄마가 산책을 나가셨다고 했잖아.

테라: 어디로 가시는지 알아? 보통 말이야.

앨릭스: ……

테라: 함께 가본 적 있어?

〔앨릭스 신음하는 소리〕

테라: 여기, 여기 있어.

〔병원 침대 올라가는 소리〕

테라: 자, 마셔.

〔빨대로 빨아올리는 소리〕

테라: 더 줄까? 간호사한테 더 갖다달라고 할 수 있어.

앨릭스: ……

테라: 알았어, 더 필요하면 말해.

테라: 앨릭스, 엄마가 산책을 나가실 때…… 얼마나 오래 갔
다 오시니?

테라: 한 시간?

앨릭스: ……

테라: 아니야?

〔앨릭스 신음하는 소리〕

테라: 말하려고 하지 마, 그냥 손가락을 올려봐.

테라: 셋? 세 시간? 그리고 돌아오신다는 말이지?

앨릭스: ……

테라: 돌아오시지 않은 적도 있니?

〔앨릭스 신음하는 소리〕

테라: 앨릭스, 지금 힘들다는 거 알아. 조금만 더 버텨줘. 내가 이해할 수 있게 좀 도와줘.

테라: 진실을 알고 싶을 뿐이야. 너의 영웅은 진실을 믿었잖아, 그렇지?

앨릭스: ……

테라: 좋아. 말해줘, 엄마가 몇 시간이 지나도 돌아오지 않으신 적이 있니?

앨릭스: ……

테라: 가장 오래 걸린 게 얼마 동안이었어?

앨릭스: ……

테라: 얼마 동안이었어, 앨릭스? 손가락으로 꼽아볼래?

앨릭스: ……

테라: 시간으로?

앨릭스: ……

테라: 아니야? 그럼, 날수로? 그래, 날수로⋯⋯

테라: 앨릭스, 전화를 좀 해야겠어, 알았지? 바로 밖에 있을게.

앨릭스: ⋯⋯

〔커튼 열리는 소리〕

〔커튼 닫히는 소리〕

테라: *(멀리서) 실종 신고를 하려고요⋯⋯*

〔병원 침대 올라가는 소리〕

〔병원 침대 내려가는 소리〕

〔병원 침대 올라가는 소리〕

〔병원 침대 내려가는 소리〕

〔병원 침대 올라가는 소리〕

〔병원 침대 내려가는 소리〕

〔커튼 열리는 소리〕

〔앨릭스 신음하는 소리〕

테라: 무슨 일 있어?

테라: 아이팟 필요하지 않아?

앨릭스: ⋯⋯

테라: 알았어, 내가 갖고 있을게. 너는 회복에만 신경써.

테라: 몸이 나아지면 돌려받는 거야, 알았지?

앨릭스: ⋯⋯

테라: 우리 로켓 과학자답다.

테라: 자, 이제 좀 쉬어.

🚀 **새 녹음 40**
10분 48초

테라: 앨릭스, 봐.

테라: 누가 널 찾아왔어.

앨릭스: 아, 스티브 아저씨, 안녕하세요?

테라: (스티브에게) 아직 약기운이 있어요.

스티브: 내가 너 주려고 뭘 갖고 왔어.

앨릭스: 뭔데요?

테라: 직접 꺼내봐.

〔봉지 바스락대는 소리〕

앨릭스: 자니로켓!

테라: 이런, 앨릭스는 아직 아무것도 못 먹는데.

앨릭스: 맞아요. 액상 음식만 먹거든요.

스티브: 미안하다, 먼저 물어볼걸.

앨릭스: 그래도 냄새가 참 좋아요. 냄새만 맡고도 먹을 수 있다면 좋겠어요. 그러면 기체 음식이 되겠군요.

테라: 보다시피 앨릭스는 평소 그대로예요.

테라: 앨릭스, 창가로 가볼까? 스티브 아저씨가 너 놀래줄 게 하나 더 있다더라.

앨릭스: 그래?

테라: 자, 봐봐.

〔병원 침대 올라가는 소리〕

테라: 자, 조심하고.

테라: (스티브에게) 조금 아까 걷는데 힘들어하더라고요.

앨릭스: 응, 너무 어지러웠어요. 하지만 클레멘스 의사선생님이 계속 움직여야 한다고, 그래야…… 뭐랬더라?

테라: 내장이 척추에 들러붙지 않도록 하려면 뭐 그래야 한다고……

테라: 그래, 바로 저기 아래야. 보이니?

앨릭스: 칼 세이건! 그리고 제드 아저씨! 데려왔네요. 정말, 정말로 고마워요, 아이코……

테라: 조심……

스티브: 괜찮니?

앨릭스: 아직도 가끔씩 아파요.

스티브: 미안하다, 칼 세이건을 안으로 데려오려 했는데 봉사 동물만 허용된다고 해서.

테라: 스티브와 제드가 밤새도록 운전해서 여기까지 온 거야.

앨릭스: 그럼 이제 스티브 아저씨에게 화 풀린 거야, 테라?

스티브: 음……

테라: LA에서 있었던 일은 이제 중요하지 않아. 중요한 건 네가 회복되는 거야.

앨릭스: 화장실에 가야겠어.

테라: 이번엔 혼자 할 수 있을 것 같아?

앨릭스: 그럴 수 있을 것 같아.

〔화장실 문 열리는 소리〕

테라: 도움이 필요하면 불러.

〔화장실 문 닫히는 소리〕

스티브: 여기 얼마나 더 있어야 한대요?

테라: 의사 말로는 하루나 이틀 정도.

스티브: 애엄마는요?

테라: 아직 못 찾았어요. 어제 집에 가봤거든요, 경찰에 이메일로 사진을 보내야 해서요.

스티브: 앨릭스의 형은요?

테라: 어젯밤 오기로 되어 있었는데 연락이 없네요. 두 사람 엄마에 대해 내가 메시지 남겼어요. 모르겠어요.

테라: 스티브, 아직도 네이선과…… 미안해요.

스티브: 미안한 사람은 나예요. 당신 말이 옳았……

신원미상의 남자: (멀리서) ……*B612호가 어딘가요*…… *제가 병실을 찾고*……

〔커튼 열리는 소리〕

테라: 로니? 당신이 로……

로니: 앨릭스는 어디 있어요?

테라: 화장실에요.

로니: 이 사람은 누구고?

스티브: 음, 나는 스티……

〔문 두드리는 소리〕

로니: 앨릭스, 나야. 안에 있니?

앨릭스: 로니 형?

로니: 안녕 꼬마야, 몸은 어때?

앨릭스: 똥이 안 나와.

로니: 똥이 안 나온다고.

테라: 액상 음식만 먹고 있어요. 변을 못 본 지가……

로니: 경찰은 아무 말 없고요?

테라: 아무 연락 못 받았어요.

〔변기 물 내리는 소리〕

〔수돗물소리〕

〔화장실 문 열리는 소리〕

앨릭스: 로니 형!

로니: 안녕, 자 조심하고.

로니: 어디 좀 보자.

테라: 붕대 조심하세요.

로니: 아니 이게……

로니: 왜 두 개죠? 왜 여기 가운데를 절개……

테라: 장에 더이상의 손상이 없도록 뱃속에 튜브를 꽂아 다 연결해야 했거든요. 이보다 더 나쁘지 않은 게 다행이었어요.

로니: 이걸 보고 다행이라고요? 애가 사다리에는 애당초 왜 올라간 건데요?

앨릭스: 로니 형, 스티브 아저씨와 인사 나눴어? 지금 밖에서 기다리는 제드 아저씨랑 칼 세이건이랑 함께 온 거야. 창가로 가자, 보여줄게……

로니: 알았어, 알았어. 그 개 저기 있네. 그리고 웬 대머리 히피도 있고.

앨릭스: 형이 와줘서 좋아. 잠재 고객들과 회의가 많은 거 나도

알아.

　로니: 야, 당연하지. 네가 괜찮은지 확인하고 싶었어.

　로니: 자, 이제 내가 여기 있으니, 두 분은⋯⋯

　테라: 왜요?

　로니: 당신 어디선가 본 적이 있어요. 우리가 어디서 만났죠?

　앨릭스: 우리 이복⋯⋯

　앨릭스: 앗, 아니, 우리 테라야. 우리는 아빠가 같아.

　로니: 아빠가 같⋯⋯

　테라: 로니⋯⋯

　로니: 밖에서요. 나가죠.

　테라: 내가 설명⋯⋯

　로니: *밖으로 가자니까.*

　테라: 스티브, 여기 아이팟을⋯⋯

　스티브: 음⋯⋯

　〔커튼 닫히는 소리〕

　앨릭스: 갖고 있어도 돼요, 스티브 아저씨.

　스티브: 알았다.

　스티브: 텔레비전을 켤게. 뭐 보고 싶니?

　〔채널 돌리는 소리〕

　앨릭스: 화성 위성 발사 시간이 언제죠? 그거 라이브 스트리밍

으로 볼 수 있을까요?

스티브: 강풍 때문에 발사가 다음주로 연기됐어.

〔만화영화 소리〕

스티브: 이거 괜찮니?

앨릭스: 괜찮아요.

앨릭스: 로켓포럼 사람들은 다 어때요? 아저씨들도 새 시벳상에 출전할 거예요?

스티브: 몰라. 다들……

로니: (멀리서) *아, 기가 막혀…… 애하고 한 이틀 보내더니 이제 뭐가……*

스티브: 음, 신입회원이 아주 많아. 시브스페이스 덕분에 천문학이랑 로켓 같은 데 사람들의 관심이 늘고 있다는 기사도 나왔더라.

앨릭스: 잘됐네요. 칼 세이건은 괜찮죠? 조금 말라 보여요. 퇴원하면 목욕을 시켜줄 건데, 아저씨들이 밥을 좀……

로니: *기억이 안 난다니 그게 무슨 말이죠? 생각해봐요! 그 사람들한테 뭐라고 말한 거냐고……*

스티브: 앨릭스, 잠깐만. 넌 침대에 누워 있는 편이 좋을 것 같다.

앨릭스: 하지만 로니 형과 테라가 싸우잖아요. 둘이 싸우는 거 싫어요.

스티브: 나도 그래, 하지만 우리는 빠져 있는 게 좋아. 네 엄마가……

앨릭스: 우리 엄마가 뭐요?

스티브: 로니 형이랑 테라가 너희 엄마를 찾는 중이야.

앨릭스: 엄마는 괜찮은 거죠?

스티브: 뭐 별일 없겠지만……

〔커튼 열리는 소리〕

스티브: 테라……

테라: 앨릭스와 여기 좀 있어요.

〔열쇠 짤랑거리는 소리〕

앨릭스: 테라? 로니 형은 어디 있어? 그리고 우리 엄마는? 테라는 어디 가는……

테라: 스티브가 같이 있어줄 거야, 나 금방 갔다 올게.

앨릭스: 테라, 가지 마! 테라 가는 거 싫어……

테라: 로니, *기다려요!*

앨릭스: 두 사람 다 왜……

앨릭스: 하지만……

스티브: 음, 녹음 중단하자.

안녕, 애들아! 나 오늘 퇴원해. 퇴원한다는 건 집에 간다는 뜻이야. 병원이 배터리이고 내가 에너지인데 내가 배터리를 떠나면서 배터리가 충전된 에너지를 잃어버리는 셈이 되지. 다른 사람이 입원하면 병원은 재충전이 되는 거라고도 할 수 있어.*

오늘 아침 잠이 깼을 때 로니 형이 이미 내 병실에 와 있었어. 형은 침대 옆 의자에 앉아 자고 있었는데 어제 입었던 양복과 셔츠를 그대로 입고 있었어. 자고 있는 형의 모습을 좀 보고 있는데 형이 하품을 하고 눈을 비비면서 일어나서, 나더러 깬 지 얼마나 됐냐고 물어서 몇 분 안 됐다고 대답했어. 왜 자기를 보고

---

\* '퇴원하다'라는 뜻의 discharge에는 '방전하다'라는 뜻도 있다.

있냐고도 물어서 형을 실제로 본 지 하도 오래돼서 그런다고 대답해줬어.

몸을 일으켜 앉는 로니 형에게 나는, 어제 그건 다 뭐야? 했어. 그리고 스티브 아저씨가 형이 테라와 함께 엄마를 찾아보는 중이라던데 찾았냐고, 엄마는 괜찮으신 거냐고 물었어. 두 사람이 엄마를 찾았다고 로니 형은 말했어. 엄마는 벨마의 한 병원에 계시는데 잠시 후 보러 간다고도 했어. 엄마가 왜 병원에 계셔? 엄마도 사다리에서 떨어지셨어? 물으니까 로니 형 말이 엄마가 어딜 다치신 건 아니고 그냥 검사 몇 가지 할 게 있어서 입원하신 거라고 했어. 그래서, 무슨 검사? 하고 묻자 형은 그냥 검사라며 내가 걱정할 일이 아니라는 거야. 그래서 나는 이렇게 걱정이 되는 걸 보면 내가 걱정할 일이 맞는 것 같다고 말해줬지.

그러자 형은 내 침대 옆으로 의자를 바짝 붙여 앉았어. 그리고 우리 학교 남자아이들의 사물함에서 나는 냄새를 풍기면서 자기 말 잘 듣고 잘 생각해보라고 말했어. 뭔데? 하자 형은 테라와 아저씨들 말고 엄마가 특히 긴 산책을 나가실 때 내가 집에 혼자 있는 걸 알 만한 사람이 또 있는지 기억을 해보라고 했어.

나는 손가락으로 턱을 가볍게 두드리며, 흠, 어디 생각 좀 해보자…… 칼 세이건이랑 벤지랑 여기 클레멘스 의사선생님, 그리고 포거티 선생님이랑 캠포스 선생님, 앰트랙 기차에서 만난 형이랑 주유소의 바시르 아저씨, 그리고 뉴멕시코주 타오스의 러셀 아저씨 부부랑 로켓포럼의 다른 친구들, 그리고 내가 녹음을 들려주려 하는 외계의 지적 생명체들이 있다고 말해줬어.

로니 형은 무슨 귀신이라도 본 듯한 얼굴로 나를 바라봤어. 그러더니 앞으로는 엄마의 산책이나 조용한 날들이나 나 혼자 집에 있는 것에 대해 누구에게도 절대 말하지 말고, 샤프 행사에 가서 인터넷에서 알게 된 낯선 사람들과 만나는 것에 대해서도 아무에게도 말하지 말고, 애당초 낯선 사람과는 만나지 말라고 했어!

나는 로니 형에게, 알겠어, 미안해, 라고 한 뒤 그런데 왜 무슨 일이 있었는지 말하면 안 되는지, 그게 엄마의 병원 검사와 무슨 상관이라도 있는지 물었어. 그랬더니 형은, 그냥 하지 말라면 하지 말라고 했어. 그러고는 이제 가봐야 되는데 아저씨들이 여기로 오는 길이고 테라도 이따 와서 퇴원 수속을 도울 거라고 했어.

스티브 아저씨와 제드 아저씨는 도착하자마자 클레멘스 의사 선생님이 원하는 대로 내가 복도 여기저기를 걸어다니는 걸 도와줬어. 산책을 마치고 병실에 돌아와 함께 텔레비전을 조금 봤는데 내가 좋아하는 프로그램은 하나도 하지 않았어. 그래서 출연자들이 아침식사 메뉴에 들어 있는 열량 수치를 맞혀야 하는 퀴즈 프로그램을 봤는데 갑자기 배가 너무 고픈 거야. 나는 아직도 덩어리 음식은 못 먹지만 고체와 액체의 중간쯤 되는 음식은 먹을 수 있어. 오트밀이나 사과소스처럼 물렁한 것들 말이야. 하지만 유제품을 먹으면 안 되기 때문에 아이스크림을 곁들인 사과파이는 아직 못 먹어.

텔레비전을 보는 동안 스티브 아저씨는 계속 다시 이상하게 굴더라고. 마구 화가 나서 이상한 것도 아니고, 우리가 테라를 처음 만났을 때처럼 이상한 것도 아니었어. 그냥 뭔가를 찾고 있거나 누군가를 기다리는 것처럼 창밖을 물끄러미 바라봤는데, 어쩌면 테라를 기다리는 것이었는지 몰라. 그러다 다시 텔레비전을 보고 웃어야 할 장면에서 얼굴을 찌푸리고 그러는 거야.

내가, 스티브 아저씨, 이 퀴즈 프로그램 때문에 기분이 안 좋으면 다른 걸 봐도 돼요, 그랬더니 스티브 아저씨는 그게 아니래. 그럼 왜 그래요? 네이선 아저씨랑 또 싸웠어요? 6학년 초에 학교 식당에서 말이에요, 벤지가 자기 새 친구들 앞에서 나를 놀려서 내가 울었거든요, 근데 버스 안에서 나한테 사과를 하더라고요, 그래서 함께 걔네 집에 가서 비디오게임을 한 적이 있었어요, 용서는 미덕이니까요, 하고 내가 말했지.

스티브 아저씨는 아무것도 아니라면서 웃어 보였지만 꾸며낸 미소라는 걸 난 알았어. 스티브 아저씨, 사실은 슬프면서 나도 슬퍼할까봐 억지로 웃는다는 거 다 알아요, 하고 내가 말하니까 아저씨는 이제 다른 얘기를 하자면서 오늘 아침에 제드 아저씨하고 함께 칼 세이건에게 목욕을 시켜줬다고 했어. 내가, 정말이에요? 칼 세이건은 보통 목욕을 아주 싫어하는데 어떻게 한 거예요? 하고 물었더니, 스티브 아저씨는 왠지 몰라도 칼 세이건이 제드 아저씨 옆에서는 아주 침착해진다고 했어. 그래서 내가, 그건 제드 아저씨가 명상을 하기 때문인 것 같다고, 칼 세이건은 그런 걸 감지할 줄 안다고 말했지. 그러자 제드 아저씨가 우리 모두 함께 지금 명상을 하면 어떻겠냐고 했고, 스티브 아저씨는 좋지, 그러자, 이랬어. 그래서 우리는 텔레비전을 껐어. 스티브 아저씨는 의자에, 제드 아저씨는 창틀에 앉았고, 뭐 나는 이미 침대 위에 앉아 있었어.

제드 아저씨가 각자 자신이 느끼는 것을 그냥 느껴야 한다고 했는데, 나는 이제 곧 칼 세이건과 다시 만날 거기 때문에 신이 났고 또 엄마의 검사 결과가 잘 나올 거라고 믿었기 때문에 희망을 느꼈어. 그런데 그때 스티브 아저씨가 자리에서 일어나 나가버렸어. 명상을 마친 후에 제드 아저씨가 내게 기분이 어떠냐고 물어서 스티브 아저씨가 왜 갑자기 저렇게 구는지 몰라 걱정스럽다고 대답했어. 그리고 제드 아저씨에게, 아저씨는 기분이 어때요? 하고 물었더니 중심이 잡힌 느낌이라고 했어. 무엇의 중심이요? 하고 물었더니 우주의 중심이라고 해서 그건 말이 안 된다

고, 우주에는 중심이란 것이 없고 늘 사방으로 급속히 팽창한다
고 가르쳐줬지.

**새 녹음 42**
8분 19초

너희는 정신분…… 분열…… 정신분열증이 뭔지 알아?

제대로 발음이나 하고 있는지 모르겠네.

정신분열증이란 나에게만 들리는 목소리들이 들리고 그것들
이 어떤 일을 하라고 막 시키고 그래서 뭐가 현실이고 뭐가 현실
이 아닌지 모르는 걸 말하는 거래. 혹시 상상 속의 친구랑 비슷
한 거냐고, 나는 있어본 적 없지만 1학년 때 상상 속의 친구를 가
진 아이들이 있었다고, 그럼 그때 걔들도 정신분열증이었던 거
냐고 테라에게 물었어. 테라는 아니라고, 아이들은 괜찮다고, 그
런데 나이가 들면 그런 것에서 벗어나야 하는데 어른이 되어서
도 그 차이를 모르면 그때 문제가 되는 거라고 설명해줬어.

우리 엄마가 입원하신 건 정신분열증 때문이고, 그 목소리들

중 하나가 엄마에게 집에서 나와 벨마까지 죽 걸어가고 쇼핑몰에 들어가 옷을 벗어던지고 분수에서 목욕을 하는 게 좋겠다고 말해줬기 때문이야.

테라는 정말 한참 만에야 내게 엄마 이야기를 해줬어. 퇴원 수속을 하러 왔을 때 물어보니 나중에 말해주겠다고 해서 나중에 차에 탔을 때 다시 물어봤더니 집에 도착하면 말해주겠다고 해서 집에 도착했을 때 또다시 물어보니 그제야 말을 해준 거야.

테라에게 언제 엄마를 보러 갈 수 있느냐고 물어봤어. 엄마가 보고 싶고, 엄마와 테라가 서로 만났으면 좋겠고, 또 내가 문제 해결 능력이 좋은 편이니 엄마의 정신분열증 문제를 해결하는 걸 도울 수도 있을 것 같다고 말이야. 테라는 엄마도 틀림없이 내가 보고 싶을 거라고, 그곳 의사들의 치료 덕에 엄마는 계속 좋아지고 있다고, 곧 엄마를 보러 갈 수 있다고, 약속한다고 했어. 그래서 나는 엄마를 빨리 보고 싶다고, 엄마가 좋아하는 음식을 만들어 가져가서 내가 엄마를 얼마나 사랑하는지 보여드리고 싶다고 말했어.

칼 세이건은 퇴원하고 병원에서 나온 나를 보고 굉장히 흥분했어. 내가 미닫이문을 열고 나오자마자 녀석이 마구 달려들어서 나는 조심해, 이 녀석아, 나 실밥 터지면 안 된단 말이야! 하며 칼 세이건을 안고 귀 뒤를 긁어줬어. 그리고 테라의 차를 타고 우리집으로 돌아왔는데, 들어와보니 식사실이 못 알아볼 만큼 달라져 있었어. 벽 쪽에 상자들이 잔뜩 쌓여 있는 게 아저씨들의 LA 아파트와 비슷했는데 다른 점이라면 상자들이 비어 있지 않고 종이들로 가득차 있었다는 거였고 식탁 위에도 종이들이 그득했어.

도대체 무슨 일이냐고, 이 많은 상자와 종이는 어디서 난 거냐고 내가 묻자 테라는 로니 형이 지하실에서 갖고 올라온 거고 둘이서 정리하는 중이었다고, 엄마의 옛날 세금 신고서며 진료 기록 같은 거라고 했어. 그냥 보기만 해도 머리가 아프다고 했더니 테라는 이해된다고, 자기도 그렇다고 했어. 서류 정리는 잠깐 쉬고 나가서 나랑 칼 세이건이랑 놀자고 하니까 로니 형이 내가 집안에 있기를 원한다고, 그리고 누가 전화를 하거나 찾아와 문을 두드려도 대답하지 말라고 했어. 이렇게 날씨가 좋은데 왜 밖에 나가면 안 되는 거야! 하니까 나중에 설명해주겠다는 거야.

그래서 나는 집안에서 공을 던져주며 칼 세이건과 놀았어. 복도에서 공놀이를 하는 데 녀석이 싫증을 내자 우리는 소파에 앉았어. 나는 젤다스에서 길을 잃어버린 뒤에 무슨 일이 있었는지 칼 세이건에게 물었어. 라스베이거스에서 어떤 모험을 한 거니? 재닌 메이플손 아줌마는 어땠어? 다른 사람이나 개들과 사귀기도 했고? 그렇게 계속 묻자 칼 세이건은 나를 물끄러미 바라만

봤어, 무릎 위에서 자도 돼? 하고 묻는 눈으로.

당연하지, 꼬마야, 배 쪽으로 밀지만 말고, 아직 좀 불편하거든, 지독하게 가려운데도 실밥을 만져서는 안 되고, 하고 말해줬더니 칼 세이건은 내 다리에 앞발을 올려놓고 그 위에 머리를 얹고 잠이 들었어. 그래서 나는 녀석의 귀 뒤를 긁어주며, 너를 두고 갔던 거 정말 미안해, 이제 절대로 너를 혼자 두지 않을 거야, 약속할게, 그리고 봉사견으로 훈련을 시켜서 네 평생토록 내가 어디를 가든 너 혼자 남아 기다리지 않아도 되게 할게, 말해줬어.

나도 잠이 오기 시작했어. 요즘 난 칼 세이건만큼이나 잠이 많아졌거든. 잠에서 깨보니 바깥은 아직 화창하고 아름다운데 집 안은 어둡고 조용했고 내 무릎 위에서 자던 칼 세이건도 없어졌어. 칼 세이건? 너 어디 있어? 하고 불러봤지만 기척은 없고 어디선가 웅얼웅얼 말하는 소리가 들려왔어. 거실 창밖을 내다보니 차 진입로에서 스티브 아저씨와 테라가 이야기를 나누고 있었어.

제드 아저씨가 다른 방에서 칼 세이건을 안고 나와 내 옆자리에 앉았어. 스티브 아저씨와 테라는 밖에서 무슨 얘기를 하고 있는 거래요? 그리고 왜 저렇게 슬퍼 보여요? 하고 물었더니 제드 아저씨도 창밖을 내다봤어. 그렇게 나랑 같이 스티브 아저씨와 테라를 바라본 다음 제드 아저씨는 두 사람이 오래 묵은 대화를 하는 중이라고 말했어.

내가, 그게 무슨 말이에요? 둘이 그렇게 오래 밖에서 얘기를 하고 있었어요? 그랬더니 제드 아저씨는 그게 아니고 오랫동안 미뤄온 대화를 하고 있다는 뜻이라고 했어.

그리고 말하기를, 스티브 아저씨가 여자친구와 헤어졌다는 거야. 우리가 LA를 떠나던 날 아침, 바로 그 대판 싸움이 벌어지기 전에 그랬대.

와, 왜 그랬대요? 하고 묻자 제드 아저씨는 자기도 스티브 아저씨에게 똑같은 질문을 했는데 스티브 아저씨 대답은 나와 테라를 만났기 때문이라는 것, 샤프 행사와 라스베이거스 여행을 통해 두 사람의 관계가 얼마나 초라한 것인지 깨달았고, 그래서 그만두고 싶었기 때문이라는 것이었다고 했어.

그러니까 스티브 아저씨는 여자친구와 헤어지고 난 다음 테라에게 주려고 꽃을 샀다는 거예요? 하고 물었어.

제드 아저씨는, 그렇단다, 했고 나는 또, 그렇다면 스티브 아저씨는 뭘 희생한 걸까요? 테라 말로는 진정한 사랑이란 희생을 의미하는데 좋은 종류의 희생이어야 한다고, 더 큰 무언가를 얻기 위해 어떤 것을 포기하는 거라고 했어요, 그럼 스티브 아저씨는 테라를 사랑해서 여자친구를 포기한 건가요? 라고 물었어.

제드 아저씨는 나를 보고 다시 창밖을 내다보며 말했어. 지금 이게 스티브의 희생이지. 아저씨는 이어서 스티브 아저씨가 지금 테라가 같은 감정이 아닌 것을 알면서도 테라에게 자신의 사랑을 고백하고 있다고 했어.

나도 창밖을 내다보며, 테라에게 진실을 이야기하는 거네요, 하자 제드 아저씨는, 테라도 스티브에게 진실을 이야기하는 거고, 라고 말했어. 나는 독순술을 모르기 때문에 둘이 서로에게 뭐라는지 몰랐지만 둘 다 용감해지려고 애쓰는 것처럼 보였어.

그리고 너희를 위해 그걸 녹음하고 싶었어. 마침내 사랑에 빠진 남자의 소리를 담고 싶었어. 하지만 제드 아저씨가 내게 안에 있으라고 했어. 나는, 왜요? 왜 그래야 하는 건데요, 제드 아저씨? 로니 형도 나더러 집안에만 있으면서 누가 문을 두드리거나 전화를 해도 집에 없는 척하라는데 이유는 아무도 말해주질 않아요, 그리고 여태 찾아 헤매던 사랑에 빠진 남자가 지금 우리집 차 진입로에 있는데, 드디어 기회가 왔는데, 그래도 나가지 말라고요! 하고 따졌어.

그러자 제드 아저씨가, 넌 이미 그걸 갖고 있잖니, 하는 거야.

아니에요, 없어요, 전에 스티브 아저씨가 여자친구와 통화하는 걸 녹음했지만 그건 아니었어요! 그랬더니 제드 아저씨는, 넌 이미 갖고 있단다, 다만 네가 생각했던 게 아닐 뿐이지, 오히려 그보다 더 좋은 거고, 하는 거야. 그건 말도 안 돼요, 제드 아저씨! 지금 내 말 제대로 듣고 있긴 한 거예요? 했더니 아저씨는 아주 조용해졌어. 다시 창밖을 내다보니 스티브 아저씨와 테라가 서로를 안아주는데 둘 다 여전히 슬퍼 보였어. 잘 안됐던 것 같아.

스티브 아저씨는 길을 걸어내려가기 시작했고 테라는 울면서 들어오더니 내 방에 들어가 문을 닫았어. 이제 제드 아저씨까지 슬퍼 보였어. 왜 아저씨까지 슬퍼해요? 그러니까 나도 슬퍼지잖아요, 했더니 아저씨는 나를 끌어안기만 했어. 저기 우주에 슬픔이 없는 지적 생명체들이 있다고 생각하세요? 하고 묻자 아저씨는 자기도 모른다고 했는데 뭔가 울컥한 목소리였어.

그때 궁금해졌는데…… 너희에게도 슬픔이 있어?

아마도 슬픔을 없애는 방법을 이미 발견했는지도, 아니면 슬픔 대신 다른 뭔가가 있는지도 모르지.

어쩌면 너희의 슬픔은 우리의 행복일지도 몰라. 그래서 너희는 슬플 때 소리 내어 웃거나 미소를 짓고 그러면 기분이 좋아질지도 모르지. 고래들이 울음소리 같은 걸 내지만 그게 사실은 즐거울 때나 보통 때나 늘 내는 소리인 것처럼 말이야.

아니면 너희는 언제나 슬플지도 모르지. 심장은 세 개에 폐는 하나인데 슬픔이 너희의 심장들을 뛰게 하고 폐가 숨쉬게 하는, 그렇게 너희가 살아 있게 해주는 것일지도 몰라.

제드 아저씨에게 이 이야기를 해주자 아저씨는 울기 시작했고 나도 따라 울었어. 하지만 슬픔만은 아닌 느낌이었어. 뭔가 다른 것도 느껴졌어. 그리고 나는 다시 잠이 들었고 깨보니 여기 침대 위에 있었어.

🚀 **새 녹음 43**
8분 46초

오늘 다들 정말 이상해. 아무도 내게 아무 말도 해주지 않아!

아침에 로니 형에게 오늘 엄마를 보러 갈 수 있느냐고 물었더니, 안 된다는 거야. 그래서 왜 안 되는데? 형은 어제도 보고 와놓고 왜 나는 오늘 보러 가면 안 되냐고? 그랬지. 그리고 테라가 내게 곧 엄마를 볼 수 있다고 했는데 그 곧은 이미 다가왔고 더 기다려야 한다면 그건 더이상 곧이 아닌 거라고 따졌어. 형은 그 문제라면 더 이야기하고 싶지 않다고 했고, 나는 엄마의 정신분열증에 대해서 얘기하지 않고 어떻게 도와드릴 수 있단 거야? 라고 했어. 그러자 테라가 로니 형이 직장으로 돌아갈 수 있게 해줘야 한다는 거야.

나는 테라에게, 의사들이 엄마가 낫도록 돕고 있다는 것도, 엄마가 약을 드신다는 것도 테라가 이미 말해줘서 다 아는데 그래도 나도 돕고 싶거든, 하고 말한 뒤 엄마에 대해 아무도 말해주지 않아서 의사들이 모르는 게 분명히 있을 거라고 덧붙였어. 테라는 미안하지만 모두 최선을 다하고 있다고 했고, 나는 그걸로 충분하지 않은 것 같으니까 그러지! 하고 쏘아붙였어. 그랬더니 로니 형이 집중해야 할 일이 있으니 소리 좀 낮추라고 그러는 거야.

로니 형과 테라가 내게 아무 말도 해주지 않는 것뿐만 아니라 다들 기분이 안 좋은 거 있지. 날씨까지 안 좋아서 흐리고 우중충한데 스티브 아저씨와 테라는 어쩌다 이야기를 나눌 때마다 한두 마디씩 하고 둘 다 얼굴을 찌푸리는 바람에 두 사람 곁에 있고 싶지 않을 정도야.

제드 아저씨도 우울해 보였어. 어젯밤 떠오른 생각을 기록하고 싶다고 컴퓨터를 빌려달라더니 몇 시간째 내 방에 틀어박혀 뭔가를 쓰더라구. 저녁도 건너뛰고 말이야! 우린 아직 반액상 음식만 먹는 내가 먹을 바나나 스무디와 다른 사람들이 먹을 피자를 주문했어. 음식 배달이 오자 제드 아저씨에게 가서, 아저씨, 이제 금식의 맹세를 하는 거예요? 하고 물었는데 그 말도 못 들었는지 계속 컴퓨터로 뭘 쓰기만 하더라.

식사실에서는 음식을 먹을 수가 없었어. 아직도 식탁에 온갖 서류들과 로니 형의 노트북 같은 것들이 뒹굴고 있었거든. 형은 하루종일 식탁 앞에 앉아 콜로라도 주정부 웹사이트를 들여다보고 사람들에게 전화를 했어. 그래서 우리는 그냥 주방에서 먹었어. 피자 상자를 조리대에 올려놓고 빙 둘러섰는데 아무도 피자를 안 먹고 아무 말도 안 하는 거야. 그래서 내가, 스티브 아저씨가 왜 안 먹는지는 알겠는데 다른 사람은 왜 안 먹는 거죠? 하니까 테라가 미해결 문제가 너무 많기 때문이라고 했어. 그래서 내가 탁월한 질문을 하는 건 좋은 거라고, 그래야 탁월한 해답을 얻을 수 있는 법이라며, 한번 들어보자고 말했더니, 테라가 아직 풀리지 않은 문제를 말한 거라고 설명해줬어.*

테라는 풀리지 않은 문제들 중 하나는 엄마의 병원비가 아주 많이 나왔고 내 응급실행 비용도 마찬가지인데, 우리 보험이 적용 안 되는 부분이 있다는 것이라고 말했어. 그건 진술이지 질문은 아니라고 하자 테라가 질문은 어떻게 그 병원비를 낼 것인가? 하는 거라고 했어. 내가 돈을 많이 써서 미안하다고, 바시르 아저씨의 주유소에서 시간외근무를 해서 돈을 벌어 응급실 비용이랑 엄마 병원비까지 내겠다고 했더니, 로니 형이 이 문제에 대해서는 얘기하지 말자고 해서, 형은 어떤 것에 대해서도 얘기하고 싶지 않잖아! 라고 했어. 그랬더니 로니 형은 식사실로 돌아가버

---

* '미해결의'라는 뜻의 outstanding에는 '탁월한'이라는 뜻도 있다.

렸고, 스티브 아저씨와 테라는 또다시 슬픈 얼굴이 됐고 오랫동안 아무도 입을 열지 않았고 제드 아저씨는 여전히 내 방에서 컴퓨터로 뭘 쓰고 있었어.

그러던 중 테라가 지난번에 끝까지 못 본 〈콘택트〉를 보자고 했어. 모두가 얼굴을 찌푸리고 있거나 서로에게 화를 내는 것보단 영화를 보는 게 나으니 좋은 생각 같더라. 우리는 남은 피자를 냉장고에 넣은 뒤 〈콘택트〉를 틀었어.

애로웨이 박사가 회의실에 있는 장면에 도달했어. '베리 라지 어레이'를 사용하는 데 대해서는 이미 정부 승인을 받았고 자금만 필요한 상황인데 회의에 동석한 남자가, 자금 지원을 승인하겠소, 할 때 나는 영화를 중지시켰어. 화장실에 가야 했거든. 그리고 드디어 처음으로 대변을 볼 수 있었다는 거 아냐! 고양이 시체 같은 냄새가 나더라고. 지독한 악취였어.

용변을 보고 돌아와보니 모두가 식탁 주변에 서 있었어. 제드 아저씨까지 말이야. 로니 형이, 절대 그게 통할 리 없어요, 아무도 그러지 않을 거예요, 했어. 내가 아무도 뭘 안 할 거라는 거야? 하고 묻자 테라가 말하기를 병원비 지불 방법에 대해 스티브 아저씨가 좋은 아이디어를 냈다는 거야.

아저씨의 아이디어란 로켓포럼의 모든 사람들에게 우리 일을 알리고 기부를 청하는 거였어. 통한다는 확신은 없지만 모두 앨릭스를 사랑하잖아요, 각자 10달러나 20달러씩 보태준다면 조금이나마 도움이 될 거고요, 라고 스티브 아저씨가 말했어. 내가, 로켓이 아니라 나에 대한 후원자를 찾는 거네요, 하자 아저씨는 바로 그거라고 했어. 내게 후원자가 생긴다면 내 몸에 그 사람들의 로고를 그려야 하는 거냐고 묻자 제드 아저씨는 웃었고 테라는 하고 싶지 않으면 그럴 필요 없다고 했어. 나는 휴, 다행이다, 했지.

로니 형은 다른 사람들의 도움은 필요 없다고, 자기 힘으로 전액을 지불할 방법을 찾아내겠다고 우겼어. 그러자 테라는, 그래도 한번 시도해봐요, 잃을 것도 없잖아요! 하며 스티브 아저씨 말이 옳다고, 로니 형에겐 지금 집중해야 할 더욱 중요한 일들이 있다고 했어. 스티브 아저씨는 희미한 미소를 짓더니 금세 다시 인상을 썼어. 어떤 일들 말인데? 우리 엄마에 관한 일들? 하고 내가 묻자 로니 형은 어쨌든 그 방법은 통하지 않을 거라고 했어. 하지만 스티브 아저씨와 제드 아저씨 둘 다 그게 좋은 생각이라는 의견이었고 나도 그렇게 생각한다고 하자 로니 형은, 그래요, 하지만 너무 큰 희망을 걸지는 말자고요, 했어. 나는 동의한다고, 희망은 중간쯤 걸어야 한다고 했지.

스티브 아저씨는 지금 바로 올릴 글을 써보겠다며 내 컴퓨터를 켜고 작업을 시작했고, 로니 형도 자기 노트북으로 돌아갔고,

나머지 우리는 〈콘택트〉를 마저 봤어. 영화가 끝나자 테라는 참 재미있었다고, 지적인 여성 과학자가 주인공이라는 점도 신선했다고 했어. 제드 아저씨는 〈콘택트〉와 〈코스모스〉가 좋은 이유 중 하나는 과학이 영적일 수도 있다는 걸 보여준다는 점이라면서, 자기가 아주 좋아하는 작가가 대부분의 종교는 과학에서 비롯됐으며 당시에는 종교야말로 인류가 지닌 최고의 과학이었다는 말을 했다고 덧붙였어. 나는, 흠, 정말 생각을 하게 만드는 말이네요, 했어. 그리고 블루레이 보너스 피처가 시작됐는데 스티브 아저씨가 나오더니 로켓포럼에 올릴 글을 다 썼다는 거야.

스티브 아저씨의 글은 정말 길었어. 나와 내 골든 아이팟과 샤프 행사 이후에 일어난 모든 일을 적었는데, 로켓포럼은 가족 친화적인 포럼이라는 이유로 싸움들은 제외시켰더라고. 스티브 아저씨는 인터넷에서 읽는 글을 믿지 않는 사람들에게 거짓말이 아니라는 걸 증명하기 위해 나와 테라, 그리고 내 흉터 사진을 찍어도 되겠느냐고 물었어. 그리고 골든 아이팟의 녹음 일부를, 라스베이거스나 그 이후 것은 절대 안 되고 샤프 행사장에서 녹음한 것 위주로 올려 공유하는 것도 좋겠다고 했고, 테라가 그것도 좋은 생각이라고 했어.

내 녹음을 포럼에 올린 후 스티브 아저씨는 사람들이 돈을 기부할 수 있는 페이지까지 만들어 우리에게 보여줬는데, 목표액의 몇 퍼센트나 도달했는지 보여주는 작은 막대도 올려놨더라. 테라와 나는 맞춤법에 어긋난 단어가 혹시 없는지 글을 다시 한 번 살펴봤고, 로니 형도 읽어보더니 사다리에 대한 구구절절한 이야기는 다 빼고 그냥 사고가 났다고만 쓰라고 했어. 왜냐고 묻자 그건 가정사이기 때문이라고 했어. 그게 엄마하고 관계가 있는 거야? 하고 또 물었더니 형은 더이상 그 얘기는 하고 싶지 않다고 했어.

이 미해결 문제에 대해 뭔가를 하고 있어서 좋긴 한데 다른 미해결 문제들은 어떡하냐고 테라에게 말했어. 그뿐 아니라 나도 미해결 문제들이 있다고, 예를 들면 언제 엄마를 볼 수 있는지, 엄마의 병원에서는 어떤 텔레비전 프로그램을 보여주는지, 로니 형은 왜 내가 엄마를 보러 가게 허락하지 않는지, 테라와 로니 형이 왜 그런 이야기들을 하고 싶지 않아하는지 같은 것들이라고 했어. 왜 내게 진실을 말해주지 않는 거야! 그러자 테라는 얼굴을 찌푸리며 아직도 그것에 대해서는 이야기할 수 없다고 했어.

왜 이렇게 다들 바보처럼 구는지 모르겠어. 정말이지 내가 열여섯 살이어서 혼자 차를 몰고 가서 엄마를 볼 수 있다면 좋겠어. 로니 형이나 테라한테 데려가달라고 할 필요 없이 말이야. 스티브 아저씨가 LA에서 한 말이 맞는지도 몰라. 내가 아이라서 아무도 나에게 진실을 말해주지 않으려 한다던 그 말.

그럼 나는 어째야 하지?

너희라면 어쩌겠어?

누구 대답해줄 사람 없어?

## 새 녹음 44
39초

테라: 앨릭스, 봐. 녹음중이야.

테라: 걔들에게 뭐 할말 없어?

테라: 네 보이저 4호 계획에 대해 해주고 싶은 말 없어?

테라: 로켓포럼 사람들이 얼마나 도움을 줬는지 말해봐. 적어도 그거라도 해봐. 목표액의 3분의 1에 거의 왔잖아! 앨릭스 너를 위해 말이야. 신나는 일 아니니?

테라: 앨릭스, 그렇게 입을 다물고만 있지 말고.

테라: 엄마 보고 싶은 건 잘 알아. 엄마가 그리운 것도 알고.

테라: 그런데 엄마가 아직…… 준비가 안 되셔서.

테라: 데려가줄게, 하지만 지금은 아니야. 좀더 회복하실 시간이 필요해.

테라: 앨릭스……

🚀 **새 녹음 45**
2분 18초

 앨릭스는 아직도 말을 안 해. 제 엄마 방 문을 잠그고 처박혀서 거의 종일을 보내고 있어.

 오늘 함께 아침을 먹는데 계속 울면서 언제 엄마를 볼 수 있느냐고 물었어. 전보다 더 끈질기게. 이제 그냥 넘어가지를 않아. 물어본다기보다 요구에 가까워졌어. 지금 당장 엄마를 보고 싶단 말이야! 이런 식으로.

 앨릭스 엄마가 이제 감시 대상에서는 벗어났으니 차도가 있는 거겠지만 로니 말로는 아직 완전히 정상인 것도 아니라는데, 어떻게 그런 상태의 엄마를 앨릭스에게 보여줄 수 있겠어?

 설득해보려 해도 앨릭스는 귀를 틀어막으며, 지금 지금 지금! 이렇게 소리만 지르는 거야. 지금 바로 엄마를 보고 싶다고. 이제 울지는 않는데 왠지 이게 더 힘이 드네. 남자들과 나는 앨릭스가 칼 세이건과 놀고 로켓 작업도 하게 하려고 애써봤어. 테서랙트에 대해 더 설명해달라고도 했지만 아무런 흥미를 보이지 않았어. 게다가 로니는 여기서는 CPS인지 DHS인지 모르지만 아무튼 아동보호국 문제 때문에 애를 밖에 내보내면 안 된다는 강경한 입장이야. 그 사람들이 와서 앨릭스를 보고 아이를 데려가 위탁보호가정에 보내버릴 수도 있으니 조심해야 한다는 거지. 하지만 그런다고 사정이 나아지고 있지는 않아. 앨릭스는 아마 가택연금을 당한 느낌일 거야……

도나에게…… 엄마에게 다시 전화를 했어. 로니와 이 집 엄마에 대해 다 얘기했어. 아동보호국 문제랑 앨릭스가 방에 처박혀 나오지 않는 상황이랑, 심지어 LA에서 스티브랑 있었던 일까지 죄다 털어놨어. 앨릭스가 원체 정직을, 진실을 중시하는 아이이다보니 처음부터 솔직하게 털어놓지 않은 게 실수였는지 모른다고. 앨릭스가 얼마나 엄마를 사랑하는지 다 알고, 그래서 엄마를 보러 가게 해주고 싶은데, 정말인데, 그런데…… 두려운 게…… 그러니까…… 로니나 나나 아이에게서 막아주고 싶은 것들이 있다고, 앨릭스가 힘겹게 알아내길 원치 않는 것들이 있다고 했어.

그렇게 한참 주절대고 있는데 도나는 내내 아무 말이 없었어. 이 모든 일을 어떻게 생각하느냐고 묻자 역시 대답이 없더니, 느닷없이, 내가 자랑스럽다는 거야.

내가 자랑스럽다고? 하자 도나는, 그래, 앨릭스를 위해 거기 있어주고 안전하게 지켜주는 네가 자랑스러워, 했어. 그런데 왜 자꾸 아이에게 도움이 되어주지 못하는 느낌일까? 내가 물었어.

그러자 도나 말이, 지금도 자꾸 떠오르는데, 이러는 거야. 그건 네가 그애를 사랑하기 때문이지.

바로 그 때문이야……

## 🚀 새 녹음 46
29분 18초

로니: 뭐라고?

〔차 지나가는 소리〕

앨릭스: 지금 녹음한다고, 괜찮지?

로니: 그래, 괜찮아.

앨릭스: 안녕, 얘들아! 우리는 지금 고속도로를 달려 집으로 돌아가는 중이야. 어젯밤 로니 형이 드디어 내일, 지금으로는 오늘, 엄마한테 데려가주겠다고 했어. 그리고 방금 엄마를 보고 왔고. 테라에게도 같이 가자고 했는데 테라는 로니 형하고만 가는 게 좋겠다고, 자기는 나중에 엄마를 만나겠다고 했어.

너희가 사는 곳에도 병원이 있어? 병의 종류에 따라 병원들이 따로 있고? 엄마가 계신 벨마 병원도 내가 사다리에서 떨어져 입원했던 병원과 같을 줄 알았는데 아니었어. 그곳은 행동건강병원이었어.

도착해서 안내데스크 아줌마한테 물어보니 로비에서 기다리면 엄마가 준비되는 대로 테크가 와서 안내해줄 거라고 했어. 테크가 뭐예요? 로봇 같은 테크놀로지의 일종인가요? 하고 묻자 아줌마는 테크니션의 줄임말이고, 의사나 간호사는 아니면서 병원에서 일하는 사람들을 가리킨다고 했어.

기다리는 동안 로니 형은 잠재 고객의 전화를 받고 통화하러 밖으로 나갔어. 행동건강병원엔 어떤 것들이 있나 궁금해서 복도를 따라 걸어봤는데 사물함이 없을 뿐 우리 학교 복도하고 거의 비슷했어. 환자들도 조금 봤는데 병원 환자복이 아니라 평상복을 입고 있는 거야. 그래도 내가 입원했을 때처럼 팔목에 플라스틱 명찰을 달고 있어서 환자인 줄 알 수 있었어. '주간 휴게실'이라고 표시된 방을 들여다보니 환자들이 텔레비전을 보고 있었어. 다른 주간 휴게실에는 환자들이 원탁에 둘러앉아 내가 유치원에 다닐 때 그랬던 것처럼 그림책에 색칠을 하고 있었어. 그걸 보면서 행동건강병원에 들어오면 태어나서 기고 걷고 말하는 법을 배운 뒤 유치원에 가고 그러는 모든 걸 처음부터 다시 배우는 건가보다, 그래서 어떻게 어른답게 행동하는지 기억할 수 있게 되나보다, 그런 생각을 했어.

다른 방들도 봤어. 침대 두 개가 놓여 있고 벽에 그림이랑 장식이 걸려 있는 방들도 있었고, 장식이라곤 전혀 없이 『프랑켄슈타인』에서처럼 커다란 벨트가 달린 침대만 놓여 있는 방도 있었어. 그때 클립보드를 든 아저씨가 다가오더니 길을 잃었느냐고 물어서, 아니에요, 엄마를 보러 왔는데 우리 형이 밖에 나가 통화를 하는 중이라 그냥 좀 둘러보고 있었어요, 혹시 아저씨가 테크예요? 했더니 맞다면서 그런데 다시 로비로 가서 기다려야 한다며 나를 그리로 데려간 거야. 그런데 로니 형이 나한테 화가……

로니: 널 잃어버린 줄 알았잖아. 말도 없이 그렇게 돌아다니면 안 돼.

앨릭스: 알겠어, 돌아다녀서 미안해, 로니 형. 그냥 궁금해서……

로니: 이제 그런 짓 좀 하지 마.

앨릭스: 알았어……

앨릭스: 로니 형, 엄마 병실도 내가 방금 본 프랑켄슈타인 방처럼 생겼어? 그런 방에서는 번개를 써서 환자들을……

로니: 이제 그런 치료법은 쓰지 않아.

앨릭스: 다음번에는 구내식당이 아니라 엄마 병실로 면회를 가야겠어. 슬리퍼나 여분의 베개처럼 엄마가 좋아하시는 것들을 좀 챙겨가는 게 좋겠고. 내가 들여다본 방들에는 죄다 납작한 베개밖에 없지 뭐야. 좀더 집처럼 느껴지게 벽에 걸 엄마 사진들도

가져오고 말이야.

　로니: 그건 나중에……

　앨릭스: 하지만 엄마는 엄마가 쓰시던 물건들이 그리울 거야!

　로니: 엄마 상태를 오늘 봤잖아. 다시 정상으로 돌아오셨을 때
그러든지 하자.

　앨릭스: 엄마가 정상으로 돌아오셨을 때라니 그게 무슨 말이
야? 엄마는 정상이 아니지 않아, 그냥 정신분열증이란 문제가 있
을 뿐이지. 그리고 엄마 물건을 갖다드리면 회복에 도움이 될 수
있어.

　로니: 야, 일이 그렇게 되는 게 아니야.

　앨릭스: 그럼 일이 어떻게 되는데?

　앨릭스: 어떻게 되느냐고, 로니 형?

　〔차 지나가는 소리〕

　앨릭스: 로니 형은 우리가 엄마를 봤을 때 일어난 일을 말하고
있는 거야. 로비에서 기다리고 있으니 구내식당에 가서 엄마를
만나면 된다고 알려줘서 거기로 갔더니 엄마가 다른 테크와 함
께 나오셨는데 키도 덩치도 엄청 큰 그 테크는 우리가 이야기를
나누는 동안 줄곧 벽 앞에 서 있었어. 로니 형이 엄마를 향해, 좀
어떠세요? 하자 엄마는 눈을 아주 크게 뜨고 로니 형을 바라보더
니 그 크게 뜬 눈으로 이어서 나를 바라보셨어. 엄마 손을 잡고

헝클어진 머리도 다듬어드리고 싶었지만 엄마는 내가 만지는 걸 원치 않으셨어. 그래서 그냥 사랑한다고, 좋아지시길 바란다고 말했어.

엄마는 틀림없이 조용한 날을 보내는 중이었어. 아니면, 엄마 머릿속 목소리들 중 하나가 엄마에게 말을 하지 말라고 하는지도 모르고, 또는 다른 목소리가 너무 말을 많이 해서 그걸 듣느라 우리 이야기에는 주의를 기울이지 못하는 것이었을 수도 있어.

하지만 드디어 입을 열었을 때 엄마는 이런 말을 하셨어. 너희에게 아무 말도 하지 않을 거야, 너희는 내 아들이 아니니까. 이상하기도 해라, 우리가 바로 여기 이렇게 와 있는데 대체 무슨 증거가 더 필요한 거지! 하는 생각이 들었어. 그래서 내가 진짜 나라는 사실을 엄마에게 설득하려고 우리만 아는 이야기를 들려드리기도 했어. 3학년 때 방과후 합창 연습이 있었던 날 엄마가 나를 데리러 오셨잖아요, 내 목소리가 너무 높아서 남자아이들 중 유일하게 소프라노였고, 차를 타고 집에 가는데 똥이 너무 마려워 뒤로 돌아 좌석에 무릎을 꿇고 엉거주춤한 자세로 있기까지 하면서 참으려고 했지만 결국 못 참고 집에 도착하기 직전에 바지에 똥을 싸고 막 울었는데 엄마가 다 치워주고 뽀뽀를 해주며 부끄러워할 필요 없다고, 어른들도 이따금 그런다고 했잖아요? 그런데 이상하지 않아요? 똥이 우리 몸속에 있을 땐 더럽다는 생각이 안 드는데 밖에 나오면 왜 그렇게 역겨울까요?

엄마가 이 이야기를 듣고 내가 나라는 사실을 깨달으실 거라고 확신했는데 엄마는, 너는 앨릭스가 아니야, 넌 외계인이고 내 기억을 훔쳐내서 내게 써먹고 있는 거야, 라고 하셨어. 그래서 내가 그랬어, 아니에요, 엄마, 아니 적어도 나는 내가 외계인이 아니라고 생각해요, 게다가, 외계인이 와서 우리 기억을 훔칠 가능성은 적어요, 왜냐하면 그건 아직 확인도 안 된 사실이니까, 지적 생명체가 우리……

로니: 앨릭스, 너 알고는 있지? 우리가 무슨 말을 해도 소용없다는 거. 우리를 믿지 않으실 거야. 저런 상태에 있는 한은 말이야.

앨릭스: 하지만 엄마는 아주 흥미로운 생각들을 갖고 계시기도 했어. 예를 들면, 그 덩치 큰 테크에게 우리가 엄마 아들인 척하고 있을 뿐 사실은 외계인들이 보낸 나무로 만들어진 물건이라고 하신 것처럼. 평생 그런 건 들어본 적이 없어! 나의 영웅이 모든 생명체는 별의 물질로 구성되어 있다고 했으니 어떻게 보면 우리가 나무이고 나무가 우리일지도 모르거든. 물론 그래도 외계인이 보낸 건 아닐……

로니: 앨릭스, 엄마는 정상이 아니야.

앨릭스: 엄마가 틀린 것도 아니야.

로니: 그게 아니고…… 그런 말들이 네겐 흥미롭게 들릴지 모

르지만 엄마가 할 정상적인 말은 아니라는 거야. 알아듣겠어? 엄마는 제정신이 아니라는 말이야. 엄마가 흥청망청 쇼핑하곤 했던 때 기억나지? 내가 수업 끝나고 집에 와보면 커피메이커며 보석이며 루이뷔통 핸드백이며 온 집안이 쇼핑백들로 가득차 있었잖아. 네가 엑스박스를 갖고 놀던 때……

앨릭스: 그 엑스박스 좋았는데.

로니: 그건 나도 알아. 그리고 그걸 갖지 못하게 해서 미안해. 그런데 내 말뜻은, 지금 엄마는 그때보다도 열 배는 더 심각하다는 거야.

앨릭스: 병원에서 주는 약이 효과가 없는 걸까?

로니: 너도 휴잇 선생님 말 들었잖아. 여러 가지 약물을 써보는 중이라고. 엄마한테 꼭 맞는 조합을 찾아내려는 건데 시간이 걸리는 일이야.

앨릭스: 그런데 왜 집에서는 안 되는데?

로니: 무슨 말이야?

앨릭스: 엄마한테 꼭 맞는 약물 조합을 찾으려고 한다며? 그런데 왜 엄마가 집에 계시면 안 되냐고? 집에서도 약을 드실 수 있잖아?

로니: 엄마를 밤낮으로 지켜보고 돌봐드릴 사람이 있는 곳에 계셔야 해.

앨릭스: 내가 할 수 있는걸. 밤낮으로 엄마를 지켜보고 돌봐드릴 수 있어. 스티브 아저씨의 록스를 많이 마시면 잠이 안 올 거니까 그렇게 엄마를 돌보면 돼.

로니: 앨릭스, 미안하지만 그건 안 돼. 불가능해.

앨릭스: 하지만 언제나 가능성은 있는 법이야! 또 병원 구내식당에는 엄마가 좋아하는 음식이 한 가지도 없잖아!

로니: 저 상태가 두어 달 계속된다면 어쩔 건데? 그건 생각해봤어? 너 학교에도 가야 되잖아.

앨릭스: 집에서 공부하면 되지. 벤지가 그러는데 브리애나 피셔도 8학년을 마치면 집에서 부모님하고 공부할……

로니: 그렇게 간단하지가 않아. 법적 문제도 걸려……

앨릭스: 형하고 테라는 왜 맨날 그 소리뿐이야? 나도 복잡한 일들을 이해할 수 있다고. 로켓 만드는 법을 깨쳐서 뉴멕시코주에도 갔잖아. 그러니 이 일도 이해할 수 있단 말이야. 내 말 알겠어?

로니: 야, 내 말은 네가 그걸 이해 못한다는 게 아니……

〔차바퀴 끼익하는 소리〕

로니: 저런 개자식……

〔잇따른 자동차 경적소리〕

로니: ……깜빡이등을 켜란 말이야!

로니: 정말이지 별놈들이 다……

앨릭스: 아빠가 살아 계셨으면 좋겠어.

로니: 그건 네가 몰라서 하는 소리야.

앨릭스: 아빠라면 엄마 기분을 좀 낫게 해줄 수 있었을 텐데.

로니: 넌 아빠에 대해 아무것도 몰라.

앨릭스: 나도 아는 거 있어. 아빠는 토목기사셨고 웃은……

로니: 전부는 모르잖아.

앨릭스: 그거야 형이 한 번도 내게 전부를 말해준 적이 없으니까 그렇지! 왜 아빠 이야기는 절대 하고 싶지 않은 거야? 속은 좋은 사람이었다고 엄마는 늘 말씀하셨어. 우리를 아주 많이 사랑하셨고……

로니: 엄마는 네가 상처받지 않기를 바라는 마음으로 그렇게 말씀하신 거야. 그리고 사실 엄마는 아빠를 제대로 보지 못하셨어.

앨릭스: 정신분열…… 그거 때문에?

로니: 아빠의 진짜 모습을 못 보신 거야.

앨릭스: 아빠의 진짜 모습은 뭐였는데?

앨릭스: 로니 형?

앨릭스: 아빠의 진짜 모습이 뭐였냐고? 테라 말로는 야구공을 진짜 세게 던지셨대. 아빠 콧수염이 자기 턱을 간질였다고도 했어.

로니: 테라는 엄마와 나만큼 아빠와 시간을 보내지 않았고 그

래서 내가 본 것을 못 본 거야. 테라가 본 것은 표면뿐이었어. 껍데기 말이야. 아빠는 속은 이기적이고 학대 성향도 있었어.

앨릭스: 벤지네 아빠가 벤지 엄마에게 그런 것처럼 아빠도 엄마를 하키채로 때렸어?

로니: 뭐? 아니야. 벤지 아빠가…… 뭐?

앨릭스: 그래서 벤지 부모님이 이혼한 거거든.

로니: 그건 몰랐네.

앨릭스: 그건 그렇고, 우리 아빠가……

로니: 아빠는 엄마를 때리진 않았어, 적어도 내가 아는 바로는.

로니: 나를 때리지도 않았는데, 아슬아슬했던 적은 한 번 있어. 엄마가 널 임신하셨을 때였어. 내가 사흘간 가출했었거든…… 뭐, 사실은 그냥 저스틴네 집 지하실에서 사흘간 숨어 있었던 거고, 저스틴이 몰래 아침밥과 저녁밥을 날라다줬지. 그런데 어느 날 아침 저스틴이 학교에 간 사이에 걔네 엄마가 빨래를 하러 내려왔다가 나를 발견한 거야.

앨릭스: 그런데…… 가출은 왜 한 거야?

로니: 정확한 이유는 기억 안 나. 뭐 실없는 거였겠지. 엄마 아빠랑 한집에서 사는 게 못 견딜 것 같은 때가 종종 있었어. 야, 그런데 아빠가 불같이 화를 내신 거야. 실종 신고도 하고 그랬었대. 아빠가 마구 소리를 지르면서 혁대를 풀기 시작하자 엄마가

나를 감싸안았고 아빠는 엄마더러 비키라고 했어. 그래서 나는, 해봐요, 해보라고요, 때려봐요, 경찰을 부를 거고 도망쳐서 영영 안 돌아올 테니까, 했지. 아빠는 결국 나를 내 방에 가두기만 했는데 나도 그게 좋았어. 그 넌더리나는 얼굴을 안 봐도 됐으니까.

로니: 우리를 때리지는 않았지만 그렇다고 다른 면에서 학대가 없었다는 뜻은 아니야. 엄마가 제일 고생하셨지. 부부싸움이 나면 아빠는 엄마한테 다 엄마 탓이라고 했어. 엄마가 예전처럼 날씬하고 예쁘지 않기 때문이라고……

앨릭스: 하지만……

로니: ……엄마는 수도 없이 아빠를 쫓아냈지만 아빠는 엄마를 설득해서 매번 다시 돌아왔어. 엄마가 떠나겠다고 하면 아빠는 다시는 그러지 않겠다며 사과를 했지. 텔레비전에 나오는 빤한 이야기들 있잖아. 그런 걸 많이 보면 나쁜 상황은 알아챌 수 있겠지 싶지만, 아니, 사실은 정반대야. 그저 그 역할들을 충실하게 맡아 할 뿐인 거야. 아빠는 우리를 괴롭히는 사람이었어, 앨릭스. 그것도 아주 지독하게.

앨릭스: 하지만…… 엄마가 일하던 은행에서 처음 만난 뒤 아빠가 엄마를 저녁식사에 초대했잖아! 마운트 샘 꼭대기에 올라가서 첫 키스를 하고 별들을 올려다보며 사랑에 빠졌……

로니: 술집에서 만났어.

앨릭스: 뭐?

로니: 엄마가 은행에서 일하기 시작한 건 한참 뒤의 일이야. 마운트 샘에 함께 올라간 일도 없고. 엄마가 나를 거기 데려가 케이블카를 태워주면서 엄마도 처음 와본다고 하셨기 때문에 난 기억해. 엄마랑 아빠는 술집에서 만났어.

앨릭스: 설마······

로니: 사실이 그래, 앨릭스. 마운트 샘이 아니어서 안됐다만, 사실이 그렇다고.

앨릭스: 그래도······

로니: 알겠니? 이게 바로 내가 하고 싶은 말이야. 엄마는 항상 아빠를 좀더 낭만적으로 포장하는 습관이 있어. 그 이야기를 꾸며낸 것도 당시 일어나고 있던 나쁜 일들을 인정하기 싫어서였을 거야. 멍청하게도 엄마가 아빠랑 헤어질 생각은 사실 없었다는 걸 나조차 몰랐어. 엄마는 도저히 그걸, 이혼 말이야, 끝까지 밀고 나갈 수 없었고, 그걸 잘 알았던 아빠는 엄마를 계속 이용해먹은······

로니: 너 우는 거야?

앨릭스: 아니······ 우는 거······

〔코 훌쩍이는 소리〕

로니: 사실 이런 말 하는 거 나도 많이 미안해······

로니: 하지만 네가 진실을 원한다면, 앨릭스, 진실은 아빠는 엄마에게 충실하지 않았다는 거야. 아빠는 바람둥이였어. 우리를 괴롭혔을 뿐만 아니라 엄마를 두고 바람을 피우기까지 한 거야. 네가 태어나기 훨씬 전부터. 그러니까 네가 할 수 있는 일은 전혀……

앨릭스: 엄마가 아빠랑 이혼하지 않아서 다행이야……

로니: 그게 다행……

앨릭스: 만일 이혼하셨다면 나는 없었을 거잖아.

로니: ……

〔코 훌쩍이는 소리〕

앨릭스: 우리와 테라는 그렇게 연결되는 거야?

로니: 아빠는 일 때문에 출장을 많이 다녔어. 얼마나 많이 다녔는지 엄마가 네게 말해준 적 있는지 모르지만 좌우간 출장이 정말 많았어. 항상 건축 현장을 점검하며 다녔지. 라스베이거스에 갔다가 테라 엄마도 만났을 거고……

앨릭스: 그리고?

로니: 테라 엄마가 임신을 했겠지. 테라와 나는 왜 아빠 이름이 혼인 기록에 나온 건지도 알아냈어. 테라 엄마가 그러는데 두 사람이 결혼을 하긴 했는데 곧바로 파기됐다는 거야.

앨릭스: 파기……

로니: 취소됐다는 뜻이야. 아빠는 이미 엄마와 결혼한 상태였으니까. 도대체 짐작할 수가 없어, 무슨 생각으로 그러고 다녔는지……

앨릭스: 그러면 우리에게 이복 자매나 형제가 더 있을지도 모르는 거야?

로니: 더…… 야, 지금은 그런 생각은 하고 싶지도 않다……

로니: 어쨌든, 내 기억에 아빠는 누구하고든 그런 식이었어. 사람들은 다 아빠를 좋아했어. 파티에 가도 아빠 주위에 사람들이 제일 많이 몰려들었지. 밖에서 보면 완벽한 남편, 완벽한 아버지였던 거야. 그래서 난 아빠한테 더욱 화가 났고. 사람들은 몰랐던 거야, 아빠가 사실은 어떤 사람인지.

로니: 아빠하고 세이프웨이에 간 적이 있어. 외할아버지와 외할머니가 필리핀에서 오셨던 때였지. 우유나 파인애플 같은 게 떨어져서 사러 간 건데, 그때 난 네 나이쯤 됐었어, 열 살이나 열한 살, 아니 어쩌면 더 어렸을지도 몰라. 나는 시리얼 코너로 가서 좋아하는 휘티스를 집었어. 카트를 밀고 있던 아빠 쪽으로 돌아와보니 아빠는 어떤 여자와 이야기를 하고 있었어. 대학생으로 보이는 아주 젊은 여자였지. 금발 하이라이트를 넣은 그 젊은 여자는 아빠가 말을 할 때마다 웃음을 터뜨렸어. 아빠가 그 여자에게 말을 거는 모습을 지켜보면서 마음속 깊은 데서 이건 어딘

지 옳지 않다는 생각을 했던 게 기억나. 아빠는 좋은 날, 그러니까 비교적 평탄한 날 엄마한테 말할 때 이따금 쓰던 목소리로 말하고 있었어. 나와 눈이 마주친 여자가 인사를 해왔는데 나는 어떻게 반응해야 할지 모르겠더라. 딸기향 비슷한 향수 냄새가 진동했는데 난 지금도 그 냄새를 참을 수가 없어. 여자가 소리 내어 웃으며 전화번호를 쪽지에 적어주자 아빠는 그걸 지갑에 넣고 얼빠진 미소를 지으며 여자가 떠나는 걸 지켜보더라. 마치, 저걸 좀 보렴, 새 친구를 사귀었지 뭐냐, 그러는 것 같았어. 아빠는 이 새 친구에 대해서는 우리만의 비밀로 하자며 집에 돌아가는 길에 아이스크림까지 사줬어.

〔방향 지시등 깜빡이는 소리〕

〔차바퀴가 자갈길 지나가는 소리〕

앨릭스: 왜 멈추는데?

로니: 그래야만 해서.

〔시동 꺼지는 소리〕

〔차 지나가는 소리〕

로니: 최악이 뭐였는지 말해줄까?

로니: 외할아버지와 외할머니가 오신 그날 밤 엄마는 기분이 아주 좋으셨어. 저녁을 먹는 동안 모두가 웃으며 이야기를 나눴지. 즐거운 시간이었어. 어쩌면 우리 가족이 함께한 가장 행복한 저녁

식사 중 하나였을 정도로. 그런데, 내가 기억하는데, 아빠가 갑자기 식탁 너머로 나를 바라보며 한쪽 눈을 찡긋, 해 보이는 거야.

로니: 아빠는 자기밖에 모르는 사람이었어, 앨릭스. 어린 나이였지만 이미 그때 난 그걸 알아차렸지. 의식적인 생각은 아니었을지라도 확실하게 알았어. 나는 정말이지, 뭐랄까, 뭐라도 하고 싶었어. 아빠를 까발리고 싶었어.

로니: 믿기지가 않는군……

앨릭스: 뭐가?

로니: 여태 내가 아무에게도 이 말을 안 했다는 사실이.

앨릭스: 로런한테도?

로니: 로런한테도.

앨릭스: 하지만 형 여자친구잖아. 여자친구에게는 뭐든 다 말해야 되고.

로니: 그런 것까지 알게 하고 싶지는 않아.

앨릭스: 그래서 추수감사절에도 크리스마스에도 집에 데리고 오지 않는 거야?

로니: 아니야, 그건……

앨릭스: 혹시 로런이 나를 아는 것도 원치 않아?

로니: 야, 당연히 널 만나게 해주고 싶지. 내가 네 얘기를 얼마나 많이 하는데.

318

앨릭스: 그래?

로니: 정말이야. 네가 얼마나 똑똑하고 상상력이 풍부한지, 과학과 천문학에 얼마나 관심이 많은지, 그리고 벌써 엄마와 함께 먹을 음식을 만들 줄 안다는 것까지 다 얘기해줬어.

로니: 곧 만나게 될 거야.

로니: 근데 말이야, 난 때때로 아빠가 너무 미워. 엄마한테 한 짓들, 그래서 엄마를 비참하게 만든 거, 그리고 그런 수모를 당하고도 아빠를 떠나지 않은 엄마를 내가 미워하게 만든 것까지. 어떻게 계속 저렇게 내버려둘 수 있는지, 어떻게 저런 사람과 계속 살 수 있는지, 난 엄마도 이해가 안 됐어!

로니: 아빠가 죽었으면 좋겠다고 생각했어. 내 생일날 케이크 촛불을 불어 끌 때도 그 소원을 빌었어. 아빠가 죽으면 드디어 우리도 새 출발을 할 수 있을 거라는 생각이었지. 아빠가 영영 사라져버린다면 우리는 마침내 자유로워질 거라고, 정상적인 삶을 살게 될 거라고.

로니: 그런데 어느 날 전화를 받았어. 작업반장이 하는 말이 사고가 있었다고……

로니: 예상치 못한 감정이었어. 테라가 내게 전화를 걸어 네가 병원에 있다고 했을 때도 그때랑 똑같은 오싹함이 느껴지더라. 이상한 게, 거짓말이 아니고, 아빠가 불쌍한 거야. 그런 나 자

신이 믿기지 않았어. 그리고 무서웠어. 그걸 다 경험하고도 아직 내가……

앨릭스: 아직 아빠를 사랑했던 거야.

로니: 아직 아빠를 사랑했던 거야……

로니: 엄마에게 소식을 전해야 했지. 엄마는, 엄마는 상태가 좋지 않으셨어. 지금처럼 나쁘진 않았지만 좋지 않았어. 계속 아빠가 자신을 지켜줘야 된다고, 나쁜 사람들로부터 보호해줘야 한다고 하시더라. 과잉 흥분 상태였는데 난 그냥 크게 충격을 받아서 그런 거라고만 생각했어. 전혀 몰랐어, 그게……

앨릭스: 그게 정신분열증일지 모른다는 걸?

로니: 그게 정신분열증일지 모른다는 걸.

로니: 차차 괜찮아지셨지만 완전히 예전으로 돌아오지는 못하셨지. 엄마는 아빠의 유골 상자를 자기 방에 보관하셨어. 그걸 치우고 아빠 사진도 내리라고, 공연히 괴롭기만 하지 않느냐고 말을 해도 엄마는 그럴 수 없다는 거야. 그래서 엄마랑 자꾸 다퉜어. 엄마는 회복을 원하지 않는 것 같았어.

로니: 어느 날 밤, 엄마가 네 침대에서 잠이 드셨어. 네게 책을 읽어주다가 네 옆에서 잠드신 거야. 나는 깨어 있었는데 어떤 충동이 일었어. 그래서 엄마 방에 들어가 유골 상자를 집어들었어. 생각보다 훨씬 무거워서 깜짝 놀랐어. 그걸 겨드랑이 밑에 끼고

자전거에 올라탔어, 어디로 갈 건지도 모른 채. 그저 이 상자를 집안에서 치워야 한다는 생각뿐이었지. 고갯길을 내려가 계속 달리자 공사장이 나오더라. 지금은 밀 로드 옆에 주택가가 생겼지만 그때만 해도 그냥 공터였거든. 거기 걸어들어가 맨땅 한가운데에 아빠의 유골을 부은 뒤 발로 차고 또 찼어, 모두 다 흩어져 사라질 때까지.

로니: 이튿날 엄마가 뭐라고 하시나 내내 기다렸는데 아무 말씀이 없으셨어. 유골 상자가 없어졌다는 말을 꺼내지도 않으셨고, 나도 이유를 묻지 않았어……

로니: 뭐, 나도 아빠의 죽음이 사고였다는 건 알아. 당연히 알지. 그런데도 자꾸 아빠가 일부러 그런 것 같은 거야, 알겠니? 고의로 우리를 버리고 떠난 것 같았어. 우리가 자신에게 의존하게 해놓고, 엄마가 자신에게 기대게 해놓고, 그러고서, 그냥 떠나버린 거지.

앨릭스: 하지만 로니 형, 형도 떠났잖아. 캘리포니아로 가버렸잖아.

로니: 난……

앨릭스: 벤지 아빠도 벤지하고 벤지 엄마하고 벤지 여동생을 두고 떠났어. 난 그러려고 한 건 아니었지만 칼 세이건을 두고 떠났고, 그리고 이제 우린 엄마를 행동건강병원에 두고 떠나고

있잖아.

로니: 우리는…… 아냐, 그건 달라. 임시적인 거니까.

로니: 어쩌면…… 어쩌면 벤지 아빠는 남아 있으면 벤지와 벤지 엄마에게 상처를 줄까봐 떠난 건지도 몰라. 그게 이유였을지 몰라. 스스로를 믿을 수 없었을지도.

앨릭스: 희생을 해야 했단 말이야?

로니: 그렇지. 가족에게 최선인 선택을 해야 했던 거겠지, 그게 그들을 보지 못하게 된다는 걸 뜻할지라도. 그들과 함께 있지 못해 마음이 아프더라도. 자신의 행동에 대해 책임을, 진짜 책임을 져야 했던 거야. 그게 바로 어른이 된다는 거야.

앨릭스: 그러면, 우리가 누군가를 정말로 사랑하면, 그들과 함께 사는 걸 희생해야 하는 거야?

로니: 아니, 꼭 그런 건 아니야. 보통은 안 그런데, 간혹…… 간혹 그 길밖에 없을 때가 있지, 누군가를 진정으로 사랑하면 그들을 떠나야 할 때가. 왜냐하면 남아 있는 것보다 떠나는 게 그들에게 더 나으니까.

앨릭스: 우리가 화성에 가야 하는 이유랑 비슷하네.

로니: 뭐?

앨릭스: 지구가 죽어가고 있잖아, 우리가 한 일들 때문에. 인류가 한 짓들 말이야. 그런데도 우리는 여전히 지구를 못살게 굴고

있어. 그래서 숲이 사라지고 해수면이 높아지고 동물들은 멸종되고 있는 중이지. 어쩌면 바로 그래서 화성에 식민지를 건설해야 하는지도 몰라. 지구가 다시 좋아질 수 있도록 지구를 떠나야 하는 거야.

로니: 그건……

로니: 동생, 잘 들어. 내가 떠난 건 정말 미안해. 너나 엄마를 사랑하지 않아서가 아니었어. 너와 엄마를 무척 사랑해. 우리가…… 그게 유일한 길이었어. 내 말은, 정말 더는 여기서 살수 없었어. 여기 록뷰에서 말이야. 여길 떠나지 않으면 좌절하고 말 것 같았어, 이해돼? 나 자신의 삶을 살아야 했던 거야, 그리고…… 내가…… 자주 들르지 못한 거 알아. 네가 날 필요로 할때 내가 여기 없었다는 것도. 이젠 알겠어. 너에게 좋은 모범이되어주지 못했지. 하지만 나는, 나는 좋은 사람이 되려고 노력중이야. 옳은 일을 하려고 노력……

로니: 너 또 울어?

로니: 왜 우는 건데?

앨릭스: 형이 울어서.

로니: ……

앨릭스: 로니 형?

로니: 왜?

앨릭스: 형이 우는 모습은 처음 봐.

로니: ……

로니: 앨릭스…… 잘 들어, 테라와 나는 이 일에서 너를 보호하려고 해왔어…… 그런데 이젠 지금 어떤 일이 일어나고 있는지 네가 알았으면 좋겠어. 조금 전 전화 있지? 그거 일하고 관련된 게 아니라 후생국 사람이었어. 후생국이 우리 가족을 조사하는 중이야. 그래서 너더러 집안에 있으라고 한 거고. 널 보호하려고 그랬던……

앨릭스: 나도 알아.

로니: 너도 안다고?

앨릭스: 테라의 녹음을 들었거든.

로니: 왜 아무 말도 안 했어?

앨릭스: 형이 말해줄 때까지 기다린 거야. 난 이제 어린아이가 아냐, 로니 형. 초등학생도 아니고 이제 형이랑 같은 방을 쓰지도 않잖아. 진실이란 불편한 거라는 거 알아. 하지만 늘 행복하기만 하다면 그건 용감한 삶이 아니잖아!

로니: ……

앨릭스: 음…… 왜 그렇게 봐?

로니: 널 아주 오랫동안 못 봐서.

앨릭스: ……

로니: 모든 것의 진실을 네가 얼마나 알고 싶어하는지 알아, 앨릭스. 정말이야. 하지만 네가 이해해줬으면 좋겠어, 사람들은, 아니 나는 때때로 그러기가 힘들다는 거. 넌 아직 내 동생이니까. 아직 앨릭스니까. 네가 다치지 않게 보호하는 게 내가 할 일인데도 최근 그걸 제대로 못했어.

앨릭스: 그런데, 로니 형, 나도 할 수 있어. 나 자신을 돌볼 수 있어.

로니: 그러게, 이제 나도 그걸 알겠다. 넌 강인한 아이야. 다만 나에 대해서 조금 더 인내심을 가져줬으면 좋겠어. 나도 네게 감추는 일 없도록 노력할게. 약속?

앨릭스: 약속.

로니: 착하기도 하지.

앨릭스: 그럼 이제 우린 뭘 할 건데? 형이 집으로 돌아올 거야?

로니: 그 얘기도 해야 하지만 먼저 후생국 문제부터 해결해야 돼. 그게 더 급하거든.

〔차 시동 걸리는 소리〕

앨릭스: 하지만 그럼……

로니: 집에 돌아가 상의하자. 테라와 네 아저씨들도 함께 이야기하면 좋겠네.

앨릭스: 이번에는 정말로 이야기하는 거지?

로니: 그래.

앨릭스: 모든 것에 대해서?

로니: 그래.

〔차바퀴가 자갈길 지나가는 소리〕

〔차 속력 올라가는 소리〕

## 새 녹음 47
4분 32초

　얘들아, 진짜 엄청난 뉴스, 뉴스, 뉴스가 있어! 시브스페이스스콧과 시브스페이스엘리사가 병원비에 보태라고 50달러씩 기부하면서 포럼의 글을 동료들에게 보여줬더니 다들 덩달아 기부를 했을 뿐 아니라 랜더 시벳 아저씨는 내게 문자 메시지까지 보냈지 뭐야! 바로 그 랜더 시벳 아저씨가 말이야!

　랜더 시벳 아저씨가 칼 세이건 박사는 자신의 최고 영웅 중 하나이기도 하고 어렸을 때 만나서 악수를 한 적도 있다고, 서재에 보이저 골든 레코드를 그대로 본뜬 복제품도 있다고 했어. 그리고 포럼에 올라온 글에서 골든 아이팟에 대해 읽고 녹음도 좀 들어봤다면서, 케이프커내버럴에서 있을 화성 위성 발사 행사에 나와 우리 가족이 특별 귀빈으로 와준다면 영광이겠다고, 생각이 있냐고 묻는 거야.

곧바로 랜더 아저씨에게, 농담하시는 거예요? 당연히 생각 있죠, 참나! 라고 답장을 보냈더니 랜더 아저씨는 좋다고, 얼른 만나보고 싶다면서 부하 직원을 통해 플로리다행 항공권 예약 등을 처리하게 하겠다고 했어.

내가 다 같이 자니로켓에 가서 축하를 하자고 했어. 클레멘스 의사선생님이 첫 대변을 봤으니 이제 고형 음식을 먹어도 된댔거든. 로니 형은 축하를 하긴 할 건데 오늘은 안 된다고, 지금 당장은 후생국 문제와 우리 가족에 대한 자기 계획을 함께 상의해야 한다고 했어. 후생국 사회복지사가 모레 방문할 거라고 해서, 사회복지사가 뭐야? 혹시 트위터를 하는 게 업무인 사람인가?[*] 했더니 로니 형은 그게 아니고 주정부 공무원이라고 했고, 제드 아저씨는 형편이 어려운 사람들을 도와주려는 사람이기도 하다고 했어. 아, 그렇다면 나도 사회복지사겠네, 하자 로니 형은, 자 집중하자, 했어.

형이 말하길, 유일한 해결책은 내가 형을 따라 캘리포니아로 가는 거라고 했어. 같이 살 좀더 넓은 아파트를 알아볼 테고, 그

---

[*] 사회복지사(social worker)라는 단어를 트위터 같은 소셜미디어(social media)를 이용해 일하는 사람으로 착각한 것이다.

런 다음 엄마가 퇴원하실 만큼 회복되면 엄마도 캘리포니아로 모셔오고 록뷰 집은 팔면 된다고. 형의 콘도는 어쩌고? 하고 묻자 로니 형은 그건 자기 게 아니라고, 주니어 에이전트의 월급으로 콘도는 못 산다고, 주인집 뒤편에 딸린 방에 월세로 사는 거고 주방조차 없다고 했어. 그럼 학교랑 벤지랑 바시르 아저씨네 가게에서 일하는 건 어쩌고 록뷰 행성학회 회장은 누가 하냐고, 형이 LA를 떠나 집으로 돌아오면 안 되는 거냐고 말하고 나는 다시 조금 울었어.

테라가 내 손을 잡으면서 힘들겠지만 로니는 LA에서 일하고 벌써 많은 희생을 하고 있으니 이제 나도 희생을 좀 해야 한다며, 벤지하고는 언제든지 온라인으로 대화할 수 있고 록뷰 행성학회 회장도 벤지가 물려받을 수 있을지 모르고 주유소는 캘리포니아에도 많다고 했어. 형이 일 때문에 출장을 가야 할 때는 아저씨들이 나를 돌봐주기로 약속했다는 로니 형 말에 내가 아저씨들을 보자 스티브 아저씨는 고개를 끄덕였고 제드 아저씨는 사실이라고 말했어. 또 로니 형은 테라도 두세 시간 거리인 라스베이거스에 있지 않느냐고 했어. 나는 형에게, 형, 에어 매트리스 있어? 물었고 형이 없다고 해서, 하나 사줄래? 테라도 우리랑 같이 살면서 에어 매트리스에서 잘 수 있게 말이야, 라고 말했어. 그러자 로니 형과 테라는 서로를 마주봤고 이어서 형이 그 문제는 나중에 얘기하고 일단 앞으로 이틀쯤을 잘 헤쳐나가자고 말했어.

로니 형에게 그게 사회복지사하고 무슨 관계가 있냐고 묻자, 우리가 갑자기 콜로라도주를 뜨면 위험 신호가 될 수 있다고, 그들이 나를 위탁양육가정에 보내야 한다고 생각하게 하면 안 된다고 했어. 그럼 안전 신호를 보내려면 어떻게 해야 하는데? 하고 물으니 형은 바로 그래서 이 회의가 아주 중요한 거라고, 내가 지금 안전한 환경에 있다는 걸 보여주면 우리를 내버려둘 거고 우리는 우리가 원하는 대로 결정할 수 있다고, 그래서 사회복지사가 방문하기 전에 집 상태를 완벽하게 정리해둬야 하는 거라고 했어. 집 상태는 지금도 괜찮은데 무슨 말이야? 하자 형은 그렇긴 하지만 깎지 않은 잔디와 엄마 방에 쌓인 해묵은 쿠폰 전단지, 수북한 먼지, 축축한 개 냄새, 그리고 칼 세이건에게 소화 장애가 있다는 걸 알기 전에 생긴 거실 카펫의 얼룩 같은 게 있지 않느냐고 해서 나는, 투셰! 해줬어. 어차피 집을 팔려면 이런 일들을 처리해야 하니까 지금 바로 시작하는 게 좋겠다고, 집에서 저녁을 간단히 해먹고 오늘밤 치울 수 있는 것부터 치우기 시작하고 나머지는 내일 아침 일어나자마자 하자고 했어. 그래서 우린 지금 그러고 있는 중이야.

이제 청소를 마저 해야 돼, 얘들아. 곧 다시 녹음할게.

# 새 녹음 48
5분 37초

정말이지. 나가떨어질. 정도로. 피곤해.

하지만 사고 직후의 느낌과는 달라. 그때는 온몸이 아프고 그 냥 자고만 싶었는데 지금은 몸과 머리는 지쳤지만 1마일쯤 달리 며 아주 어려운 수수께끼를 풀려고 노력하는 느낌이랄까?

나뿐 아니라 다들 기진맥진한 채로 열심히 청소하는 중이야. 아 저씨들이 아침에 건너왔고 로니 형은 저스틴 형네 집에 가서 잔 디 깎는 기계를 빌려왔어. 우리집 건 고장났거든. 기계에 가스를 채우고 코드를 홱 당기자 부릉 부릉 부르릉 하는 소리가 났어. 칼 세이건은 그 소리에 겁이 나 울기 시작했지만 차차 잠잠해졌어.

로니 형은 잔디 깎는 기계를 한동안 밀고 다니다 나더러 해보 랬어. 엄청나게 무거운 거 있지. 그래서 다시 형이 했는데 통이

깎인 잔디로 금세 차버려서 그때마다 내가 커다란 종이봉투에 잔디를 버려 통을 비워야 했어. 칼 세이건은 이미 잔디를 깎은 부분을 뛰어다니며 드러누워 등을 비볐어. 너 계속 그러다간 털이 온통 초록색으로 변하겠다, 설마 또 목욕하고 싶은 건 아니겠지? 그랬더니 목욕이란 말을 알아듣고 울더라고.

로니 형을 도와주고 나서 안으로 들어가보니 테라는 진공청소기로 거실 청소를 마치고 카펫의 똥 얼룩을 지워보려 하고 있었어. 내가 얼룩에 세제를 뿌려주면 테라가 수세미로 박박 문질렀는데 얼룩이 잘 안 지는 거야. 아직 흔적이 보이고 그나마 좀 희미해진 부분은 주변에 비해 카펫의 색 자체가 엷어졌어. 카펫 전용 세제를 써야 했나보다 하는 테라에게, 하지만 다용도잖아, 카펫도 다용도에 포함되는 거 아닌가? 하고 세제 포장을 들여다보니 그렇게 쓰여 있지 않았어.

차라리 러그로 얼룩을 가리는 게 낫겠다는 스티브 아저씨 말에 테라가 좋은 생각이라고 하자 아저씨들은 너무 낡거나 지저분하지 않은 러그를 구하러 굿윌에 갔어. 그사이에 테라와 나는 차고에서 집어온 장갑을 낀 채 쓰레기봉지들을 들고 엄마 방으로 들어갔어. 우주복을 입은 건 아니고 장갑만 꼈지만 마치 외계 행성을 탐사중인 우주인이 된 기분이었어. 우리는 해묵은 쿠폰 전단지들을 쓰레기봉지에 담은 다음 옷장을 열어 쇼핑백들과 빈 상자들과 구겨진 휴지들도 담았어. 이상하게도 구겨진 휴지들이 엄청 많더라. 쓰레기봉지 열다섯 개를 채우고 나서 나는, 맙소사, 어떻게 한 사람이 이렇게 많은 쓰레기를 만들 수 있담! 했어.

쓰레기봉지들을 밖에 내놓고 보니 로니 형도 잔디 깎는 일을 거의 다 마친 상태였어. 진작 벗었던 티셔츠를 말 꼬리처럼 반바지 뒤로 쑤셔넣은 모습이 우스꽝스럽더라고. 쓰레기봉지들을 들고 나오는 우리를 보고 형은 차 진입로에 놓지 말고 일단 차고에 둔 다음 이따가 대형 쓰레기통에 버리자며 티셔츠로 얼굴의 땀을 닦았어. 내가 록스 마시고 싶냐고 했더니 형이 좋다고 해서 스티브 아저씨가 냉장고에 넣어둔 걸 하나 갖다주면서 나중에 공짜 BMW를 타는 방법도 알려주겠다고 했어.

아저씨들이 굿월에서 러그 몇 개를 들고 돌아왔어. 개 냄새를 없애기 위해 페브리즈랑 화분도 갖고 왔더라. 제드 아저씨의 아이디어였대. 우리가 러그를 펼쳐놓으면 테라가 진공청소기로 청소를 했어. 거실 구석의 두어 개 빼고 모든 똥 자국 위에 러그를 깔았고 그 위에 제드 아저씨가 화분을 올려놓았어. 우리는 구석구석 꼼꼼하게 페브리즈를 뿌렸어. 악취 제거에 효과는 있었지만 이젠 집안 전체에 온통 페브리즈 냄새가 나는 거 있지.

로니 형이 들어오면서, 잘했어, 하고 말해서 나는, 사회복지사가 집이 청결하고 페브리즈 냄새로 가득한 것에 좋은 인상을 받을 것 같다고 했어. 그러자 형은 사회복지사에게 방금 청소했다는 말은 하지 말라고, 늘 집이 이렇게 깨끗한 것처럼 굴라고 했어. 그래서 나는 거짓말할 필요가 없도록 주말마다 청소를 하면 되지 않느냐고, 어차피 잔디는 다시 자랄 거고 집안도 다시 더러워지고 냄새가 나고 쓰레기가 넘쳐날 텐데 다시 청소해야 할 거 아니냐고 했고, 형은 일이 더 남았다며 다시 밖으로 나갔어.

점심을 먹은 후에 테라는 내게 좀 쉬라고 했어. 아직 사고로 인한 부상에서 회복중이니 무리하면 좋지 않다는 거였어. 그래서 나만 칼 세이건과 함께 소파에 앉아 쉬고 나머지 사람들은 다시 집 정리에 나섰어. 아저씨들은 화장실의 욕조와 타일을 박박 문질렀고, 테라는 끈적거리지 않게 주방 바닥을 대걸레로 닦았어. 그들과 바깥의 로니 형을 보고 있자니 만일 아빠가 살아 계시다면 지금 나는 아빠가 잔디 깎는 기계를 밀고 빗물받이에 떨어진 낙엽들을 치우는 모습을 보고 만일 엄마가 행동건강병원에 계시지 않는다면 엄마가 빗자루를 들고 천장의 거미줄을 쳐내는 모습을 보고 있을 텐데, 하는 생각이 들었어.

그런데 이어서, 대체 아빠란 게 뭔데? 하는 생각이 드는 거야. 그러니까, 생물학적 아빠를 말하는 거면 나도 있었고, 그렇다면 비생물학적 아빠는? 나쁜 일로부터 나를 보호해주는 사람, 내 도움을 받아 잔디를 깎고 집 청소를 하는 사람이라면 로니 형과 테라가 있고, 존경하고 발자취를 따를 만한 사람이라면 나의 영웅인 칼 세이건 박사가 있고, 함께 웃으며 이곳저곳에 같이 가는 사람이라면 아저씨들이 있단 말이지. 그렇다면 차이가 뭘까? 왜 아빠라는 단어에 대해 생각할수록 그게 무슨 뜻인지 더 모르겠는 걸까? 사랑, 진실, 용기 같은 단어도 마찬가지야. 더 생각하고 말해볼수록 더 아득해지거든. 사랑. 진실. 용기. 용기. 진실. 사랑. 이런 것들이 어딘가에 있다는 거, 존재한다는 건 알지만 그것들에 대해 생각할수록 여러 다른 것들을 합쳐놓은 것 같기도 하고, 어쩌면 다 똑같은 것 같기도 한데…… 응?

너희는 아니?

너희에게도 그런 말이 있어?

## 🚀 새 녹음 49
15분 9초

후생국의 사회복지사는 조금 전 떠났어. 그런데 다른 일들도 하도 많이 일어나서 머리가 폭발할 것 같아. 진짜 폭발은 아니고 비유적인 표현일 뿐이지만. 생각할 게 너무 많다는 뜻이지. 무슨 일이 있었는지 너희에게 말해주고 싶은데 하나도 빼먹지 않으려면 처음부터 시작해야 될 것 같아.

어제 로니 형 말이 오늘 아침엔 아저씨들이 자리를 피해주는 게 좋겠다고. 그래야 사회복지사 눈에 웬 낯선 남자들이 집안에서 어슬렁거리는 것처럼 보이지 않을 거라고 했어. 내가 아저씨들이 조금 괴상하기는 해도 내 친구라고 하자 제드 아저씨는 웃으면서 로니 형 말이 옳다고 했어. 내가 제드 아저씨더러 머릿속 생각을 좀더 기록하고 싶으면 공립 도서관에도 컴퓨터가 있으니 스티브 아저씨와 함께 거기 가면 된다고 말해줬더니 아저씨는 좋은 생각이라고 했지.

그래서 오늘 아침에는 나하고 로니 형하고 테라만 남아 사회복지사의 방문을 기다렸어. 우리는 선반에서 내린 큰 물병을 깨끗하게 씻어 얼음물을 채워서 유리잔 몇 개와 함께 거실 탁자에 놓았어. 사회복지사가 도착하면 안락의자에 앉으라고 하고 우리는 소파에 나란히 앉아 결속을 보여주는 게 좋겠다고 로니 형이 말했어. 사회복지사가 편안한 느낌이 들기도 할 테니 좋은 생각이라고 내가 말했어. 그러자 형은 말은 자기가 거의 다 할 테니까 나는 그냥 얌전히 앉아 있고, 만일 사회복지사가 내게 무슨 질문을 하면 자기가 신호를 줄 때까지 대답하지 말라고 했어.

로니 형은 사회복지사에게 할 말을 우리 앞에서 연습하기 시작했는데 집 전화가 울렸고, 잠시 후 형이 전화를 받더니, 여보세요? 한 다음, 이 번호는 어떻게 알았죠? 인터뷰는 안 해요, 하고 끊어버렸어. 누구야? 하고 묻자 기자라면서 노트북을 여는 거야. 뭐라는데요? 하고 테라가 묻자 형 말이 랜더 시벳 아저씨가 어느 인터뷰에서 나와 내 골든 아이팟에 대한 얘기를 했대. 형은 인터뷰 기사를 찾아서 테라와 내게 보여줬고 나도 이메일을 열어보니 새 메일들이 잔뜩 와 있었는데 내게 인터뷰를 청하는 기자들의 메일도 있었어!

되게 멋지다, 나 유명해졌나봐! 하자 로니 형은 멋진 것은 맞는데 지금 당장은 절대로 어떤 기자하고도 이야기를 해선 안 된다고 말했어. 왜 안 되냐고, 형의 직업이 그런 걸 하도록 고객들을 도와주는 건데 그것하고 무슨 차이가 있느냐고 묻자, 내가 자기 동생이란 게 다른 점이라고 형은 말했어. 전화가 다시 울려대서 로니 형은 아예 전화선을 뽑아버렸어. 그때 현관문 두드리는 소리가 들렸어. 형은, 사회복지사일 거야, 했지만 사회복지사가 아니라 채널 5 모바일액션뉴스의 기자였어!

앨릭스 페트로스키가 여기 사나요? 하는 기자 아줌마에게 형은 인터뷰는 사절이라고 딱 잘랐어. 기자 아줌마가 그냥 나하고 몇 마디 나누고 싶을 뿐이라며 로니 형 뒤에 있는 나를 바라봐서 내가 손을 흔들었더니 형은 문을 닫아버렸어. 기자 아줌마는 다시 문을 두드렸지만 형은 열어주지 않았어. 창밖을 내다보니 채널 5 모바일액션뉴스 팀의 미니밴이 길 건너편에 서 있었어! 높은 송신탑에 달린 구불구불하고 붉은 케이블이 아래까지 내려와 있더라. 조깅하던 사람들이랑 유아차를 밀던 아기 엄마가 멈춰서서 미니밴을 구경했어. 로니 형이 나더러 창가에서 떨어지라며, 이게 대체 무슨 일이람, 하는 순간 또 문 두드리는 소리가 났어. 기자에게 그만 가달라고 말하려고 형이 문을 열자 이번엔 사회복지사가 서 있는 거야!

후아니타라고 자신을 소개한 사회복지사 아줌마는 검은 가죽
파일을 한 손에 들고 있었어. 로니 형은 아줌마의 다른 쪽 손을
잡고 악수하면서 바깥의 소동은 신경쓰지 말고 어서 들어오라
고 했어. 후아니타 아줌마는 내게 다가와 손을 내밀며, 안녕, 네
가 앨릭스구나, 했어. 로니 형을 바라보니 고개를 끄덕이길래 나
는 아줌마의 손을 잡고 만나서 반갑다고 말했어. 뭐 마실 것 좀
드릴까요? 커피 아니면 물? 하는 로니 형 말에 아줌마는 조금 전
커피를 마셨다며 물이 좋겠다고 하더라. 나는, 제가 따라드릴게
요! 하다가 로니 형의 신호를 기다린다는 걸 깜빡한 게 생각나
얼른 손으로 입을 가렸어.

탁자로 가서 물병을 들었는데 엄청 무겁더라구. 테라는 후아
니타 아줌마와 악수한 다음 내 이복 누나라고 자신을 소개했어.
그걸 보고 달려가 안아주고 싶었지만 물병을 들고 있던 참이라
물을 쏟을까봐 참아야 했지.

후아니타 아줌마는 등받이를 젖히지 않은 채 안락의자에 앉았
고, 로니 형과 테라는 가운데 내가 앉을 자리를 남겨두고 소파에
앉았어. 모든 게 연습한 그대로 흘러가고 있었어. 아줌마에게 물
잔을 건네주면서 보니 손가락에 주름이 잡혀 있고 손톱에 칠한
빨간 매니큐어는 갈라져 있었어. 고맙다, 집이 참 좋구나, 하는
아줌마에게 어제 청소했다는 말은 하지 않았어.

후아니타 아줌마가 물을 한 모금 마시고 나자 로니 형은 보다시피 안전하고 안정적인 환경이라고 말을 꺼낸 뒤, 연습한 대로 내 사고와 엄마의 실종은 불운한 우연의 일치였고 타이밍이 나빴던 건데 이제 자기가 와 있으니 내게 더이상 문제가 없게 돌보겠으며 보살펴줄 형이 있는데 나를 다른 데로 보내는 것은 이치에 맞지 않는다고 말했어. 그런데 형이 말을 마치기 전에 아줌마가 잔을 들지 않은 손을 올리더니, 걱정 말아요, 이 가족을 갈라놓으려고 온 게 아니니까, 라고 했어.

나는 속으로, 휴, 다행이다! 하며 로니 형을 바라봤고 형과 테라도 서로 바라보는데, 나랑 같은 생각을 하고 있다는 게 느껴지는 한편 또 뭔가 다른 생각도 하는 것 같은 거야. 그때 형이 아줌마를 돌아보며, 좋습니다, 그러면 그 밖에 논의할 건 별로 없을 것 같은데요, 했어.

후아니타 아줌마는 잔을 내려놓고는 가죽 파일을 열어 아이패드를 꺼냈어. 아이패드에서 뭔가를 실행시킨 아줌마는 드디어 직접 만나게 되어 반갑다며 우리에 대해 알고 있는 것들을 모두 말하기 시작했어. 엄마가 몇 년 전에 일자리를 잃었고 운전면허도 취소된 사실을 안다고 했어. 로니 형이 대학을 마치고 스포츠 에이전트가 되려 LA로 떠났으며, 최근 형이 디트로이트 출장을 다녀온 일이랑 내가 혼자서 뉴멕시코의 로켓 축제에 간 사실이랑 나의 최고 영웅의 이름을 따 칼 세이건이라고 이름 붙인 개가 있다는 것까지 다 안다고, 내가 지붕 위에 올라가 엄마가 어디로 산책을 가시나 지켜보곤 하는데 이번 사고도 그러다가 일어난 거고, 테라가 병원으로 날 데려간 것도 안다는 거야. 로니 형이 어떻게 그것들을 다 아느냐고 묻자, 아줌마는 우리 학교 선생님들이랑 상담교사랑 이웃들, 그리고 엄마와 내 주치의들과 대화를 해왔다고, 또 로니 형의 회사 웹사이트에서 형의 프로필을 찾아 회사 동료들과 이야기를 했고, 오늘 아침에는 랜더 시벳 아저씨와 골든 아이팟에 대한 신문기사도 봤다고 대답했어.

그러자 로니 형은 연습한 말은 그만두고 이틀 전에 우리에게 했던 이야기를 했어. 당분간 나를 LA로 데려가 함께 살 거고 엄마도 곧 모셔갈 거고 이 집은 팔 거라고 하더니, 이어서 필요하다면 LA에서 행동건강병원을 찾을 거고 자기가 내 법적 보호자가 될 거라는 등 우리랑 하지 않은 이야기까지 하는 거야! 자기가 여기 있다는 것, 그게 중요한 거 아니냐고 형은 말했어. 테라와 나의 눈이 마주쳤어. 네, 그게 중요하죠. 그리고 다시 말하는데 난 이 가족을 갈라놓으려고 여기 온 게 아니에요, 라고 후아니타 아줌마는 말했어.

아줌마는 로니 형이 미래에 대해 생각하고 있으니 좋은 일이고 자기는 그걸 돕기 위해 찾아온 우리 편인데 우리가 콜로라도

주를 떠나면 일이 더 어려워진다면서 내가 함께 지낼 친척이나 서로 알고 지내는 친지가 주 내에 있느냐고 물었어. 로니 형은 없다고 대답했고 테라는 내가 콜로라도의 친척들과 지내는 것과 LA로 가서 로니 형과 지내는 게 뭐가 다르냐고, 둘 다 이 집을 떠나는 것 아니냐고 했어. 그러자 아줌마는 엄마가 회복해 퇴원하면 어느 쪽을 원하실지 생각해보라고 했어.

로니 형은 물병을 내려다봤고, 나는 엄마는 엄마에게 익숙한 곳, 좋아하는 텔레비전 프로그램이 나오는 채널 번호를 외우고 있는 곳, 모든 게 선반 위에 정리되어 있는 곳에 살기를 원하실 거라고 생각했어. 산책을 나갈 수 있지만 너무 멀리 가지 않도록 지켜줄 사람이 있는 곳. 나와 로니 형이 있고, 우리 둘과 아빠의 사진이 엄마 방에 걸린 곳. 내가 집에 오고 싶었던 것처럼 엄마도 아마 집에 돌아오고 싶으실 것 같았어.

후아니타 아줌마가 로니 형에게 콜로라도주에서 일을 계속할 길이 있겠냐고 묻는데 형은 아무 대답 없이 탁자의 전화기를 집었어. 전화나 문자가 와서가 아니고 그냥 손에 쥐고 있으려는 거였어. 아줌마가 다른 많은 이야기를 했는데 나는 형을 보느라 귀를 기울일 수 없었어. 형은 물병을 계속 노려보았고 전화기를 쥔 손은 하얘지고 있었어.

순간 모든 게 아주 조용해졌어. 후아니타 아줌마는 말을 멈추고 구석에 놓인 화분을 바라보고 테라는 로니 형을 바라보고 로니 형은 물병을 바라보는 게, 마치 우리가 우주 공간에, 고요한 진공상태에 둥둥 떠 있는 느낌이었어. 거실 창으로 해가 비껴들면서 햇살 속에서 먼지 몇 조각이 흩날리는 걸 보며 난 생각했어. 참 신기하지 않아? 두 주 전만 해도 로니 형은 LA에 있었고 나는 테라라는 사람이 있는지도 몰랐는데 지금 우리 셋이 처음으로 이렇게 같은 소파에 앉아 있잖아. 그리고 우리는 같은 아빠를 두고 있고 아빠 때문에 이렇게 여기 함께 있는 거니까 아빠는 돌아가신 후에라도 우리를 한데 모아주신 셈이야…… 그리고 테라와 로니 형을 번갈아 보자 둘의 눈이 똑같은 초록색인 게 마치 아빠가 우리랑 함께 이 안에 계신 것 같은 거야. 귀신이나 뭐 그런 게 돼서 우리를 바라보는 게 아니라, 모든 곳에 깃들어 계신 그런 느낌. 아빠는 로니 형과 테라의 눈에, 두 사람의 얼굴과 살갗과 머리카락에, 그리고 또 내 얼굴과 살갗과 머리카락에 들어가 계셨으니 이 모든 것이 아빠의 그림자였어. 이 그림자들을 통해 우리는 아빠가 존재했고 진짜였다는 걸 알 수 있는 거야. 또 아빠는 거실 카펫 위를 걸었고 똑같은 유리잔으로 물을 마셨으니 그것들도 아빠의 그림자인 거고, 지금 후아니타 아줌마가 앉아 있는 안락의자에는 아빠의 등과 엉덩이의 흔적이 남아 있으니 그것도 아빠의 그림자인 거지! 그리고 내가 아직 아빠의 그림자들을 보고 있다면, 테라와 로니 형과 인터넷으로부터 아빠에 대해 몰랐던 것을 아직 배우고 있다면, 그렇다면 그건 아빠는 돌아가셨어도 아빠의 어떤 것은 여전히 살아 있다는 뜻 아닐까? 테서랙트처럼 4차원적인 어떤 것이 있는데, 그건 절대로 죽지 않지만 우리 눈에는 보이지 않는다면? 그리고 혹시…… 혹시 내가 알아내려 했던 것들이, 이를테면 사랑과 용기와 진실의 의미 같은 것들이 그토록 보기 어려운 이유가 그것들 역시 테서랙트이기 때문이라면? 그것들이 전부 똑같은 테서랙트라면? 우리가 사랑을 느끼고 용감하게 행동하고 진실을 말하는 모든 시간들이 우리가 4차원인 시간, 우리가 우주만큼 크고도 모든 곳에 존재하는 시간, 우리 자신이 별의 물질로 구성돼 있고 지구라는 별에서 태어났으며 우리가 세 살 때 돌아가신 아빠들과 LA에 사는 형들과 정신분열증이 있는 엄마들과 있는 줄도 몰랐던 테라들과 터틀넥 스웨터를 입은 영웅들과 선禪 원추들과 부차적인 모험들과 과민한 소화기관을 지닌 친구들을 가진 인간이라는 사실을 정말로 기억하고 제대로 아는 그런 시간이라면? 그리고 우리가 그걸, 그 느낌을 묘사하기 위해 사용하는 사랑과 용기와 진실 같은 말들이 그걸 온전히 묘사하지 못하는 이유가, 어떤 소리나 음악이나 그림도 그것을 온전히 묘사하지 못하는 이유가, 그것들도 모두 그림자이기 때문이라면! 말 또한 그림자인 거야!

이 생각의 마지막 부분을 아마 내가 소리 내어 말했나봐. 다들 고개를 돌려 나를 바라보았고 나는 자리에서 일어나 있었어. 둥둥 떠돌고 있다고 생각했기 때문일 거야. 로니 형이 가만히 앉아 있으라고 했지만 나는 일어선 김에 형에게 물을 따라주기 시작했어. 잔 옆으로 물이 튀면서 몇 방울이 탁자 위로 쏟아져도 나는 계속 따랐어. 모두 나를 보는 게 느껴졌지만 더 쏟고 싶지 않아 물병에서 눈을 뗄 수가 없었어. 물이 병에서 나와 잔으로 들어가면서 물병이 점점 가벼워지고 그래서 물 따르기도 한결 쉬워지더라. 나는 물병을 내려놓고 잔을 형에게 건네줬어. 형이 목이 마르지 않다는 걸 알았지만 지금 물이 필요하다는 것도 다 알았거든.

로니 형은 나와 물잔을 차례로 보더니 전화기를 내려놓고 물잔을 받아들었어. 후아니타 아줌마가 다시 말을 시작하고 나자 얼마나 조용했는지 겨우 알 수 있었어.

아줌마는 나더러 정말로 복이 많다고 했어. 그간 많은 일들이 일어났지만 지금은 위험에서 벗어났고 학교에도 흥미가 있고 스스로를 돌보는 법도 배웠으니 대단히 좋은 징조라고, 정말 운이 좋은 거라고, 무척 훌륭한 삶의 귀감을 갖고 있는 게 분명하다고 했어. 그리고 아이패드를 덮고 그 위에 양손을 모으더니 자기가 보게 되는 아이들의 대다수는 그렇게 운이 좋지 않다고, 어제만

해도…… 거기서 말을 멈추는 아줌마의 눈 주위에 우리 엄마하고 똑같은 둥근 흔적이 나 있었어. 어제 무슨 일이 있었는지 궁금했지만 왠지 해선 안 될 질문처럼 느껴졌어.

그때 침실 쪽에서 울음소리가 들려왔어. 후아니타 아줌마가, 저기 있나보구나? 해서 로니 형을 바라보자 형은 고개를 끄덕였어. 칼 세이건을 만나보고 싶냐고 묻자 아줌마는 그렇다고, 자기는 개를 무척 좋아한다고 했어. 방문을 열자 칼 세이건이 달려나와 아줌마의 손에 코를 대고 킁킁거리다 꼬리를 말아올리고는 아줌마가 잠깐 쓰다듬게 두더니 금세 내 다리 뒤로 숨어버렸어. 칼 세이건이 지금 당장은 겁쟁이지만 경비견으로 훈련시킨다면 내 법적 보호자가 될 수 있을까요? 했더니 모두 웃었어. 안타깝게도 그건 안 된단다, 하는 아줌마에게 나는 나도 안다고 그냥 농담이라고 했어.

후아니타 아줌마는 다른 약속이 있어 그만 가봐야 한다면서 다음주에 또 만나자며 로니 형에게 명함을 건네줬고, 나한테도 명함을 하나 줬어. 아줌마는 내게 물 고마웠다며 골든 아이팟에 행운이 있길 빈다고 했어.

후아니타 아줌마가 떠날 때는 채널 5 모바일액션뉴스 팀의 미니밴도 사라지고 없었어. 로니 형이 현관문을 닫은 후 우리는 한동안 말없이 문가에 서 있었어. 테라가 입을 열어 반드시 저 말을 따라야 하는 것은 아니라고, 시간을 좀 번 다음 내가 로니 형하고 LA로 가도 된다고, 또 어쩌면 엄마가 더 빨리 회복해서 다시 집에 돌아와 나를 돌볼 수 있을지도 모르고, 그러면 로니 형의 일에도 지장이 없을 거라고 했어.

그러자 로니 형이 나를 보면서, 아니야, 후아니타의 말이 옳아, 엄마가 퇴원하시더라도 앨릭스가 여기 있는 게 더 좋을 거야, 했어. 지금 형 말이 내가 생각하고 있는 그 말이야? 하고 물으니 형은 고개를 끄덕였어. 일은 어떡하고요? 하고 테라가 묻자 형은 회사와 상의해보겠다고, 출장을 많이 다니지 않으면서 콜로라도에서 할 만한 일이 있을지 모른다고, 그게 어렵다면 다른 일을 찾아보겠다고 했어.

한참 그러고 서서 서로를 바라보는데 문득 테라가 코를 씰룩거렸고 로니 형의 얼굴이 일그러졌어. 그리고 나도 결국 냄새를 맡았지 뭐야. 우리는 모두 칼 세이건을 내려다봤어. 나는, 그래 아주 잘했어, 하고 페브리즈를 찾으러 갔어.

## 새 녹음 50
3분 7초

안녕, 얘들아! 꽤 오래 녹음을 못했지? 미안해. 정말 바빴거
든. 병원에 가서 실밥을 풀었는데 흉터 주변이 아직 불그레하고
실밥자국도 보이지만 클레멘스 의사선생님 말로는 아주 잘 낫고
있고 영구 손상의 기미도 없대. 그렇다면 제가 완벽한 건강 상태
란 말인가요? 하자 선생님이 그렇다고 해서 지갑을 꺼내고 기다
렸지만 나한테 지폐를 주지 않는 거 있지.

또 바빴던 게, 골든 아이팟에 대한 기사들이 더 나오고 랜더
아저씨가 관련 트윗까지 날려준 덕에 기부 페이지가 목표액의
281퍼센트에 도달했어! 액수는 아직도 계속 올라가는 중이야.
벤지는 CNN에서 랜더 아저씨의 트윗 소식을 봤다면서 정말 근
사하다는 이메일을 보냈어. 학교의 다른 아이들에게서도 이메

일이 왔는데 걔들이 우주나 로켓 같은 데 관심이 있다는 걸 전혀 몰랐지 뭐야. 좋은 일이지. 이제 그 아이들도 록뷰 행성학회에 가입시킬 수 있을지 모르겠어. 기부에 감사하는 글을 포럼에 올리면서 흉터가 잘 아물고 있는 사진들도 조금 올렸더니 켄 러셀 아저씨가 이담에 내가 나이가 들면 해줄 수 있는 멋진 이야기가 될 거라고 했어. 그래서 난 지금도 꽤 근사한 이야기라고 했지.

많은 로켓포럼 사람들이 기부금으로 뭘 할 거냐고 물어봐. 내가 엄마 병원비에 써야 한다고 하자 스티브 아저씨는 지금처럼 사람들의 관심이 한창일 때 인터뷰를 왕창 하면 돈이 더 모인다고 했어. 하지만 로니 형은 인터뷰는 안 된다고, 우리 가족의 사생활이 세상에 더 알려지는 걸 원치 않고 엄마 병원비도 자기가 해결할 거라고, 돈이 더 모이면 그건 내 대학 자금 계좌에 넣을 거라고 했어.

오늘 드디어 로니 형이 약속한 대로 자니로켓에 가서 축하를 하며 저녁을 함께 먹었어. 집에서 가장 가까운 곳이 사십 분 거리더라고. 나는 치즈버거와 감자튀김, 그리고 아이스크림을 곁들인 사과파이를 먹었는데 정말 맛있었어. 집에 돌아와 엄마의 전화를 기다렸고, 엄마한테서 전화가 왔어. 이제 통화가 허락되긴 하는데 하루에 십 분만이야. 엄마는 로니 형과 사 분간 통화하고 나하고 육 분간 통화하셨어. 어떠시냐고, 아직도 내가 외계

인 같으냐고 묻자 엄마는 전보다 훨씬 좋아졌고 내가 엄마의 앨
릭스란 걸 안다고 대답하셨어. 나는 골든 아이팟에 대해, 그리고
랜더 시벳 아저씨가 화성 위성 발사에 우리를 초대했고 부하 직
원이 이메일로 항공권을 보낸 사실에 대해 말씀드린 뒤 같이 가
실 수 있느냐고 물었어. 엄마는 내가 무척 자랑스럽다고 하면서
지금 당장은 못 간다고 하셨어. 아직 갖다드릴 물건들이 많은데
언제 다시 면회를 가도 되느냐고 하자 좋은 모습으로 나를 볼 수
있으려면 시간이 좀더 필요하다고 하는 거야. 좋은 모습이 아니
더라도 엄마를 사랑해요, 라고 내가 말하자 엄마도 나를 사랑한
다고 하셨어. 그리고 행동건강병원에 항공우주국 채널이 나오
고 테크 한 명이 화성 위성 발사 중계방송을 틀어줄 거라니까 그
렇게 보면 된다고. 이제 십 분이 지났으니 전화를 끊어야 한다고
하셨어.

## 🚀 새 녹음 51
2분 43초

여기는 비행기 안이야! 자전거랑 스케이트보드랑 스쿠터랑 자동차랑 카누랑 기차랑 다 타보고 지금은 비행기도 타고 있으니 이제 헬리콥터와 오토바이와 외바퀴자전거와 열기구와 세그웨이와 제트스키와 모래밭용 자동차와 캡슐이나 로버 같은 우주선까지 당연히 타고 나면 인간이 만든 교통수단은 전부…… 앗, 스노모빌도! 스노모빌을 빠트렸네.

내 자리는 원래 가운데였는데 테라가 창가 자리를 양보해줬어. 왜 좌석들이 창문하고 꼭 맞아떨어지지 않는 걸까? 하고 묻자 테라는 자기도 모른다고 했어. 비행기가 이륙할 때 창밖을 내다봤어. 차들이 점점 작아져서 개미만해지고 모래알만해지다가 아예 안 보였어. 그때 비로소 우리가 성층권에 도달했다는 걸 깨달았지. 물론 라스베이거스의 빌딩이 아니라 대기의 일부분을 말하는 거야.

스티브 아저씨와 제드 아저씨는 같이 오지 않았어. 랜더 아저씨의 부하 직원이 나와 로니 형과 테라와 칼 세이건의 항공권이랑 호텔만 예약해줬거든. 물론 칼 세이건은 개니까 항공권은 필요 없지만. 작별인사를 하며 제드 아저씨가 두꺼운 인쇄물을 한 뭉치 줬어. 이게 뭐예요? 하고 물으니 자기가 쓰고 있는 새 책의 시작 부분이라고 했어. 그동안 이걸 쓰고 있었던 거야. 이 책을 내게 바칠 거라며 내가 먼저 읽고 의견을 말해주면 좋겠대. 책 제목은 '보이지 않는 별로 떠나는 여행: 가속화 시대에 어린 시절 재발견하기'야. 나는 아저씨에게 제목이 좋긴 한데 좀 짧게 가면 어떠냐고 말해줬어.

스티브 아저씨는 떠나기 전에 나를 아주 꼭 안아줬어. 전처럼 팔만 쓰는 포옹이 아니라 진심이 담긴 포옹이었어. 아직도 테라 때문에 슬퍼요? 하고 묻자 가끔 그런데 괜찮아질 거라고 했어. 자기도 제드 아저씨의 책을 읽을 거라며, 다 읽고 나면 나하고 책에 대해 이야기하고 싶다고 했고, 냉장고에 있는 록스는 우리가 마셔도 된다면서 개인 용무를 보며 얻은 휴대전화 중 하나를 내게 줬어. 이베이에 올려서 팔 거 아니에요? 하니까 내게 주고 싶다며, 바로 연락을 주고받을 수 있게 선불카드를 입력했다고 하는 거야. 그리고 내가 LA에 오게 되면 또 만나자고 했어.

비행기가 이륙한 다음 제드 아저씨의 책을 읽어보려 했지만 너무 흥분해선지 집중이 안 되더라고. 다시 창밖을 보니 더 높이 올라와서 이제는 길도 건물들도 더이상 보이지 않았어. 나의 영웅이 말한 대로 어느 고도에 올라오면 우리 행성에 지적 생명체가 있다는 것조차 알 수 없어지는 것 같았어.

그러니 너희도 지구에 오게 되면 꼭 가까이 다가와 들여다봐야 해.

## 🚀 새 녹음 52
6분 9초

안녕, 얘들아! 이게 골든 아이팟의 마지막 녹음이 될 거야. 하지만 걱정 마! 스티브 아저씨가 준 휴대전화로 사진이랑 동영상을 찍을 수 있으니까 이제는 대신 그걸 시작할 거야. 전화기 자체가 이미 금색이니 아주 완벽하지 뭐야.

우리는 플로리다에 도착해서 렌터카를 타고 호텔로 가 짐을 내려놓은 다음 케이프커내버럴로 갔어. 시브스페이스스콧이 마중을 나와 있었는데 샤프 행사에서와 똑같이 회색 시브스페이스 폴로셔츠를 입은 모습이었어. 우리는 스콧 아저씨가 데려다준 발사 장소에서 철책 너머로 클라우드 9호 로켓과 화성 위성을 아주 가까이서 봤는데 정말 근사했어. 스콧 아저씨를 따라서 항공우주국의 지휘본부에도 가봤어. 그런데 〈콘택트〉에서처럼 커다

354

란 유리창은 없고 발사 장소가 라이브 스트리밍으로 보이고 갖가지 표와 그래프들이 계속 올라오는 대형 컴퓨터 스크린만 있었어. 아주 작은 컴퓨터 코드를 잘 쓰는 네이선 아저씨라면 되게 좋아했을 것 같더라.

랜더 시벳 아저씨는 내일 온다고 했고 대신 시브스페이스의 다른 사람들을 많이 만났어. 그들은 내 얘기를 많이 들었다면서 골든 아이팟을 좀 보여달랬어. 항공우주국 과학자들도 만났는데, 주디스 블루밍턴 박사랑 음…… 또……

어쨌든…… 그 사람들이 로켓 반동추진엔진을 시험 가동하는 걸 지켜본 다음 우리는 스콧 아저씨에게 내일 또 보자고 하고 나와서 호텔 근처 식당에서 저녁을 먹었어. 로니 형은 디트로이트에 있는 잠재 고객도 내 골든 아이팟에 대해 알고 있고 시브스페이스의 열렬한 팬인데다 언젠가 화성에서 살고 싶어한다고 했어. 나는 형에게, 그거 좋은 소식이네, 그 사람이 형을 에이전트로 원하는 거면 그 고객이랑 다른 고객들을 데리고 나와서 톰 크루즈가 나오는 영화에서처럼 형의 에이전시를 차리면 어떨까? 했어.

로니 형은 웃더니 안타깝게도 현실은 항상 그렇게 되는 건 아니라고 했어. 그 청년의 부모가 가족을 위해 최선의 결정을 해야 하고 본인도 마찬가지라고, 그래서 다른 동료에게 넘겨줬다는 거야. 서운했겠다고 테라가 말하자 형은 어쩔 수 없는 거라고 했어. 내가 피시앤드칩스를 다 먹자 테라는 좀 걸으며 아이스크림도 먹는 게 어떻겠느냐고, 그리고 내게 하고 싶은 말도 있다고 했어. 음식값을 치르고 나와서 로니 형은 전화할 데가 있다며 호텔방으로 돌아갔고 테라와 나는 칼 세이건을 데리고 해변으로 산책을 나갔어.

바다를 이렇게 가까이서 본 적이 없는 칼 세이건은 처음에는 물이 무서워 울더라고. 어쩌면 목욕이 떠올라서 그랬는지도 몰라. 하지만 조금 지나자 괜찮은 것 같았어. 하늘이 차츰 어두워졌고 사람들이 좀 있었지만 베니스비치만큼 많진 않았고 물은 따뜻하지만 하늘보다 더 어두웠어. 우리는 물이 낮게 들어오는 지점에 서서 발을 적시며 아이스크림을 먹고 평화로움에 귀를 기울였어.

무슨 생각해? 하고 묻자 테라는, 많은 것들, 하고 대답했어. 그것들 중 조금만 얘기해줄 수 있어? 했더니 테라는 나를 옆으로 끌어안으며 아이스크림 껍질을 구겨 주머니에 넣었어. 나도 따라서 하고, 로니 형이 그러는데 어른이 된다는 건 스스로의 행동에 책임을 진다는 걸 뜻한데, 우리 둘 다 그러고 있어서 기뻐, 라고 했어. 테라는 웃더니 때로는 자기 책임이 아닌 일에 대해서도 책임을 진다는 걸 뜻하기도 한다며, 하지만 벌써부터 어른이 될 걱정을 하진 말라고 했어. 테라가 내겐 좋은 형이 있다고 해서, 나는 내겐 좋은 테라도 있다고 했지. 그랬더니 테라가 이제 사람들에게 맘껏 자기가 내 이복 누나라고 말해도 좋다면서 내 이복 누나인 게 자랑스럽다고 했어.

테라 누나에게 물었어. 이제 무슨 일이 일어날까? 발사 후엔 무슨 일이 일어날까? 누나도 록뷰로 와서 나랑 로니 형이랑 그리고 엄마가 행동건강병원에서 퇴원하시면 우리 엄마랑 함께 살게 될까? 테라 누나는 내가 다정한 아이지만 함께 살 수는 없다고 했어. 나는, 왜 안 되는데? 하고서 록뷰에도 식당들이 있으니까 똑같은 일자리를 구할 수 있을 거고, 친구는 없겠지만 내가 친구가 되어줄 거고, 매일 내가 학교에서 돌아오고 로니 형이 퇴근하고 테라 누나도 식당 일을 끝내고 돌아오면 함께 저녁식사를 하고 〈콘택트〉를 본 다음 하늘의 별들을 올려다볼 거라고, 하지만 지붕 위에 올라가서 보는 건 안 된다는 걸 경험으로 깨달았다고 했어.

테라 누나는 나를 안아주면서 미안하다고, 늘 함께하겠다고 맹세한다고 했어. 그리고 꼭 놀러오겠다면서, 나한테서 큰 영감을 받았다고도 했어. 내게 로켓과 천문학이 있듯 자기에게도 무언가가 있을 거라고, 다만 지금은 그게 뭔지 모를 뿐이고 앞으로 찾아낼 거라고, 그런데 우선 집에 돌아가 엄마와 하워드하고 시간을 좀 보내고 싶다고 했어. 왠지 아느냐고 내게 물어보길래 물론 안다고, 인생은 4차원이기 때문이라고 하자 누나는 다시 웃었어.

우리는 아이스크림 껍질을 휴지통에 버리고 호텔로 돌아왔어. 하늘은 이제 칠흑같이 깜깜했고 바람은 따스하고 부드러웠어. 방에 들어와보니 로니 형은 또 노트북을 보고 있더라. 통화는 잘 됐어? 하고 물어보니 형은 아주 잘됐다면서, 대학 시절 코치들 하고 통화한 건데 콜로라도에 돌아가면 그분들이 지금 지도하는 선수들과 만나게 해주기로 약속했다고 했어. 형은 자리에서 일어나 커피를 끓이러 갔고, 테라 누나는 샤워를 하러 갔고, 나는 칼 세이건과 발코니로 나갔어.

발사 장소를 찾아보려 했지만 여기서는 보이지 않았어. 그래서 새로 얻은 휴대전화로 라이브 스트리밍을 열어, 건물들에 가리긴 했지만 발사 장소가 있을 곳 근처에 전화기를 들어올렸어. 화면 속에서 점화되어 우뚝 선 로켓을 보면서, 나는 언젠가 내가 여러 친구들의 도움을 받아 만든 커다란 로켓이 이 골든 아이팟을 담고 서 있는 장면을 머릿속에 그려봤어.

그 로켓은 창공으로 발사되어 성층권을 지나고 달과 화성과 소행성대와 외행성들과 명왕성까지 거쳐 우주 깊숙이 진입할 거야. 그러면 너희가 그걸 발견하겠지.

너희가 그걸 발견하면 무슨 일이 일어날까 궁금해. 이 녹음들을 듣고, 지구라는 행성에서 용감해지고 진실을 찾으려고 노력하는, 가족과 친구들과 자기 영웅의 이름을 붙인 개를 사랑하는 어느 소년의 목소리를 듣고 너희가 어떤 생각을 할지 궁금해.

왜냐면 나는 제드 아저씨의 말이 무슨 뜻인지 깨달았으니까, 넌 그걸 이미 갖고 있다는 말…… 나도 그렇게 생각해.

'녹음 종료'

# 감사의 말

이 소설은 그 자체로 로켓과 같아 여러 좋은 친구들의 도움 없이는 발사될 수 없었을 것이다. 모든 동료 방랑자들에게 깊이 감사한 마음이다. 나에게 변함없는 지지와 믿음을 보내준 제시카 크레이그, 미지의 영역에서 길라잡이가 되어주고 이 책이 진정 무엇에 관한 것인가를 찾아낼 수 있도록 도와준 제스 댄디노 개리슨과 앤시아 타운센드, 너그러움과 우정으로 캘리포니아 해변 마을에서 책을 쓸 수 있도록 해준 존 헤링, 이 이야기를 지구촌 곳곳에 뿌릴 수 있게 도와준 마리아 카르도나와 마리아 페날바와 레티시아 빌라산후안과 안나 솔레르폰트를 비롯한 모든 폰타스의 팀원들, 초고와 삶에 대한 조언을 준 드레이크 베어와 이언 앨러스, 다른 시대와 공간의 이야기들을 들려준 베서니 섬너, 사회복지 및 아동보호 업무에 관해 알려준 제스 프리시나와 패멀라 새프로노프와 세라 샐런, 그리고 코트니 밸러스티어와 어맨다 내티비대드와 미케일라 애커먼과 로빈 슬론과 댄 새프로노프와 제이슨 루스와 앤드루 홍을 비롯한 대서양 양안의 펭귄 영 리더스의 진정 탁월한 팀원들 전원에게 고마움을 전한다.

그리고 마지막으로 킥스타터에, 그리고 내 전작 『요즈음 *These Days*』을 성원해준 분들께 감사한다. 여러분이 없었다면 나도 여기 없었을 것이다.

옮긴이 **김재성**

서울대학교 영어영문학과를 졸업하고 미국 캘리포니아에 거주하며 출판 기획 및 번역을 하고 있다. 옮긴 책으로 『밤에 우리 영혼은』 『가을』 『쇼스타코비치는 어떻게 내 정신을 바꾸었는가』 『나의 우울증을 떠나보내며』 『우상들과의 점심』 『너는 너의 삶을 바꿔야 한다』 『하드보일드 센티멘털리티』 『불안한 낙원』 『왜 사람들은 자살하는가』 등이 있다.

문학동네 세계문학
우주에서 만나요

초판 인쇄 2019년 10월 10일 | 초판 발행 2019년 10월 21일

지은이 잭 챙 | 옮긴이 김재성 | 펴낸이 염현숙

기획 한문숙 | 책임편집 윤정민 | 편집 김지연 오동규
디자인 엄자영 이원경 | 저작권 한문숙 김지영
마케팅 정민호 정진아 함유지 김혜연 박지영 김수현
홍보 김희숙 김상만 오혜림 지문희 우상희
제작 강신은 김동욱 임현식 | 제작처 (주)상지사P&B

펴낸곳 (주)문학동네
출판등록 1993년 10월 22일 제406-2003-000045호
주소 10881 경기도 파주시 회동길 210
전자우편 editor@munhak.com | 대표전화 031) 955-8888 | 팩스 031) 955-8855
문의전화 031) 955-8896(마케팅) 031) 955-2634(편집)
문학동네카페 http://cafe.naver.com/mhdn | 트위터 @munhakdongne
북클럽문학동네 http://bookclubmunhak.com

ISBN 978-89-546-5811-9 03840

www.munhak.com